幻象文库

Ray Bradbury

KILLER,
COME BACK TO ME

杀手，
回到我身边

[美] 雷·布拉德伯里————著
刘勇军————译

新星出版社　NEW STAR PRESS

目 录

1	对话箱:雷·布拉德伯里的犯罪小说
5	一点儿任性
19	尖叫的女人
38	行李箱里的女人
63	"我不是笨蛋!"
73	杀手,回到我身边
96	死人永不复生
116	万物终结之地
135	死尸嘉年华
155	木偶之死
172	我的人生于昨日落幕
191	无人下车的小镇
202	全镇沉睡
222	六月的午夜
234	笑面人
246	碗底的蜡果
259	小小的杀手
281	木偶公司
291	无罪之罚
304	生如拉撒路
319	完美谋杀
329	后记:哈米特?钱德勒?别担心!

对话箱
雷·布拉德伯里的另类犯罪小说

乔纳森·R. 埃勒

"我……写了一张又一张纸,将它们放进我的对话箱里。所谓对话箱,就是打字机旁边的一个盒子,里面存放着我的创意,每天早上,它都和我说话……我的故事就是这样写出来的。"二十世纪八十年代初,雷·布拉德伯里用他想象中的对话箱创作了《死亡是一件孤独的事》,这是他在自传写作方面进行的尝试,此前数十年,他一直在创作犯罪悬疑小说,他的作品中充满了出人意料的情节转折和生动的神秘隐喻,《死亡是一件孤独的事》便是他数十年创作的结晶。如果你想知道雷·布拉德伯里为什么可以在晚年写出这部小说及其续集,那就一定要看看《杀手,回到我身边》中的故事。

二〇二〇年是布拉德伯里的百年诞辰,借助这个有利时机进行回顾,你便会发现这些罪恶的故事所承载的意义是不言而喻的。在他职业生涯的头二十年,也是他作为一个小说作家最多产的二十年,这些故事的重要性不亚于被他带入主流文学的奇幻和科幻作品。事实上,当他还在进一步完善自己在科幻小说(他创作的科幻小说后来刊登在科幻杂志上)上的写作能力时,他独特的另类犯罪小说就已经在侦探小说领域广受欢迎了。

　　布拉德伯里病态的犯罪作品也在《诡丽幻谭》[①]杂志上刊登过，一九四六年，他的作品连续六期出现在这份双月刊上。一九四六年五月在《诡丽幻谭》上登载的短篇小说《笑脸人》就是这样一个例子，但那时布拉德伯里已经在大众出版集团的侦探刊物上取得了不俗的成绩。他的一些犯罪故事足够惊悚，有五篇作品刊登在了悬疑小说杂志《一角推理》[②]上，这是大众出版集团旗下一份主打惊悚小说的廉价杂志，模仿的是"大木偶"式的视觉恐怖风格。其中包括让人难以忘记的《死人永不复生》和《死尸嘉年华》，以及描写分娩创伤的《小小的杀手》，这三篇作品本书均有收录。

　　大众出版集团的副主编迈克·蒂尔登和瑞尔森·约翰逊很快就喜欢上了布拉德伯里不寻常的风格和他充满热情的散文，并在大众出版集团下属刊物《侦探故事》和《新侦探》上刊登了他的八篇作品，这两本刊物登载的都是不那么惊悚的作品。《杀手，回到我身边》《行李箱里的女人》和《"我不是笨蛋！"》就在这八篇作品中。布拉德伯里坚持让角色讲述自己的故事，大众出版集团的主编奥尔登·诺顿因此深受挫败，但他还是选择在《弗林侦探小说》杂志中刊登《我的人生于昨日落幕》一文，没过多久，战时纸张定量供应就扼杀了那本备受推崇的侦探杂志。虽然布拉德伯里从未屈服于犯罪小说的逻辑惯例，但通过他于一九四四年发表的作品《行李箱里的女人》和《我的人生于昨日落幕》可以看出，他很早就已经掌握了创作这种作品的能力，布拉德伯里的导师利·布拉克特和亨利·库特纳对

[①] *Weird Tales*，又名《怪谭故事》，创办于 1922 年的美国恐怖、奇幻杂志。——编者注
[②] *Dime Mystery*，美国低成本恐怖杂志，1932—1950 年间发行。

这两篇小说给予了高度评价。

到二十世纪五十年代初，布拉德伯里在犯罪和悬疑两方面有了更新的创意，逐渐创作出了他称之为"木偶"故事的科幻小说。其中的两篇《木偶公司》和《无罪之罚》均被收录在本书的后半部分。这时，布拉德伯里已经在主要的大众杂志上深受欢迎，在这些作品里，他没有为凶手设计黑色阴暗的背景，而是根据他儿时的记忆，将人物带入了中西部的小镇生活。《全镇沉睡》也许是布拉德伯里最著名的悬疑故事，《埃勒里·奎因神秘杂志》创办人之一弗雷德里克·丹奈甚至还约布拉德伯里写了这篇小说的续集《六月的午夜》，这两篇作品都收录在本书之中。书中的其他小说是他在犯罪小说领域尤为优秀的尝试，都是他在二十世纪五十年代到六十年代初创作的，但往往多年后才真正出版。

这些故事什么时候出版并不重要。在布拉德伯里看来，这些故事和他的其他作品一同奠定了基础，使得他成了我们这个时代最著名的小说家之一，他是奇幻世界的杰出探索者，公认的想象自由的捍卫者，不仅对好莱坞产生了深远的影响，还是太空时代的梦想家。但最重要的是，布拉德伯里在探索人类的本质，他的创造性探索触及了人类思想中最黑暗的区域。相比布拉德伯里的其他作品，他的犯罪悬疑小说更为突出地揭示了达蒙·奈特所说的布拉德伯里的主要兴趣领域："人类智力发展以前基础的恐惧、渴望和欲望：因为出生而愤怒，希望被爱，渴望沟通，对父母和兄弟姐妹的仇恨，以及对自我以外事物的恐惧。"

事实证明，为这本短篇小说集挑选故事，是一个让人乐于接受的挑战。布拉德伯里较早的一本小说集名为《谋杀回忆》，收录的是布拉德伯里于二十世纪四十年代中期在大众出版集团下属杂志上刊登过的一些小说,"疑难案件"系列作品出版商查尔斯·阿代、雷·布拉德伯里长期合作的代理人迈克尔·康登和我最终跨越了漫长的时间跨度,把布拉德伯里早期最好的犯罪故事和他在二十世纪五十年代和六十年代早期创作的最精彩的悬疑故事汇集在一起。在这个过程中,我们收获了布拉德伯里的黑色小说时代的三个故事,这三个故事并未出现在上一本合集中,它们分别为《碗底的蜡果》《杀手,回到我身边》《万物终结之地》,其中,《万物终结之地》是布拉德伯里一九八五年里程碑式的侦探小说《死亡是一件孤独的事》的原始文本,它在很长一段时间内都没有出版。

《死亡是一件孤独的事》中虚构的对话箱,代表着作者潜意识深处神秘而不可预测的涌流,是我们最接近雷·布拉德伯里神秘思想源泉的地方。他把生命看作一根长绳——"从我们出生的时候开始,一直延伸到我们死亡的那一刻",中间的时间成就了探索过去或窥视未来的故事。《一点儿任性》是《杀手,回到我身边》一书的开篇,讲述了一个可能存在的黑暗未来。第二个故事《尖叫的女人》以过去的一段重要记忆为中心。雷·布拉德伯里的这本犯罪故事集召唤了现在、过去和未来。现在,请你跟随文字,欣赏他的作品吧。

乔纳森·R. 埃勒(Jonathan R. Eller),印第安纳大学文理学院英文校长教授、雷·布拉德伯里研究中心主任。他就雷·布拉德伯里的生平和写作生涯创作过三部作品,分别是《成为雷·布拉德伯里》《雷·布拉德伯里:挣脱束缚》《布拉德伯里:超越阿波罗》。

一点儿任性

收录于 *Dark Forces* 选集
1980 年

在五月的一个平常的夜里,也就是乔纳森·休斯二十九岁生日的前一周,他遇到了他的宿命。那个命定之人来自另一个时空、另一个年度、另一种人生。

当然,休斯一开始并没有认出这个人,但那人于同一时刻在宾夕法尼亚站登上火车,和休斯坐在一块儿,在晚餐时分开始了穿越长岛的旅途。引起乔纳森·休斯注意的,是这位乔装成老者的命定之人手中拿着的报纸,盯着看了好一会儿后,休斯终于开口问道:"先生,打扰一下,你手中的《纽约时报》好像和我的不太一样。你那一版首页的字体看上去比较新式,这是新版吗?"

"不!"话刚落音,老者便停住了,他艰难地咽了口唾水,终于继续说道,"是的,这是最新版。"

休斯环顾了一下四周:"恕我冒昧,但是……其他人的版本看上去都是一样的。你手上的报纸,是未来改版的试用版本吗?"

"未来?"老者说这话时,几乎看不到他的嘴巴在动,他的整个身体似乎缩进了衣服里，身体的重量也仿佛随着一声呼气而变轻了。"确实。"老者低声说道，"未来的改版。天哪，可真是个天大的笑话啊。"

乔纳森·休斯惊愕地看着报纸上的日期：

1999年5月2日。

"等一下……"休斯一边抗议，一边往下看，正好瞧见头版的左上角有一篇没配插图的短篇新闻：

女子遇害

警方正在寻找遇害者的丈夫

爱丽丝·休斯太太被人发现中枪身亡……

火车轰隆隆地从桥上驶过。窗外顿时像有成千上万棵大树拔地而起，顺着疾风舞动着绿色的枝条，然后又像是被砍倒了似的，消失在人们的视线里。

火车如常驶入了车站，仿佛什么都没有发生过。

在一片沉默中，年轻人的目光再次回到了那段文字上：

乔纳森·休斯，注册会计师，

家住普兰多姆大街112号，普兰多姆……

"天哪！"休斯大喊道，"简直是胡扯！"

但他站了起来，在老者还没来得及做出任何动作之前，往后退了几步。火车颠簸了一下，休斯一个没站稳倒在了一个空座位上，他就维持着这个姿势，眼神疯狂地盯着窗外一闪而过的绿光。

老天，休斯心想，幕后黑手究竟是谁？是谁想要中伤我们呢……我们？这算哪门子的玩笑？是想嘲笑我刚娶了一个漂亮妻子吗？该死的！休斯浑身发抖，该死，该死的！

这时火车拐了个弯，差点儿把他整个人都掀了起来。休斯顿时像是被地球引力和单纯的愤怒冲昏了头脑，他挥动着手臂，跌跌撞撞往回走到整个人都缩在报纸下面的老者面前。休斯拨开挡在眼前的报纸，抓住老者的肩膀。老者吓了一跳，抬起头，只见休斯的眼里噙满了泪水。在火车轰隆隆的响声中，这一瞬间对于他们而言变得格外漫长。休斯感觉自己的灵魂正慢慢地从身体中抽离而去。

"你是谁？"

一定是有人喊出了这句话。

火车摇动着，好像随时会脱轨。

老者像是被子弹射中了心脏，猛地站了起来，胡乱地把什么东西塞在乔纳森·休斯的手里，便跟跟跄跄地沿着过道跑进了另一节车厢。

年轻人张开手掌，把手里的名片翻了过来，看完上面的字，休斯重重地跌坐在座位上，将名片上的字又读了一遍：

乔纳森·休斯注册会计师
679—4990，普兰多姆

"不可能！"他大喊道。

是我，年轻人暗自思索道。那位老者竟然是……我。

这肯定是一个阴谋，不，是一连串的阴谋才对。是有人编造了一个关于谋杀的阴谋来捉弄他。火车呼啸着继续往前行驶,车上五百名乘火车上下班的通勤者都将自己藏在书本和报纸的后面,身子随着车厢摇晃着,像是一群醉醺醺的知识分子。那位老者则像是被魔鬼追赶一样,不停地从一节车厢跑到另一节车厢。这时的乔纳森·休斯已经无法遏制心中的怒火,完全失去了理智,而老者已经猛地一头扎进了通勤者专车的最后一节车厢里。

两个人在空荡荡的最后一节车厢里再次相遇了。乔纳森·休斯走过去,站在低着脑袋不肯往上看的老者身后。这位老者哭得那么厉害,根本就无法进行正常对话。

他在为谁哭泣呢?年轻人暗想道。快别哭了吧,求你别哭了。

就像是接到命令似的,那位老者坐直了身子,擦了擦泪水,擤了擤鼻子,把乔纳森·休斯拉了过来,让他坐在自己身边,用虚弱的声音对他耳语道:"我们当年出生在……"

"我们?"年轻人高呼道。

"我们……"老者一边望着窗外像袅袅炊烟般掠过车窗的渐浓暮色,一边低声道。

"是的,我们,我们两个,我们于 1950 年 8 月 22 日出生在昆西……"

没错,休斯心想。

"家住华盛顿街 49 号,在中心小学读书,一年级时天天和伊莎贝尔·佩里一起走路上学。"

没错,就是伊莎贝尔,年轻人心想。

"我们……"老者喃喃道,"我们……"老者低声说,"我们……"

他继续说道:"我们的木工老师是比斯比先生,历史老师是蒙克斯小姐。我们在十岁那年滑冰时扭伤了右脚踝,在十一岁时差点儿淹死,是爸爸救了我们。十二岁时和伊姆皮·约翰逊坠入了爱河……"

那是七年级时的事,伊姆皮是一个可爱的女孩,可惜早已去世了,老天,年轻人想,我已经老了。

事实也是如此。就在接下来的一分钟、两分钟、三分钟,老者不停地诉说着,说着说着,他渐渐变得年轻了,他的双颊变得通红,眼睛也亮了起来。而年轻人则像是被老者说起的往事压弯了身体,整个人都缩进了座位里,面色也变得越发苍白。两人就在一人述说和一人倾听中变成了一对孪生儿。就在那一刻,乔纳森·休斯确定了一个疯狂的事实,如果他敢抬头看一眼,就能在这个狂乱的夜里,从类似镜子的车窗玻璃上看到一对同卵双生子。

他没有抬头。

说完这一切后,老者的身子挺直了,他的脑袋也在叙述那些被遗忘已久的记忆时不知不觉地抬高了。

"那都是过去的事情了。"老者说。

我应该狠揍他一顿,休斯心想,我应该谴责他,呵斥他。为什么我不揍他,不谴责他,不呵斥他呢?

因为……

老者像是察觉到了他内心的想法,开口道:"你知道我没有骗你,我们过去的一切我都知道,现在的问题是……未来呢?"

"我的未来?"

"我们的未来。"老者说。

乔纳森·休斯点点头,盯着老者右手紧握着的报纸。老者将报纸叠好收了起来。

"你的生意会慢慢变差,至于是因为什么,谁又知道呢?你会有一个孩子,可惜没长大便夭折了。你会有一个情妇,但她最终也离开了你。你的妻子渐渐地也没那么好了。到最后……相信我,没错,相信我……你渐渐地就会……我该怎么说好呢……你会厌恶她的存在。好吧,看来我的话让你不高兴了。我还是先闭嘴吧。"

他们又默默地坐了一会儿,老者再次变老了,年轻人也跟着变老了。当老者再次变回原来的年纪后,年轻人点点头示意谈话继续,但是,他的眼神一直没有往说话的老者身上看。

"你觉得不可置信是吧,也是,你现在结婚才一年,这是最棒也是最美好的一年。虽然难以相信,但只要往大水罐里滴一滴墨水,一整罐清水都会变色。一滴墨水能够让一罐清水变色,也确实会让一罐清水变色。最终整个世界都发生了变化,不仅仅是我们的妻子,不仅仅是美丽的女人,甚至也包括那些美好的梦想。"

"你……"乔纳森·休斯刚开口便停住了,"你……杀了她?"

"是我们,你和我。但如果我能想到办法,如果我能说服你,我们就都不会这么做了,她能继续活下去,而你在上了年纪后就能变成一个更幸福、更出色的我。我也在为此祈祷,为此哭泣。现在还有时间。多年来,我一直想要摇醒你,改变你的性格,重塑你的思维。天哪,倘若人们都知道谋杀意味着什么就好了。那就是犯傻,傻透了,也丑恶透了。但现在还是有希望的,因为不管怎么着,我已经来到了这里,接触到了你,开启了拯救我们灵魂的第一步。现在,听好了,你究竟承不承认我们是同一个个体，是在不同时空的同一时刻搭乘这列火车的孪生兄弟？"

此时耳畔响起火车的鸣笛声，扫清了岁月产生的累赘。

年轻人点了点头，动作轻到几近微不可见，但这对老者而言已然足够了。

"我逃跑了，跑到了你身边。我能说的就是这些。她才死了一天，我就跑了。可跑哪里去呢？我根本无处可躲，不过是多拖延些时间罢了。没有需要辩护的人，没有法官，没有陪审团，没有任何证人能救——你。只有你能洗掉这些血债，你明白吗？是你把我召唤过来的，年轻纯真的你，正处于美好时光的你，幸福生活还没有遭到污染的你，这一切像个机器一样沿着轨道将我拉了过来。我现在能保持理智全是因为你在这儿。要是你抛下我转头就走，上帝啊，我会迷失自己，不，是我们会彻底迷失，我们将永无翻身之日，在痛苦中死去，然后被葬在同一个坟墓中。还需要我告诉你该怎么做吗？"

年轻人站了起来。

"普兰多姆到了。"一个声音喊道，"普兰多姆到了。"

两人下了火车走到站台上，年轻人没有理会追在后方的老者，只慌慌张张地往前冲，一路撞上了墙壁，撞上了人群，只觉得四肢都要被撞散了。

"等等！"老者呼唤道，"请等一下。"年轻人继续往前走。

"你还不明白吗，我们是一体的，我们必须一起想办法，一起解决这个问题，这样你才不会落到我这般田地，我自然也不会像这般不可思议地出现在你面前。哎，这一切都太疯狂了，特别疯狂，我知道，我知道，但是你听我说！"

年轻人停在站台边，每当有火车从这儿进站，便会传来欢快的叫声或者无声的问候，随即伴随着简短的喇叭声和发动机的轰鸣声，灯光又渐渐消失了。老者抓住了年轻人的胳膊肘。

"老天，你的妻子，也就是我的妻子，她马上就要来了，我要说的事情太多了。还有很多事情目前只有我知道，我们必须交流一下你接下来二十年里会发生的事情！你在听吗？天哪，你还是不信我！"

乔纳森·休斯的眼睛一直看着街道，一辆车从远处开了过来。他终于开口道："一九五八年的夏天，我祖母家的阁楼上发生了什么事情？这件事情除了我没人知道。你知道吗？"

老者的肩膀垂了下来，他的呼吸也变得更加顺畅了，然后，像是在背诵提词板上的台词一样说道："我们独自在阁楼上藏了两天，没人知道我们藏在哪里。所有人都以为我们淹死在湖里或者掉进河里了。整整两天，我们一直在哭泣，觉得没有人在乎我们，我们就躲在上面……听着风声，想着死掉算了。"

年轻人终于转过身来，目不转睛地凝视着老者——老了的自己，眼里闪着泪水。"那么说，你是爱我的吧？"

"不仅是爱，"老者说，"我更是你的一切。"

汽车抵达了车站，一个年轻女子在车玻璃后面微笑着挥了挥手。

"快，"老者悄悄地说，"带我一起回家，让我展示给你看，告诉你该怎么做，现在就把问题找出来并解决掉，也许能够让你的生活永远美好下去，让我……"

汽车的喇叭响了起来，车身随即停了下来，年轻女人从车里探出身来。

"亲爱的！"她呼喊道。

乔纳森·休斯放声笑了出来，狂奔过去："亲爱的……"

"等等。"

休斯停下脚步，转身看着月台上手拿报纸、身体颤抖的老者。老者询问般地举起一只手。

"你是不是忘记什么了？"

一片沉默压下来。"你，"乔纳森·休斯最终开口了，"我把你忘了。"

夜色里，汽车转了个弯。年轻女人、年轻人以及老者的身体都随着惯性往旁边倾斜了一下。

"你说你叫什么名字来着？"年轻女人问道。汽车在崎岖的乡间道路上奔驰着。

"他没说过他叫什么。"乔纳森·休斯迅速说道。

"我是威尔顿。"老者边说边眨了眨眼睛。

"哎！"爱丽丝·休斯说，"我娘家也姓威尔顿。"

老者微不可闻地倒吸了一口气，不过很快便恢复了过来。"是吗？太凑巧了！"

"我们会不会是远房亲戚？你……"

"他是中心高中的老师，以前教过我。"乔纳森·休斯飞快地打断道。

"现在依然是，"老者说，"现在依然还是。"

说话间他们到家了。

整个晚餐过程中，老者有一半的时间就那样两手空空地坐在那儿，注视着餐桌对面那位可爱的女士，没办法移开目光。乔纳森·休斯则表现得坐立不安，他吃得很少，不停地用过高的音量来掩饰餐桌上沉默的气氛。老者继续目不转睛地看着爱丽丝，像是每十秒钟就会有奇迹发生一样。他痴痴地看着爱丽丝的嘴唇，仿佛那是正在往外喷洒钻石的泉眼；他痴痴地望着她的眼睛，仿佛第一次发现世界上所有的智慧都隐藏在那里面。看着老者脸上的神情，就知道他现在整个人都呆住了，全然忘记了自己为什么会出现在这里。

"我是下巴上沾了面包屑吗？"爱丽丝·休斯突然大声问道，"为什么每个人都在看着我？"

老者突然大哭起来，震惊了所有人。老者的眼泪一直往下掉，过了一会儿，爱丽丝绕过桌子，碰了碰他的肩膀。

"请原谅我的失态，"老者说，"只是你实在太可爱了，快坐下吧，请多多见谅。"

三人吃完甜点后，乔纳森·休斯放下叉子，用餐巾擦干净嘴巴，大声道："亲爱的，晚餐真棒，我爱你！"他吻了吻她的脸颊，想了一下，又吻了吻她的嘴唇。"你看到了吗？"休斯瞥了一眼老者，"我非常爱我的妻子。"

老者平静地点点头说："是啊，是啊，我记得。"

"你记得？"爱丽丝疑惑地问道。

"来一起干一杯！"乔纳森·休斯快速地说道，"敬我的好妻子，敬我们美好的未来！"

他的妻子露出了笑容，举起了酒杯。

"威尔顿先生，"过了一会儿爱丽丝说，"你不一起喝一杯吗？"

那位老者站在客厅门口的样子看上去很奇怪。

"看这个，"老者说着闭上了眼睛，然后开始胸有成竹地在房间里走动起来，他的眼睛始终闭着。"这边是管道支架，书都放在那边,第四个架子上放着一本艾斯利①的《扔海星的人》,把赫伯特·乔治·威尔斯的《时间机器》和它放一个架子上确实再合适不过了,那边是一把特别的椅子,我现在打算坐在上面。"

老者坐了下来,睁开了眼睛。

乔纳森·休斯站在门口看着老者:"你不会再哭了吧?"

"不会,不会再哭了。"

厨房传来了洗碗筷的声音,客厅外那个可爱的女人在小声哼唱着。两个男人都转过身子,朝女人哼着小曲的方向望去。

"有一天,"乔纳森·休斯问,"我也会厌恶她吗?甚至会杀了她吗?"

"这听上去似乎不可能,是吗?我整整观察了她一个小时,却什么也没发现。没有任何暗示,没有任何线索,她说的话没有半点儿毛病。她身上就算是根头发丝都分毫不差。我也观察过你,想搞明白这一切是不是你的错,是不是都是我俩的错。"

"然后呢?"年轻人倒了两杯雪利酒,把其中一杯递给老者。

"你喝酒喝得太多了,这一点要当心。"

休斯把手里的酒杯放了下来,一滴都没喝。"还有什么吗?"

"我想我应该给你列一个清单,你可以每天都看一看。看看我这个老疯子给你这个年轻傻瓜的忠告。"

"不管你说什么,我都会记住的。"

"是吗?可你能保持多长时间呢?一个月,一年,然后就像其他所有事情一样,都变成了过去式。你要忙着生活下去,你会慢慢变成……我。她也会慢慢变成那个你再也不愿见到的人。

---

① Loren Eiseley(1907—1977),美国人类学家,自然科学作家,布拉德伯里的好友。

告诉她你爱她。"

"每一天都会说的。"

"你发誓！这很重要！这或许就是我失败的原因——我们失败的原因。每一天都要说，不许有任何例外！"老者向前倾了倾身子，说着说着他满脸都变得通红起来，"每一天都要说，每一天！"

爱丽丝出现在了门口，神情有点惊慌。

"出什么事了吗？"

"没有没有。"乔纳森·休斯笑着说道，"我们就是在争辩我俩到底谁更喜欢你。"

爱丽丝笑出了声，耸了耸肩，转身走开了。

"我想，"说着乔纳森·休斯又顿住了，他闭上眼睛，强迫自己开口道，"你该告辞了。"

"是啊，是时候了。"话虽然如此，但老者的身子却没有动。他的声音听上去疲倦而悲伤。"坐在这里，我感觉到的只有满满的挫败感。我找不到任何错误，也找不到任何瑕疵，也没办法给你任何建议。老天，我真是太愚蠢了。我不该来打扰你的，我现在能做的只有毫无意义的哭喊，给你提一些模糊的建议，除了给你平添烦恼，扰乱你的生活外什么都做不到。我刚刚坐在这里还在想：干脆我现在就把她杀了，现在就摆脱她，一切后果都由年迈的我来承担，而年轻的你就可以继续拥有美好的未来。我这样想是不是很傻？这样真的有用吗？这样做会产生时间旅行的悖论，是吧？我会把整个时空、整个世界、整个宇宙都打乱吗？别担心，别……别那样看着我，现在不会再有什么谋杀了。你未来的二十年都已经提前安排好了。老了的你什么都做不了，什么都帮不上，你现在就应该打开门，让他继续疯狂的逃亡之旅。"

老者站了起来,然后再次闭上眼睛。

"让我试试看能不能闭着眼睛从自己的家里走出去。"

老者开始往外走,那个年轻人也跟了上去。走到前门时,休斯打开旁边的壁橱,拿出老者的大衣,慢慢地帮老者穿上。

"你帮了我。"乔纳森·休斯说,"你教会我一定要告诉她我爱她。"

"是的,这确实是我说的。"

两人转身向门口走去。

"我们的人生还有希望吗?"老者突然认真地问道。

"有的,这一点我可以向你保证。"乔纳森·休斯说。

"好,那就好。我应该能相信你!"

"我就不跟她说再见了,我现在没办法面对那张可爱的脸,告诉她那个老傻瓜已经走了。去哪里了呢?我就在前方路上等着你,总有一天你也就成了我。"

"成为你?不可能。"乔纳森·休斯说。

"就继续嘴硬吧。对了……还有这个……"老者从口袋里摸出一个用皱巴巴的报纸包着的小东西,"最好还是留给你吧,即使是现在,也不要全然信任我,我可能会做出疯狂的事。给你。"

老者把那件东西塞进年轻人的手里。"再见!这是不是代表着上帝与你同在呢?好了,再见!"

老者匆匆地走进了夜色中。一阵风儿吹得树叶哗哗作响。远处的黑暗中有一辆火车正行驶在铁轨上,但谁也说不清这辆火车是在进站还是出站。

乔纳森·休斯在门口站了很长时间,想看看是否真的有人能就这样消失在黑暗中。

"亲爱的！"是妻子在喊他。

休斯开始拆手上那个用报纸包裹着的小东西。

妻子来到了他身后客厅的进门处，但她的声音听起来就跟黑暗街道上渐行渐远的脚步声一样遥远。

"别站在那儿了，风都进来了。"她说。

当休斯终于拆开了所有报纸，他的身子顿时僵住了。是一把小左轮手枪。

远处火车的轰鸣声彻底随风远去了。

"快把门关上啊。"妻子说。

休斯的脸冻得冰凉。他闭上眼睛。

她的声音。她听来是不是有点儿任性？

休斯慢慢地转过身，失去了平衡，他的肩膀碰到了门。

门动了，接着——

一阵风吹来，门砰的一声关上了。

尖叫的女人

刊于《费城问询报》（*The Philadelphia Inquirer*）
1951 年 5 月 27 日

我叫玛格丽特·利里，今年十岁，在中心小学读五年级。我没有兄弟姐妹，不过我有一对很好的父母，唯一的问题就是他们都不怎么关心我。不过不管怎样，我们从没想过自己竟会和一个被谋杀的女人扯上关系。

你要是和我们一样住在沿街，绝不可能想到一些可怕的事——比如枪击、持刀伤人、把人埋进地下——就发生在你家的后院。所以当这些事情真的发生时，你并不相信，而是继续往吐司上涂黄油或烘烤蛋糕。

让我来告诉你究竟发生了什么事情。那是七月中旬的一个午间。天气很热，母亲对我说："玛格丽特，去商店买些冰激凌回来。今天是星期六，爸爸会回家吃午饭，我们今天要美美地吃一顿。"

出门后，我选择从屋后的空地穿过去。那片空地很大，孩子们曾经还在这儿打棒球，地上有些碎玻璃和其他的小玩意儿。就在我自顾自地拿着冰激凌从商店往回走，事情突然就发生了。

我听到一个女人的尖叫声。

我停下脚步，仔细听了听。

声音是从地底下传出来的。

一个女人被埋在了混着石头和玻璃的泥土下面，她正在疯狂地尖叫着，希望有人把她挖出来。

我愣在了原地，心里害怕极了，她则不停地尖叫，因为被泥土盖着，声音听上去闷闷的。

随即我开始奔跑起来，中途不小心摔了一跤，但是又爬起来接着跑。我打开纱门走进屋子里，母亲就在这儿，她很平静，不知道我刚刚发现了什么——一个活生生的女人被埋在我们家的后院，就在一百码外的地方，用尖叫声提示着发生了一桩残忍的谋杀案。

"妈妈……"我开口道。

"不要拿着冰激凌站在那儿。"母亲说。

"可是，妈妈……"我说。

"赶紧把冰激凌放进冰箱。"母亲说。

"听我说，妈妈，空地那边有个女人一直在尖叫。"

"记得洗手。"母亲说。

"她正在不停地尖叫，不停地尖叫……"

"让我想想，现在需要盐和胡椒。"母亲的声音显得很遥远。

"听我说，"我大声说道，"我们得把她挖出来。她被埋在厚厚的泥土下面，如果我们不救她，她会憋死的。"

"我相信她可以等我们先吃完午饭。"母亲说。

"妈妈，你不相信我说的话吗？"

"亲爱的，这还用问吗。你现在赶紧去洗手，再把这盘肉拿到你父亲那里去。"

"我甚至不知道她是谁，也不知道她是怎么被埋在那儿的。"

我说,"但趁现在还来得及,我们得赶紧帮帮她。"

"天哪,"母亲说,"冰激凌怎么都这样了。你到底做了什么,杵在阳光下等着它融化吗?"

"那片空地……"

"快端过去,赶紧的!"

我走进餐厅。

"嗨,爸爸,空地那边有个女人在尖叫。"

"我从来就没见过有哪个女人不尖叫。"父亲说。

"我没开玩笑。"我说。

"你看上去确实很严肃。"父亲说。

"我们得拿上鸭嘴锄和铁锹,像挖埃及木乃伊那样把她挖出来。"我说。

"玛格丽特,我可不觉得自己是个考古学家。"父亲说,"这样吧,等到了凉爽的十月,我会挑个好日子,再接受你的邀请。"

"但等不了那么久了。"我几乎尖叫起来,整个人既兴奋又害怕,感觉自己的心脏都要炸开了。可父亲却只顾着把肉夹进盘子里,然后切成小块开始享用起来,完全不再理会我。

"爸爸?"我说。

"嗯?"他嘴里还嚼着肉。

"爸爸,你吃完午饭就出来帮我一起挖吧。"我说,"爸爸,爸爸,我可以把我存钱罐里的钱都给你!"

"好吧。"爸爸说,"这么说,这是一笔交易咯,对吗?那么重点就在于你能拿出多少钱。按时薪来算的话,你愿意出多少工资?"

"我愿意把我一年来攒下的五美元都给你。"

父亲摸了摸我的胳膊。"我很感动,我真的很感动。为了让我陪陪你，你愿意花钱买下我的时间。说实话，玛格丽特，你让你老爸觉得自己太失职了，没有花足够的时间陪陪你。这样吧，吃完午饭我就出去，听听是不是像你说的，有个女人在尖叫，而且，我不收钱。"

"真的吗，你真的愿意吗？"

"当然了，我说到做到。"父亲说，"但你必须先答应我一件事。"

"什么事情？"

"在我出去之前，你必须吃完午饭。"

"没问题。"我说。

"很好。"

等母亲进了餐厅坐好后，我们开始吃午餐。

"别吃得这么快。"母亲说。

我放慢了速度，但马上又开始加快速度。

"你听到妈妈说的话了吧。"父亲说。

"有个女人在尖叫。"我说，"我们得快点儿。"

"我打算安安静静地坐在这儿，先吃牛排，再吃土豆和沙拉，最后吃冰激凌，如果你不介意的话，我还要喝上一大杯冰咖啡。"父亲说，"这可能就要花上个把小时。还有一点，小姑娘，如果你再在午餐期间提起那个尖叫的女人，我就不和你去参加她的'独奏会'了。"

"遵命，先生。"

"都听明白了吗？"

"明白，先生。"我说。

午饭时间像是有上百万年那么漫长。每个人的动作都那么慢，就像电影里看到的慢动作一样。母亲慢慢地站起身子，然后慢慢地坐下来，慢慢地移动手中的刀叉和勺子，甚至连房间里的苍蝇的飞行速度也变得格外慢。父亲咀嚼食物的速度也慢得出奇。实在太慢了，我差点儿尖叫起来："快点儿！拜托了，快点儿，赶紧的，吃完就跑起来吧，直接用跑的！"

但是我没有出声，我不得不坐在那儿，和家人一起慢慢地享用午餐。而就在外面那片空地上（我甚至可以听到那个女人在那里尖叫！不停地尖叫），那个尖叫的女人正孤零零地待在那儿，可此时全世界的人都在吃午餐，太阳很热，那片空地就像天空一样空荡荡的。

"好了。"父亲说，他终于吃完了。

"现在你能和我出去看看那个尖叫的女人吗？"我说。

"我要先喝点冰咖啡。"父亲说。

"说到尖叫的女人，昨天晚上查理·内斯比特和他的妻子海伦又大吵了一架。"母亲说

"这不算什么新鲜事。"父亲说，"他们总是吵架。"

"要我说的话，查理就不是什么好东西，"母亲说，"不过他妻子也一样。"

"我倒觉得她人不错。"父亲说。

"你那是带了私心，毕竟，你当年差点儿就把她娶回家了。"

"你怎么还提这件事？"父亲说，"说到底，我也只当过她六个礼拜的未婚夫。"

"你和她分手，是明智的。"

"你也知道海伦那个人。她一心想做演员，还想跟团到处去表演。我是不能理解这种行为，所以才选择和她分手。不过她人很好，可爱、善良。"

"可你看看她最后的归宿，一个像查理那样可怕的野蛮

丈夫。"

"爸爸。"我说。

"这点我承认,查理的脾气是很糟糕。"父亲说,"记不记得海伦当年可是在我们高中毕业演出里担任主角的?她那时简直漂亮得像一幅画。她当时还写了几首歌。就在那年夏天,她还为我写了首歌。"

"哈!"母亲说。

"不要笑,那首歌还挺不错的。"

"你从来没有跟我说过那首歌。"

"这是我和海伦之间的事。让我想想,那首歌怎么唱来着?"

"爸爸。"我说。

"你最好赶紧带女儿去后院吧,"母亲说,"她都急晕了。以后再把那首美妙的歌唱给我听吧。"

"好吧,走吧。"父亲说。我赶紧拉着他从家里跑到了空地上。

空地仍然空荡荡的,天气依然那么热,地上的玻璃瓶闪烁着绿色、白色和棕色的光芒。"好啦,现在你可以告诉我那个尖叫的女人在哪儿了?"父亲笑着说道。

"我们忘记拿铲子了。"我大喊道。

"等听到她的尖叫声,我们再去拿工具。"父亲说。

我带他去了之前听到女人尖叫声的地方。"仔细听!"我说。

我们开始寻找尖叫声。

"我什么也没听见。"父亲最终开口道。

"嘘,"我说,"再等等。"

我们又仔细听了一会儿。"嘿,你在哪儿?"我大喊道。

我们听到了阳光炙烤大地的嘶嘶声,听到了风儿轻轻吹过树林的声音,听到了远处驶来一辆公共巴士的声音,听到了汽车经过的声音。

除此之外什么声音都没听到。

"玛格丽特,"父亲说,"我建议你回家躺下,还要在额头上敷一块湿毛巾。"

"可她之前就是在这里。"我大声喊道,"我听到她在不停地尖叫、不停地尖叫,你瞧,这儿有被翻挖过的痕迹。"我开始疯狂地对着地面大喊道:"嘿,你在下面吧!"

"玛格丽特,"父亲说,"这是凯利先生昨天埋垃圾时挖的大洞。"

"那肯定是有人趁着夜里,将一个女人埋进了凯利先生挖的洞里,又把洞填好了。"我说。

"好啦,我要回去冲个冷水澡了。"父亲说。

"你不帮我一起挖吗?"

"最好不要在室外待太久了,"父亲说,"天气实在太热了。"

父亲转身离去。我听到自家后门砰的一声关上了。

"该死的!"说着,我对着地面重重地跺了跺脚。

就在这时,尖叫声又响起了。

或许她之前叫累了,刚才一直在休息,现在她为了我,又开始尖叫起来。

此刻站在烈日下的空地上,我只觉得有些想哭。我跑回家里,砰的一声打开门。

"爸爸,她又开始尖叫了!"

"当然,当然。"父亲说,"跟我来。"他把我领到楼上的卧室。"来。"他说。他让我躺下,还把一块冷毛巾敷在我脑袋上。"你现在需要放松一下。"

我哭了起来。"爸爸，我们一定要救救她，她整个人都被埋进土里了，就像埃德加·爱伦·坡小说里的那个人一样。她在不停地尖叫，却没有引起任何人的注意，你想想这该多么可怕。"

"你下午不许再出去了。"父亲担心地说，"就在家里休息。"说完爸爸走了出去，锁上了门。我听到他和母亲在前屋说话。我又哭了一会儿，之后便停了下来，起身踮着脚尖走到窗前。我的房间在二楼，很高。

我把床上的床单拿了下来，将它系在床柱子上，再把它从窗口放出去。然后我从窗口爬出来，顺着床单一路滑下去，落在地面上。接着，我悄悄跑进车库，拿上几把铲子，然后又跑到空地上。天气比之前更热了。我拿着铲子开始往下面挖，整个期间，那个女人一直在尖叫……

这不是轻松的活儿，我得用铁锹不断地把石头和玻璃铲起来。我知道我得干上整个下午，但即使这样，时间也许还不够用。我该怎么办呢？去找其他人帮忙吗？估计他们会像父亲和母亲一样毫不在意吧。我只能一直挖，一个人一直挖。

大约十分钟后，迪皮·史密斯沿着空地小路走了过来。他和我年龄相仿，我们在同一个学校就读。

"你好啊，玛格丽特。"他说。

"你好啊，迪皮。"我喘着气说。

"你在干什么？"他问。

"挖东西。"

"挖什么东西？"

"有个尖叫的女人被埋在了地下，我要把她挖出来。"我说。

"我没听到尖叫声啊。"迪皮说。

"你先坐下来，等一会儿就能听到了。你要是能帮我一起挖，就更好了。"

于是我们静静等着。

"你听！"我大喊道，"你听见了吗？"

"嘿。"迪皮说，他的声音里带着赞赏，眼睛里闪闪发光，"很好，再来一遍。"

"再来一遍什么？"

"尖叫声啊。"

"我们得再等等。"我有些听不明白。

"再来一遍。"他摇着我的胳膊执意道，"继续啊。"迪皮从口袋里掏出了一个棕色弹珠，把它递到我面前，"给你，只要你再来一遍，我就把这个弹珠给你。"

地底下传来一声尖叫声。

"太赞了！"迪皮说，"快教教我！"他围着我蹦来跳去，好像我刚刚创造出了什么奇迹似的。

"不是我……"我刚想解释。

"你是不是花了一角钱从得克萨斯州达拉斯市的魔术公司买了《用玩具发声》这本书？"迪皮大叫道，"你嘴里是不是含着一个锡制的口技器？"

"是……是的。"我撒谎了，因为我想让他帮忙一起挖，"如果你愿意帮我一起挖，我待会儿就告诉你我是怎么做到的。"

"没问题。"他说，"给我一把铲子。"

我们开始一起挖，不时能听到那个女人的尖叫声。

"天哪，"迪皮说，"还以为轻轻松松就能把她挖出来呢。你太厉害了，玛吉。"接着他又问道，"她叫什么名字？"

"谁？"

"那个尖叫的女人，你肯定知道她的名字吧。"

"当然了。"想了一下后我再次开口道,"她叫威尔玛·史威格,今年九十六岁,是一个有钱的老太太。她被一个叫斯派克的人埋在了地下面,这个男人还伪造过十美元的钞票。"

"知道了,长官。"迪皮说。

"她身上还藏着宝藏,而我,我是一个盗墓贼,为了宝藏我要把她挖出来。"我一边喘着气说道,一边兴奋地挖掘着。

迪皮的眼睛里顿时增添了一抹东方的神秘色彩。"我也可以当盗墓贼吗?"他甚至有一个更好的设想,"要不咱们就把她当作克利奥帕特拉公主吧,一位戴着钻石的埃及女王!"

我们不停地往下挖,我想,我们一定能把她救出来的,一定能的。只要我们能不停地继续往下挖!

"嘿,我有个主意。"迪皮说完就跑开了,回来时拿着一张纸板,他用蜡笔在纸板上涂写着什么。

"继续挖!"我说,"我们不能停下来!"

"我在做一个指示牌,你瞧!梦乡公墓!我们可以把鸟和甲虫装进火柴盒之类的东西里,再埋到这儿。我要去找一些蝴蝶来。"

"别啊,迪皮!"

"这样做才更有意思,我还要找一只死猫,也许……"

"迪皮,赶紧拿起铲子往下挖!拜托了!"

"我累了,我想先回家睡个午觉。"迪皮说。

"你不能这么做。"

"谁说不能的?"

"迪皮,我想告诉你一件事情。"

"什么事?"

他踢了一脚铁锹。

我轻声在他耳边说:"真的有个女人被埋在这儿。"

"当然了。"他说,"你之前不就说过了嘛,玛吉。"

"你也不相信我。"

"只要告诉我你是怎么用玩具发出声音的,我就继续帮忙挖。"

"可我没法告诉你,因为那叫声不是我发出来的。"我说,"这样吧,迪皮。我现在站远一点儿,你就留在这儿仔细听。"

那个女人又开始尖叫起来。

"嘿!"迪皮说,"这儿真的有一个女人!"

"我要说的就是这个。"

"我们快一起往下挖!"迪皮说。

我们又继续挖了二十分钟。

"我很好奇她究竟是谁呢?"

"不知道。"

"不知道是尼尔森太太、特纳太太还是布拉德利太太,不知道她长得漂亮不漂亮。你说她头发是什么颜色的呢?她是三十岁、六十岁还是九十岁呢?"

"快挖!"我说。

挖出来的土越堆越高。

"不知道等我们把她挖出来,她会不会奖励我们。"

"肯定会的。"

"会不会给我们二十五美分?"

"肯定不止,我打赌她会给一美元。"

迪皮一边挖一边回忆道:"我曾经读过一本关于魔法的书,书里一个印度教徒赤着身子爬进一座坟墓里,在里面睡了六十天,什么东西都不吃,没有麦乳精饮料,没有口香糖或糖果,没有空气,整整六十天。"他的脸突然拉了下来。"我说,要是这儿就是埋了一个收音机,那我们这么拼命地挖,是不是太亏了?"

"有一台收音机也好啊,那它就属于我们了。"

就在这个时候,一道影子落在了我们身上。

"嘿,你们这些孩子在做什么呢?"

我们转过身子。是凯利先生,这块空地就是他的。"你好啊,凯利先生。"我们说。

"知道我现在想让你们做什么吗,"凯利先生说,"我想要你们拿起铲子,把你们从洞里面挖出来的土再铲回去。这就是我想让你们做的事情。"

我的心跳又开始加速,甚至也想尖叫起来。

"可是凯利先生,这儿有个女人在尖叫……"

"我没兴趣听你扯,反正我什么也没听见。"

"你听!"我大喊道。

那个尖叫声。

凯利先生侧耳听了听,然后摇了摇头。"什么声音也没有。在我给你们一脚之前,赶紧把洞填好,然后乖乖回家去!"

我们只好把土填回去。这期间,凯利先生一直双手交叉着站在旁边,那个女人明明在尖叫,但凯利先生却假装没有听到。

等我们把土都填回去后,凯利先生跺着脚离开了,嘴上还不忘说:"你们现在就回家去,要是再让我在这儿看见你们……"

我转头望向迪皮,低声道:"就是他。"

"什么?"迪皮说。

"肯定是凯利先生把凯利太太谋害了,先把她勒死,再把尸体装进盒子埋在了这儿,但他没想到,最后她醒过来了。他刚刚就站在这儿,明明能听到她的尖叫声,却故意装作听不见。"

"嘿。"迪皮说,"就是这样的,他刚刚就站在这里对我们撒谎。"

"我们现在唯一要做的事情就是,"我说,"叫警察来抓捕凯利先生。"

我们跑向街角商店的电话前。

五分钟后,警察敲响了凯利先生家的门。

我和迪皮躲在灌木丛里,仔细倾听着。

"是凯利先生吗?"警察问道。

"是的,先生,有什么需要帮你的吗?"

"凯利太太在家吗?"

"在的,先生。"

"我们能见见她吗,先生?"

"当然了。嗨,安娜!"

凯利太太走到了门口,看着外面的警察问道:"有什么事情吗,先生?"

"抱歉了,"警官道歉道,"凯利太太,我们接到报警说你被埋进了一块空地里。举报者听起来像是个孩子,但我们依然得确定一下。抱歉打扰到你了。"

"是那两个该死的小崽子。"凯利先生愤怒地叫喊道,"要是再被我碰上,我非把他们撕成碎片不可!"

"快跑!"迪皮说。我们赶紧跑开了。

"我们现在该怎么办呢?"我说。

"我得回家了。"迪皮说,"好家伙,我们现在是真的有麻烦了,肯定要挨揍了。"

"但是那个尖叫的女人怎么办?"

"别管她了。"迪皮说,"我现在可再也不敢靠近那块空地了。老头子凯利肯定会在那儿守着,等我们一过去就拿着他磨剃刀的皮带狠狠地抽我们一顿。对了,玛吉,我想起来了。老凯利听力好像不太好,有点儿耳聋呢!"

"哦,天哪。"我说,"难怪他听不到尖叫声。"

"再见,"迪皮说,"都怪你那该死的口技,我们现在可惹上麻烦了。待会儿再见吧。"

我顿时又变成了孤零零的一个人,没有人帮我,也没有人相信我。我真想跟那个尖叫的女人一起被困在箱子里活活闷死。警察肯定以为我撒谎了,现在估计正在追捕我——虽然我也没想到会是一场乌龙。父亲现在可能也在找我,或者等他发现床上没人了后,肯定会来找我。我现在能做的就只有最后一件事,我也确实这么做了。

我沿着街道一户一户地拜访住在那块空地附近的人家。我按下一个个门铃,门一开,我就问:"打扰了,格里斯沃尔德太太,你家里有谁不见了吗?"或者说:"你好啊,派克太太,你今天气色很好啊,很高兴你在家呢!"只要我看到女主人在家,我就只礼貌地聊两句,再去街上别的人家。

时间过得飞快,天色逐渐暗了下来。我脑子里不停在想,哎呀,那个女人被埋在地下,箱子里总共就那么点儿空气,如果我速度不快一点儿,她会被闷死的,我必须加快速度!我继续按响门铃,敲开一扇扇房门。天色更暗了,我都打算直接放弃回家算了,正在这时,我敲开了最后一户人家——查理·内斯比特先生的门,他家就在我家隔壁。我不停地敲啊敲。

来开门的不是内斯比特太太,也就是我父亲口中的海伦,而是查理·内斯比特先生本人。

"是你啊,玛格丽特。"内斯比特先生说。

"是我。"我说,"下午好。"

"有什么能帮你的吗,小家伙?"他说。

"我想见见你的妻子内斯比特太太。"我说。

"这样啊。"他说。

"可以吗?"

"她去商店了。"内斯比特先生说。

"那我等等她。"说着我顺着他身侧的缝隙溜进了屋里。

"嘿!"他说。

我一屁股坐在了椅子上。"天哪,今天实在太热了,"我说,一边努力保持冷静,一边想着那片空荡荡的空地和箱子里的空气,尖叫声变得越来越弱了。

"喂,听好了,小家伙,我觉得你最好还是别等了。"查理走过来对我说。

"为什么?"我说。

"我的妻子不会回来了。"他说。

"什么?"

"我意思是她今天都不会回来了。我刚刚也说了,她去商店了,不过……不过……她还要去斯克内克塔迪看望她妈妈。她可能要待上两三天或者一个礼拜才回来。"

"那太可惜了。"我说。

"怎么了?"

"我想告诉她一件事。"

"什么事?"

"我就是想告诉她,空地里埋着一个女人,那人正隔着厚厚的泥土尖叫呢。"

内斯比特先生手里的香烟掉了下来。

"你的烟掉了,内斯比特先生。"我抬起脚,用鞋点了点地上的烟说道。

"是吗？是的，是掉了。"他喃喃道，"好的，等海伦回来后我会把你说的故事转告她的，她应该会喜欢的。"

"谢谢你，真有一个女人被埋在了地下。"

"你怎么知道的？"

"我听到她的声音了。"

"那你怎么确定，那不是一株曼陀罗根呢？"

"什么是曼陀罗根？"

"小家伙，这么说吧，曼陀罗是一种植物。一种会尖叫的植物，我在书上看到过。所以你又怎么知道那不是一株曼陀罗呢？"

"这一点我倒从来没想过。"

"现在想也可以。"说着内斯比特先生又拿了一支烟。他想尽量表现得自然些。

"对了，小家伙，你有跟别人说过这件事吗？"

"当然了，我告诉了很多人。"

正在点烟的内斯比特先生被火柴烫了一下手。"那他们做了什么吗？"他问。

"什么都没做，"我说，"他们都不相信我。"

他笑了。"当然了，你就是个孩子，他们怎么会相信你的话呢？"

"我现在打算回去用铲子把她挖出来。"我说。

"等等。"

"我得走了。"我说。

"再待会儿吧。"内斯比特先生坚持道。

"谢谢，但是不用了。"我开始激动起来。

他抓住我的胳膊。"小家伙，会打牌吗？打二十一点？"

"会的,先生。"

内斯比特先生从桌子上拿了一副牌出来。

"我们来玩一局。"

"我现在就得去挖土了。"

"时间还早呢。"内斯比特先生平静地说道,"不管怎样,我妻子也许等会儿就会回来。是的,没错。你再等等她,再等一会儿。"

"你觉得她一会儿就回来吗?"

"当然了,小家伙。再说说那个尖叫声吧,声音很有力吗?"

"声音越来越弱了。"

内斯比特先生舒了口气,笑了。"你们小孩子就是喜欢玩。来,我们现在来玩二十一点吧,这比什么尖叫的女人有趣多了。"

"我得走了,已经很晚了。"

"再待会儿吧,你反正也没事可做。"

我知道内斯比特先生想干什么,他想就这样拖着我,一直到那个尖叫声彻底消失。他想阻止我去帮她。"我妻子十分钟后就到家了,"他说,"是的,只要十分钟,你就坐在这儿等等吧。"

我们开始打牌。时钟上的指针嘀嗒嘀嗒地转动着,太阳下山了,暮色越来越浓。我能想象到那个尖叫声肯定变得越来越微弱了。"我得走了。"我说。

"再来一局吧,"内斯比特先生说,"小家伙,再等一个小时,我妻子就回来,再等等吧。"

于是又过了一个小时。内斯比特先生看了看表:"好了,小家伙,现在你可以走了。"我知道他在计划什么,他会趁着半夜偷偷地把他还活着的妻子挖出来,换一个地方再把她活埋了,很好!"再见了,小家伙,再见了。"内斯比特先生放我离去了,因为他觉得箱子里现在肯定没有氧气了。

门在我面前关上了。

我回到空地附近，躲在了一堆灌木丛里。现在我该怎么办呢？把事情告诉家人吗？可他们都不相信我。向警察举报查理·内斯比特先生？但他会说他妻子出门走亲戚了。没有人会相信我！

我看了看凯利先生的房子，没有见到他的身影。我跑到之前听到尖叫声的地方，就那样站在那儿。

尖叫声消失了。周围太安静了，安静得让我以为再也听不到尖叫声了。一切都结束了，都是我来得太晚了。

我弯下腰，把耳朵贴在地面上。

我听到了那个女人的声音，很弱，我差点儿就听不到。

那个女人没有在尖叫，而是在唱歌。

她唱的大概是："我是那么爱你，深深地爱着你。"

这是一首悲伤的歌。她的声音非常微弱，而且有些断断续续。在地下的箱子里待了那么长时间肯定让她精神有些失常了。只需要给她一些空气和食物，她就会好起来的。可她只是继续哼着歌，没有再尖叫，也不再在乎生死，就只是哼唱着。

我听了听她唱的歌。

接着，我转身径直穿过空地，走上台阶回到家门口，然后打开前门。

"爸爸。"我说。

"终于找到你了！"父亲大喊道。

"爸爸。"我说。

"你要挨揍了。"父亲说。

"她不再尖叫了。"

"不许提她！"

"她在唱歌。"我大声道。

"你在撒谎！"

"爸爸，"我说，"她就在外面，如果你再不相信我的话，她很快就会死掉的。她现在正哼着歌，那首歌是这样的。"我开始哼唱起那首曲子，还唱了几句歌词："我是那么爱你，深深地爱着你……"

父亲的脸色顿时变得苍白，快步走过来抓住我的胳膊。

"你刚刚唱的什么？"父亲说。

我又唱了一遍："我是那么爱你，深深地爱着你。"

"你从哪里听到的这首歌？"父亲大喊道。

"就是刚才在那块空地上听到的。"

"可这是海伦写的歌，这是她多年前为我写的歌！"父亲大喊道，"你不可能知道歌词的，除了我和海伦，没有任何人知道。我从来没唱给任何人听，包括你。"

"当然了。"我说。

"老天！"父亲大喊着跑出门去拿铁锹。我再见到他时，他正在空地上挖，还有很多人和他一起挖。

我高兴得都想哭了。

我按下了迪皮家的电话号码，接通后我说："嗨，迪皮。一切都搞定了，一切都进展顺利。大家现在都知道那个尖叫的女人了。"

"太棒了！"迪皮说。

"两分钟后我们在空地上碰头，记得拿上铲子。"我说。

"谁晚到谁就是猴子！再见！"迪皮叫道。

"再见，迪皮！"我说完就跑了起来。

行李箱里的女人

刊于《侦探故事》(*Detective Tales*)
1944年9月

    约翰尼·门罗踢了踢地板,一屁股坐在阁楼楼梯的最下面一级台阶上。要是他的家庭教师今天过来了,好歹还能有人跟他做个伴。

    楼下正在举行聚会,热闹极了。笑声、调酒壶发出的叮当声和音乐声……充满了嘲弄的意味。约翰尼之前还以为一个人坐在这里,就足以避开那些声音。他的老师今天本该过来的,但她并没有来。

    父亲和母亲正忙着和客人推杯换盏,只用眼神示意约翰尼乖乖地待着别惹事。

    约翰尼顺着楼梯往上走,走进了这个废弃的阁楼,里面满是灰尘和霉菌,但也算得上是一个庇护所。不过即使在这里,下方聚会的喧闹声依然打破了这个温暖午后的宁静。

    约翰尼环顾四周,只见阴暗角落的蜘蛛网下面摆着四个行李箱。阳光透过一扇脏兮兮的小窗户照进了阁楼里,照亮了约翰尼那双充满好奇的蓝眼睛。

    放在北边角落的那个行李箱,它之前一直是锁着的,钥匙也不知被藏在了什么地方。不过现在锁的搭扣虽然是放下来的，但中间的锁舌却没有落锁，而是向上翻着的。

约翰尼走到行李箱前，撬开搭扣，拉开行李箱的盖子。阁楼里顿时变得冰冷刺骨。

行李箱里有一个女人。

她年轻美丽的身体就那样蜷缩着，在黑发的映衬下，她面部的轮廓依然是那么棱角分明，可脸色却像粉笔一样惨白。约翰尼倒抽了一口冷气，但声音并不大。他抓住行李箱的边缘。她身上还残留着香水味儿，整个人看上去像是被孤零零地遗弃在这儿了……他感觉自己也是这样的。对此他表示同情。阁楼是存放被遗忘的东西的地方。

她显然是窒息而死的。有人把可爱的她放进了这个行李箱里，砰的一声盖上了重重的盖子，密封起来。她的手就像一块白色的碎片，紧贴在薄薄的粉色鸡尾酒会礼服上。

过了一会儿，约翰尼在地板上发现了一个纸团，像是一张便条的一部分，上面的字是她写的。

……你们那么对我，现在也该补偿补偿了，这应该不难。可以让我当约翰尼的老师，这样我就可以光明正大地出现在你们的家里了。

艾莉

他看向了安静而美丽的她。看上去就像是有人趁她在鸡尾酒会上睡着了，将她抱进行李箱，还盖上了盖子！

约翰尼的身子渐渐地被笼罩在一片昏暗里，他木然地问道："你是我的老师吗？是我希望专属于我的那个人吗？可是他们……他们杀了你？为什么会有人杀死我的老师？"

就在这时，他脑子里突然冒出了另外一个念头。他，出身名门的约翰尼·门罗，发现了一具尸体，不是吗？是的，没错。他睁大了眼睛。父亲和母亲现在不得不注意他了，他们终于把注意力放在他身上了。

就连外婆也不会整日忙着跟弗林舅舅下棋了，她喝白兰地时甚至会被呛到，然后透过厚厚的眼镜望着他，大喊道："天哪，孩子，你喜欢窥探的习惯终于发挥作用了，不是吗？"

当然了！当然了！约翰尼快速地眨了眨眼睛，他的心脏剧烈地跳动着。

表哥威廉听到这个消息后可能会晕过去！

他，约翰尼·门罗，发现了一具尸体。刊登在报刊专栏上的不是母亲的照片，而是他的！

约翰尼把纸条藏进了口袋里，最后久久地看了一眼行李箱里的女人，看了看她那漂亮的睫毛、粉红色的嘴唇和乌黑的头发。接着，他盖上了行李箱的盖子。

他开始尖叫，是的，站在大楼梯的顶部，不停地尖叫，直到天塌下来，直到聚会也跟着停下来！不停地尖叫！

他的尖叫声听上去还不赖。

约翰尼走下楼梯，穿过大厅，从因尖叫声而受惊的人群中挤出一条路，走到了母亲面前，然后伸出一只手紧紧地抓住妈妈身上闪闪发光的鸡尾酒会礼服。

"约翰尼，约翰尼，你怎么在楼下？出什么事了吗？我不是告诉过你……"母亲俯下身子露出那张宛若少女的脸蛋。他抓住衣服上的另一把亮片，大喊道："妈妈，阁楼上有具尸体！"

约翰尼母子顿时成了全场的焦点。母亲的身体顿时僵住了，随后又放松了下来。"亲爱的,你先放开我的衣服,别把它弄脏了。瞧瞧你的双手上满是蜘蛛网什么的,你现在先乖乖地回自己房间去。"她拍了拍他的脑袋。

"可是妈妈!"他大声叫道,"那儿有具尸体……"

"天哪,"有人低声说,"简直跟他父亲一模一样。"

约翰尼生气地转过身子道:"你闭嘴!那儿确实有一具尸体!"

母亲没有看他,而是把目光看向了宾客们。约翰尼能够看见的只有她那修长的脖子、可爱的喉咙、结实的下巴,以及脖颈间跳动的脉搏。她的手指梳理着耳朵上亮丽的褐发。

"请大家原谅约翰尼的冒失,"她说,"小孩子总是这么天马行空,不是吗?"

她低头看向约翰尼,蓝色的眼睛里满是冷意。"你最好先到楼上去,约翰尼。"

"可是,妈妈……"

他的世界开始土崩瓦解,闪闪发光的亮片也从他的指间滑落了下来。他突然之间对聚会上所有看着他的人都产生了恨意。

"将军,你听到你妈妈说的话了吧。"

是父亲那洪亮的声音,这意味着这场争辩以约翰尼的失败画上了句号。约翰尼猛地转过身来,最后瞪了众人一眼,便往楼上跑去,泪水从他眼睛里涌了出来。

他拧开外婆房门上的铜把手。她和弗林舅舅正坐在那扇显眼的大窗户前下棋。她的眼镜在阳光的照射下闪闪发亮。她脑袋几乎没有动。

"外婆,打扰了,可是……"

她把手杖挪到了纤瘦的膝盖上。"怎么了?"

"我在阁楼上发现了一具尸体,但是没人相信我……"

"走开!约翰尼!"

"可是,"他大喊道,"那儿真的有一具尸体!"

"知道了,知道了!赶紧去拿瓶白兰地,给威廉表哥送去!嘘!赶紧的!"

约翰尼从酒柜里拿出一瓶白兰地,敲响了威廉表哥的门,隐约像是听到门缝后响起了吸气声。接着,威廉表哥快速地轻声问道:"是谁啊?"

"白兰地。"

"好的,好的!"威廉表哥从门后探出脸来,下巴短短的,看上去跟兔子似的。他飞快地伸出柔软的双手,摸了摸送过来的酒瓶。"谢天谢地!你可以走了,让我自己喝个烂醉吧!"

门砰的一声关上了,不过在这之前,约翰尼已经瞥了一眼威廉表哥那杂乱的设计室内部……到处都是直挺挺的人体模型,上面悬挂着、固定着各种剪裁过的耀眼丝绸,灰泥墙上用图钉固定各种用水彩笔画的斗篷、帽子和西装的草图,房里还放着一堆堆色彩鲜艳的毛织品和线轴,等等。房门挡住了这一切,将它们都锁在了房间里,威廉表哥小心翼翼地捧着白兰地躲在闪闪发亮的门把手后面。

看着大厅里的电话机,约翰尼心中的怒火越烧越旺。父亲和母亲忙着跳舞,弗林舅舅和外婆忙着下棋,威廉表哥忙着灌醉自己……他自己反倒成了这栋古老的大房子里的陌生人。他一把抓起了电话。

"我想……那个……请帮我接警察局。"

代替接线员的是另一个低沉的声音。

"约翰尼,把电话挂了,挂断电话就上床睡觉。"父亲的声音洪亮而又透着修养。

约翰尼慢慢地放下电话。这难道就是他发现尸体获得的回报吗？他坐下来，沮丧地哭了起来，感觉自己就跟行李箱里的女人一样，五个人砰的一声盖上了他头顶的行李箱盖子！砰的一声！

正当约翰尼在床上辗转反侧、无法入睡时，弗林舅舅轻轻地打开了门，把他那颗顶着一头柔软卷发的大脑袋探了进来，他的眼睛又黑又圆，眼神平静而温柔。他轻手轻脚地走了进来，像只安静的小鸟似的坐在了床边的椅子边沿上。他将像鸟爪一样的手指交叉在一起。

"既然你这么早就回房间了，"弗林舅舅说，"那我最好也早点过来给你讲睡前故事。没问题吧？"

约翰尼觉得自己长大了，不再需要听睡前故事了。他的家里大人多，孩子少，家长又很少与孩子沟通，周围的人都那么成熟，说的话也都那么成熟，他自己也在接受高等教育，因此，睡前故事就显得有点儿小儿科了。但约翰尼选择了屈服，他叹了口气，说："好吧，弗林舅舅，开始吧。"

弗林舅舅把熨得整整齐齐的黑色裤子拉到膝盖处，仿佛不这样做裤子就会爆裂开似的，然后开始慢慢地将故事拼凑起来。

"从前有一个非常美丽的年轻女人……"

天哪！这个故事他都已经听过上千遍了。

约翰尼开始烦躁不安。阁楼上放着一具尸体，他却不得不坐在这儿听这个老掉牙的故事。

"后来，"弗林舅舅继续说，"这个美丽的年轻女人爱上并嫁给了一个年轻的骑士，他们幸福地生活了很多年。后来，一个黑衣人绑走了这个美丽的女人。"弗林舅舅看上去既伤心又沧桑。

"然后她的丈夫回家了。"约翰尼提示道。

弗林舅舅压根儿没听他说话,而是用一种古怪而柔和的语调继续往下说:"丈夫追着黑衣人进入了一个黑暗地带,但无论他如何苦苦地祈求,或者拼命地追击黑衣人,结果都是徒劳无益。他的妻子永远回不来了,永远!"

弗林舅舅的呼吸开始变得急促而不均,他那双圆圆的黑色眼睛里发出了诡异的光芒,他的嘴唇在不停地颤抖。他现在不再是弗林舅舅,而是成了千里之外黑暗地带里的另一个人。他更加紧紧地抓住了自己的膝盖,并将双膝弯曲起来。

"但是丈夫没有放弃寻找,他发誓总有一天会找到并杀死那个黑衣人。果真天道好轮回,他做到了!他打倒了黑衣人,但是老天,就在击杀黑衣人后,他却发现不知怎的,黑衣人看上去好像就是他美丽的妻子!更令他惊恐的是,他发现自己也变得越来越邪恶……"

剧终!约翰尼希望故事能够就此结束。弗林舅舅则沉浸在自己制造的故事氛围里,深深地叹了口气,全然忘了约翰尼也在这个房间里,他的双手不停地颤抖,整个人也有些喘不过气来。弗林舅舅就这样坐在那儿。

约翰尼不知道为什么打了个寒战。"谢谢了,弗林舅舅,谢谢你了。"他说,"谢谢你的故事。"

弗林舅舅依然还没反应过来。"啊?"他放松了下来,认出了约翰尼。"是的。不用谢,不用谢。"

"你刚刚太激动了,弗林舅舅。"

弗林舅舅轻轻地打开房门。"晚安了,约翰尼。"

"对了,舅舅!"

"怎么了？"

话到嘴边约翰尼又顿住了。"没事。"

弗林舅舅拖着脚走了出去。门被轻轻地关上了。

约翰尼愤怒地在弹簧床上蹦跳着。"为了维持这个家庭的幸福感，过去这几天我做了许多违心的事情！听弗林舅舅讲故事……伺候外婆……不纠缠母亲……听父亲的话，不断地给威廉表哥送酒，该死的！"

他们每个人都让他感到厌倦。为什么不改变一下，多关注自己一些呢？他能听到楼下的聚会还在进行中。约翰尼从床上偷偷溜下来，耳朵贴在门上听着外面的动静。

在接下来的一个小时里，他听到各种不同的上楼时发出的脚步声，声音听上去就像房子发出的心跳声一样。外婆挂着拐杖轻快、敏捷地登上一级级台阶。弗林舅舅永远是拖着脚走路。父亲的步伐一直是那么从容不迫。母亲走路时脚步放得很轻，安静而平稳。威廉表哥走起路来紧张不安，磕磕绊绊。

他还听到有人在说话，有人在争辩，有人在催促，还有人在歇斯底里，这些声音混合在了一起……父亲很冷静，母亲在批判什么，外婆很严厉，威廉表哥在抽泣，弗林舅舅则很安静。偶尔还能听到阁楼的门被嘎吱打开的声音。

甚至没有一个人靠近过约翰尼的房间。楼下的人们还沉浸在聚会中，完全没有意识到楼上正在进行一场闹剧。夜幕很快就降临，秋日的夜带着阵阵寒意。

最后一切又都安静下来了。约翰尼匆匆顺着黑漆漆、满是灰尘的楼梯，来到阁楼里。他的心脏怦怦直跳。他要展示给他们看！

说来也怪，这个行李箱并不是很重。一个人就可以轻易地把它拉到楼梯处，然后让它顺着楼梯滑到楼梯平台。然后再将它推到楼梯口，接着推动它继续往下滑，不断往下滑，一直将它推到客厅里。是的。到时候他们就不得不相信他了！

约翰尼将行李箱翻倒过来。

人们正在聊天，收音电唱机里正在播放音乐。母亲和父亲也在人群之中，明亮的灯光宛如燃烧的火焰，久经世故的人们好似不停地拍打翅膀的飞蛾。

就在这时，大厅楼梯平台上的约翰尼就像是正在发表某种声明。他大声喊道："妈妈！爸爸！"

大家都转过头来看着他，就像在招待会上一样。

那个女人下了楼梯。

有人发出了尖叫，听声音像是威廉表哥。看见那个穿着薄薄的鸡尾酒会礼服的女人从楼梯上下来，每个人都不禁往后退了退。

准确地说，她不是走下楼梯，而是顺着楼梯滚了下去。

她不停地滚着，软绵绵的胳膊和腿一甩一甩的，脑袋也跟着一颠一颠的，头发如同黑色的鞭子，抽来抽去。她就这样顺着一级又一级的楼梯往下滚，整个人像是没有关节、没有骨头，死气沉沉。最后，她滚落到楼梯底部，约翰尼也跟着走了下来。

"我早就说过了，妈妈！爸爸，我又找到她了！是我发现她的！"

他永远也不会忘记那一刻母亲脸上露出的神情，她喊了一声他的名字，"约翰尼……"随即一巴掌甩在了他的脸上。

有人说："快打电话给警察！"

有人拿起电话，拨下了号码。父亲的脸色十分灰败，神情倒是很平静，但他整个人突然变得苍老而疲惫。约翰尼被母亲一巴掌扇得往后一倒，下意识地抓住了栏杆。他脑子里只有一个想法：她以前从没打过我，从来没有。她总是那么善良友好，有时可能没那么体贴，但在今天之前她可从来没打过我。

接着，事情就那么发生了。每个人都笑了起来。有人指着那具尸体，他们的脸变红了，嘴里发出了笑声。父亲也跟着笑了，但他的眼睛里没有丝毫笑意。

"见鬼。"有人说，"这就是那孩子在楼上发现的尸体吗？"

"就是一具人体模特！"另一个人说道。

"就是商店橱窗里的那种假人，孩子们很容易误认为是一具尸体。"笑声再一次响了起来，很多人都在笑。

"一具人体模型。"笑声越来越大。

约翰尼浑身颤抖着，蹑手蹑脚地弯下腰，摸了摸她伸出来的手，然后立刻把手抽了回来，接着又碰了碰那只手。他摸到的是坚硬冰冷的塑料。

"这不是那具尸体。"说着，约翰尼抬起脑袋，一脸迷惑。他摇了摇头，往后退了几步。"这根本就不是那具尸体，"他说，"那具尸体跟它不一样，那具尸体温暖而柔软，确实是一个真正的女人！"

"约翰尼！"

父亲收起了笑容。母亲攥紧了拳头，攥得手指骨节都发白了。

约翰尼说："我说过了，这不是那一具！"约翰尼哭了起来，他的眼泪像暴雨打在汽车挡风玻璃上一样，将整个世界都抹去了。"反正，她确实是死掉了，而且她是一个活生生的人，不是石膏做的！"

那天直到深夜，房子里声音一直没断过。人们不停地在上锁的房间里说话，争吵。中途他好像还听到了威廉表哥的哭泣声。除了人们上楼的声音，还能听到灯咔嗒一声开了又关。最后大家都上床睡觉了，约翰尼坐了起来，掀开被子。又是咔嗒一声，是表哥威廉把门上了双保险锁。为什么呢？是因为有什么人或者什么东西正在房子里游荡吗？

约翰尼吓了一跳。有人在拧他房门的把手，门打开了一条缝。黑暗中有人就站在那儿往里看。心是一种难以捉摸的东西，它就像水银一样，会在一个人的体内到处乱跑。约翰尼的心沉了下来。门一直开着。那道身影依然还站在门口，一动不动地望着里面。约翰尼什么也没说。然后，那道影子若无其事地退了出去，门也关上了。

约翰尼重重地锁上门锁，大口喘着气，浑身发抖地靠在门上。过了一会儿，有人试图从外面大力把门打开，是刚刚那道身影，但好在门够结实。约翰尼仔细听了听。那道身影走了。

约翰尼虚弱地回到床上，浑身颤抖着。"妈妈！"他自言自语道，"妈妈，因为我当着所有客人的面大吵大闹，所以你生我的气了吗？你会杀了我吗，妈妈？是不是因为那个行李箱里的女人和爸爸做了什么你不喜欢的事情，所以你杀了她？现在，我也做了同样的事情，你打算拿我怎么办呢？噢，妈妈，不可能是你！"

"爸爸，"他继续自言自语道，"你非让我把电话挂了。你是害怕这件事泄露出去吗？害怕你的生意、你的钱、你在俱乐部的名声受到损伤，对吧，爸爸？刚刚那个站在门口暗暗思索的人是你吗？你一直是我在这个家里最喜欢的人。但是今天，你是那么安静，甚至都不看我一眼。"

也可能是威廉表哥把尸体换了,以此来糊弄约翰尼。他可以用人体模型换掉行李箱里的尸体。她是威廉表哥的女朋友吗?她是不是惹什么麻烦了,还是威廉表哥担心她影响自己的名声?他和他的人体模型,以及他专门为贵妇制作的昂贵女装……是他吗,刚才拧门把手的是他吗?

或许是弗林舅舅,他向来不声不响,爱讲睡前故事。他是那么爱他的妹妹,也就是我的母亲。他愿意为她、父亲、外婆或者威廉表哥做任何事。为了让这个家庭保持完整,他会为了她、父亲或者其他人去杀人吗?

还有外婆。她每天都在下棋,喝纯白兰地。她的一生就是让这个大家庭保持正常运转。社交、地位和品位就是她生活的全部。如果有人闯进来,试图取代她的大家长地位,她会怎么办?她会对那个人做什么?

他们所有人!所有人!

约翰尼浑身发抖地倒在弹簧床上。这样封闭守旧的阁楼里突然闯进来一个女人,所有人便都怕了。一个女人而已。

约翰尼在他床边的桌子上摸索着,找到了在灰尘满地的阁楼中发现的那张纸条。他手里拿着纸条,默默地将纸条上的内容又读了一遍:

……你们那么对我,现在也该补偿补偿了,这应该不难。可以让我当约翰尼的老师,这样我就可以光明正大地出现在你们的家里了。

艾莉

约翰尼翻了翻身。

"艾莉老师，你在哪儿呢？"约翰尼对着黑暗自问自答，"是孤独地待在威廉表哥那满是硬挺挺的人体模型的画室里，还是一动不动地陪着外婆下棋，抑或像存放多年的酒桶一样，在寒冷黑暗的地下室里？你今晚还待在这个大房子里的某个地方，但明天就不一定了，除非我能提前找到你……"

家里有一个很大的后院，占地好几英亩，里面有一些果树、一个花园、一个游泳池和一个澡堂，大房子后面便是仆人的住处。阳光从一排排梧桐树和高高的绿色栅栏之间照射过来，栅栏外面就是街道。一棵橡树在午后的阳光下晃动着，一名警察就在栅栏外人行道上的这棵树下巡逻。

约翰尼爬到这棵橡树上，静静等着。

警察从下方走过去。约翰尼慌乱地拨动起树叶。

"你好。"警察抬起头来，"小心点儿，别摔下来了。"

"这个无所谓，"约翰尼说，"有个女人死在了我家里，但大家都选择了保密。"

警察笑了笑："是吗？"

约翰尼挪了挪身体："我在一个行李箱里发现了她。她是被人杀害的。我昨晚就想报警来着，但爸爸不让。我掀翻了行李箱，她从楼梯上滚了下去，结果发现那是一个蜡人。根本不是之前那位女士。"

"然后呢？"警察咯咯地笑了，他似乎被逗乐了。

"但我之前看到的是真人。"约翰尼坚持道。

"之前看到的？"

"我最开始发现的那位女士。我的威廉表哥是个服装设计师，是他把尸体调包了。你应该看看今早吃早饭时大家的表情，都在强颜欢笑,就跟电影里那样。但他们骗不了我,他们都很不开心。妈妈看起来很累,动不动就生气。我不知道他们这样假装平静,还能坚持多久。"

警察皱起了眉头。"老天做证,你说话的样子跟我的孩子一模一样。他的世界里就只有分解者巴克·罗杰斯和他的漫画书。老天爷做证,让年轻一代读这些东西简直无异于犯罪,这会毁了他们的思想。什么杀人啊,尸体啊!"

"但我说的是真的!"

"再见了。"说着警察继续往前走。

约翰尼紧贴在树干上,树叶随风微微颤抖着。接着,他从树上下来,穿过栅栏,追上那名警察。"你得过来看看。如果你不来,他们会把她带走……那样就没有人能找到她了。"

这位警察的耐心很好。"听我说,孩子,如果没有搜查令,我没办法对任何地方展开搜查。我怎么知道你没有撒谎?"他现在依然是在跟约翰尼闹着玩。

"你只要相信我……这就行了。"

警察伸出了一只手:"来吧。"

约翰尼握住了这只手。警察开始往前走。

"我们要去哪儿?"约翰尼问。

"去找你妈妈。"

"不行!"约翰尼疯狂地扭动着身子,"那样做没有什么用!反而会让她因此记恨我!她不会说真话的!"

警察牢牢地抓着约翰尼走到前门,然后按响了门铃。先是一个女仆,然后是母亲出现在门口,她的脸苍白得跟牛奶一样,苍白的嘴唇上涂了一层口红。她高卷式的发型似乎有点儿歪,眼睛像是一夜之间失去了光泽,下方还出现了眼袋。

"约翰尼!"

"夫人,最好还是让他待在家里。"警察摸了摸脑袋上的帽子,"他在街上乱跑会受伤的。"

"谢谢你,警官。"

警官看了看她,又看了看约翰尼。约翰尼想说些什么,却只发出了啜泣声。两滴眼泪顺着他的脸颊流了下来,门关上了,警察则在门外。

母亲没有跟约翰尼说任何话,一个字也没有。她就是站在那儿,一脸茫然,脸色苍白地绞着手指。除此之外她什么都没做。

几个小时后,约翰尼把发生的这一切写在一张五分钱大小的纸上。行李箱里的女人、威廉表哥、母亲、父亲、弗林舅舅、外婆,他把他知道的所有关于他们的事都写了下来。约翰尼将铅笔润湿,写了这样几行字:

"行李箱里的女人爱上了爸爸,所以在她登堂入室后,爸爸便杀了她。"写这句话时约翰尼噘起了嘴,"要不就是妈妈杀了她。"约翰尼的脑海里浮现出了多年来电影中出现过的谋杀场面。"当然,凶手也可能是外婆或者弗林舅舅,因为他们觉得自己的权威和安全受到了威胁。"是的。约翰尼快速、潦草地把这些话写了下来。接着,让我再想想。"威廉表哥呢?毕竟,那位女士也有可能是他的女性朋友。"约翰尼更希望这是事实,威廉表哥对他而言不是那么重要。"也许这跟外婆的过去有关,或者和弗林舅舅有关?"那么——

"约翰尼!"

是外婆的声音。约翰尼把便笺簿收了起来。

外婆挂着拐杖走了进来,领着约翰尼穿过大厅,走进她的房间里。她让他坐在棋盘前,对着白色的棋子点了点头。"你执白子,我执黑子。"她闭着眼睛思索了一下继续道,"我一向都是执黑子。"

"这棋下不了。"约翰尼说,"有两个黑色的棋子不见了。"他指着棋盘道。

外婆抬头看了一眼。"肯定又是弗林舅舅,他总是把我的棋子藏起来。永远都是这样。不管怎样我们都要来一局,我就用现在这些棋子。落子吧。"她用纤细的手指戳了戳。

"弗林舅舅在哪儿?"

"在花园里浇水。落子吧。"外婆命令道。

她注视着他的手指,慢慢地探身向闪闪发光的棋子。"我们都是好人,约翰尼。这二十年来我们在这所房子里生活得很好。而你只经历了这二十年中的一小段时光。我们从来不自寻麻烦,你也别给我们找麻烦,约翰尼。"

约翰尼就坐在那里,一只苍蝇嗡嗡地撞在了大窗户的玻璃上。在下方很远的地方,水从水龙头里流了出来。"我不是想惹什么麻烦。"约翰尼说。

棋盘变得模糊不清,像被染色的水一样晕开了。"爸爸今天吃早饭的时候脸色很苍白,神情也很古怪。外婆,如果只是一个蜡人,他又怎么会是这副模样呢?妈妈则看上去像是钟表里被卷成螺旋形的弹簧,随时准备反弹。如果只是一个假人,他们的表现就不会是这样,不是吗?"

外婆琢磨着自己的棋子该怎么走,她的身体缩成一团,像一只年迈的寄居蟹。"房子里没有什么尸体,全都是你想象出来的。都忘了吧,忘了吧。"她一副看着罪魁祸首的样子看着约翰尼,"孩子,从现在起放松下来吧。闭上嘴巴,别碍事,忘记这件事吧。总得有人告诉你该怎么做。不知道为什么总是我来做这种事情。忘了吧！"

他们一直下棋，直到黄昏降临。然后，夜幕很快又降临了，房子里又黑了下来，吃晚饭时所有人都匆匆忙忙的，随后似乎每个人都早早地就上床睡觉了。

时间一个小时接一个小时地过去了，约翰尼就那样静静听着整点钟声响了好几次。有人在敲门，约翰尼问："是谁？"

"弗林舅舅。"

"有事吗，弗林舅舅！"

"是时候讲睡前故事了，约翰尼。"

"今晚还是算了吧，求你了，弗林舅舅。"

"今天，我想讲一个非常特别的睡前故事，真的非常非常特别。"

约翰尼停顿了一会儿，然后道："我累了，弗林舅舅。今晚还是算了，改天吧？"

弗林舅舅走了，过了一会儿，整点的钟声又响起来了，已经十点多了。十一点到了，马上就要十二点了。

约翰尼打开门。

房子里到处都是静悄悄的。清冷的月光透过大片玻璃洒落进房子里，眼前是幽静的长廊楼梯和静谧的微光，看不到任何身影。

约翰尼关上身后的门。外婆在她安静的房间里，躺在四柱大床上重重地呼吸着。从威廉表哥的房门后面隐约传来一阵叮当声，好像是有人在小心翼翼地摇晃着酒瓶。

约翰尼在楼梯前停下了脚步。他只要回到床上，忘记这件事情，相信这一切都只是个误会，就没有任何麻烦了。这件事很快就会被所有人遗忘，一切又会回到几天前的样子。

母亲会在自己举办的聚会上朗声大笑，父亲会提着厚厚的公文包开车往返于办公室与家之间，外婆会躲在一边偷偷地喝白兰地酒，威廉表哥会把针插进人体模型里，弗林舅舅会继续没完没了地述说那个让他狂热的睡前故事，即使那个故事毫无意义。

可是事情并没有那么简单，一切再也回不到过去了，只能继续往前走。你不能选择遗忘。父亲曾是他唯一的朋友，但自从那件事之后，他们就变成了陌生人。母亲的状态比以前更糟了，看眼睛就知道她在夜里会偷偷地哭。在光鲜亮丽的外表下，她也在为生活挣扎。还有外婆，她每周不只喝一瓶白兰地，而是两瓶。至于威廉表哥，他每次把针插进人体模型时就会想到行李箱里的那个女人，他的脸色会变得苍白，整个人缩起身子，然后边喝白兰地边抽泣。

而她……那个躺在发霉的行李箱里的美丽黑发女人，他发现她时，她看上去是那么孤独，那么与众不同，他们之间被一种纽带联系在一起。作为这所房子里的外来客，她因此遭到了杀害，而约翰尼现在也成了家里的外来客。他想再次找到她，就是出于这个原因。他们现在就跟姐弟一样。她需要被人们找出来，她需要被人们记住，而不是遭到遗忘。

每往下走一个台阶约翰尼都小心翼翼地扶好站稳。他的手抓在栏杆上，五指跟着慢慢往下移动。她现在肯定不在阁楼上了，也不会在楼上的某个房间里。他们怎么可能把她藏在离他们那么近的地方？……或许是藏在楼下，藏在这个房子的某个黑暗角落里，也肯定不会是仆人的住处。

刚走到楼梯底部，约翰尼就听见楼上传来房门缓缓打开又关闭的声音。随即四周变得悄无声息，但是他可以肯定那人现在正悄无声息地站在楼梯顶上往下看。

约翰尼整个人都僵住了，他像个影子一样靠在墙壁上。汗水从他的脸上淌了下来，滴落在他小小的手掌上。他看不清那人是谁。那人就站在那儿，监视着下方，静静地等待着。

生活还在继续。不可能躺在床上就可以忘记一切。约翰尼无法忘记那个陌生女人，忘记那个行李箱里的女人，忘记她孤独死去的模样。而杀人凶手也不会轻易忘记这一切，不会忘记房子里有一个充满好奇心但是行事大意的小男孩。

约翰尼放慢了呼吸。他等了一会儿，看到楼梯顶上的那个人没有选择下楼后，他迅速地穿过大厅，走进厨房，从后门进入了月光照耀下的花园。

正方形的游泳池在月光下闪闪发光，泳池的另一边有几棵树，上方有几颗星星挂在天空中，旁边还有一个澡堂，左右两边是花园里低矮的植物，再往远处是温室大棚和花园的工具棚。约翰尼跑了起来。

工具棚的影子为他提供了临时的藏身之所。约翰尼回头一看，房子里没有灯光，也没有任何动静。尸体很可能就在这些室外建筑里。

现在要是能锁着门、躺在床上，该有多好。约翰尼的身体像池子里的水一样颤抖着。突然，他看见楼上大厅的窗口处站着一个人。只能隐约看到那个人影正从楼上往下看，就像刚刚从楼梯顶上往下看一样。……接着，人影消失了。

就在这时，从房子一侧碎石铺成的车道上传来了脚步声。有人从房子前面走了过来，绕过了梧桐树。有人悄悄地在梧桐树的阴影下活动，但看不清楚他的样貌。

突然之间,那人出现在了半明半暗的光线中。是她!不是母亲,也不是外婆。她的身体一半露在月光下,一半藏在斑驳的阴影里……是行李箱里的那个女人。

她就那样望着花园对面的约翰尼,什么话也没说。

约翰尼紧张地咽了口唾沫,眨了眨眼睛。他紧握着拳头,努力控制住自己的身体,控制自己的大腿和膝盖。接着,他蹲下身子,眯起眼睛,难以置信地看着她。一阵晚风吹得梧桐树的叶子沙沙作响。远处传来了一声汽笛声,就像某只孤独的猫头鹰发出的叫声。

她根本没有死,全家人都在糊弄他。他不明白,这是在开什么奇怪玩笑吗?他们都防备着他,而他的老师明明还活着!没有什么谋杀,没有什么死亡!她就在这儿,只为他一个人!在他孤独的时候,她就在这儿!

约翰尼冲进月光下,没有叫喊,也没有笑,只是气喘吁吁地朝她奔去。他穿过草地,从游泳池的瓷砖上跑过去,绕着游泳池跑向梧桐树。

她就站在那儿等着他,张开双臂等待他冲进自己柔软的怀抱里,梧桐树的影子投在她的鸡尾酒会礼服上,为整条礼服增添了梦幻的色彩。

约翰尼问道:"是你吗,艾莉?"

刚走到阴影处,他便尖叫了起来。宇宙似乎爆炸了。鸡尾酒会礼服快速地旋转起来,像是喝醉酒似的往下倒。行李箱里的女人弯下了腰,一阵嘶哑的喘息声响起。她要晕倒了。

不!她真的倒下来了!突然,一个人影击中了约翰尼的脸,震动着他的神经,一下,两下,三下。约翰尼跪倒在地,没等他站起身来,就有人用手捂住了他的脸,让他无法发出啜泣声。

妈妈!

一想到这人可能是母亲,约翰尼感觉就像是挨了闷头一棍!母亲穿上行李箱里那个女人的鸡尾酒会礼服,引诱他过去,再一把抓住他。

妈妈,不要杀我!不要杀我!约翰尼只觉得想哭。很抱歉我不该把警察叫过来!妈妈,你是因为太爱爸爸,才杀了艾莉吗?妈妈,放过我吧!妈妈,你站在梧桐树的影子下,看上去简直跟她一模一样!

但是这双手依然抓着他不放。在挣扎间,两人的身体触碰在了一起。对约翰尼而言,这又是一连串冲击。捂住他嘴巴的手指太结实了,根本不像女人的手指,粗太多了!约翰尼在心里尖叫,呼哧呼哧喘着粗气。

眼前的房子朝他倾斜过来,似乎要把他压扁一样。每个人都睡在那栋古老的房子里,没有意识到波光粼粼的游泳池旁正在进行一场无声的搏斗。

约翰尼突然意识到这人不是母亲,也不是行李箱里的女人。这双手太结实了。谁比母亲更强壮、更敏捷、力气更大、更难对付呢?

难道是外婆?

身后的这个人比他结实多了。约翰尼好不容易稍微挣脱一点儿,便看到纤薄的鸡尾酒会礼服孤零零地散落在月光下,还有人体模型的一只手。冰冷冷的塑料人体模型就那样倒在地上,看上去死气沉沉的。从后面抱住并攻击约翰尼的另有其人。

威廉表哥!

但他没有闻到白兰地的味道,这一切都是一个没有醉酒的人干出来的。这人的呼吸干净而急促,甚至还在啜泣。

父亲！

爸爸，约翰尼想对他大喊道。不，不，不要！

接着，那人说话了。在铺着瓷砖的泳池里，水打着旋儿，一个轻而邪恶的声音响了起来，约翰尼恍然大悟。这人的手捂得更紧了，声音也绷得更紧了，这人轻声在约翰尼耳旁道："你伤害了你妈妈！"

我不是故意的，约翰尼在心里尖叫道。

"如果不是你，"那声音继续低声道，"你妈妈永远不会知道黑衣人已经死了！"

我不是故意找到行李箱里的女人的，约翰尼一边挣扎着，一边无声地大喊道。

"这个打击会要了她的命。如果她死了，我也不想活了。自从二十年前发生了那件事情，她就是我唯一的亲人了！"

嘶哑的嗓音继续说道："艾莉当时也来参加聚会了，他们原本还想骗我说她只是个不相干的人，但我早就猜到了。她上楼时穿着那件鸡尾酒会礼服，我给她倒了一杯白兰地，里面放了安眠药，然后，我把她放进那只旧行李箱里，让她轻轻地睡了过去。要不是你，没人会知道她在那儿。艾莉就这样永远消失了，只有我和外婆知道真相！但你也是个黑衣人，就像艾莉一样，你也是个黑衣人！"那声音轻声继续说道，"有的时候，我看着你，就像看到了她的脸！所以，现在……"

黑衣人！约翰尼只觉得天旋地转，脑袋疼得厉害，只想赶紧挣脱出来。弗林舅舅！

弗林舅舅，约翰尼心想，你为什么称艾莉是黑衣人？为什么？弗林舅舅，你说的那个睡前故事。这么多年来，你一直在讲同一个故事，那个关于黑衣人和美丽女人的奇怪故事。现在我的老师成了黑衣人,你为什么要杀她!她对你做了什么?你为什么称她是黑衣人?那个睡前故事究竟是什么意思?我什么都不知道。

"别杀我,弗林舅舅。今晚的游泳池上波光粼粼,水温很凉,我不想待在寒冷的池底。"

约翰尼抓住身后那人,向前倒下。

两人尖叫着摔进了游泳池。猛烈的冲击让约翰尼感到一阵恶心。那双手松开了他。水中的两人开始在黑暗中打斗,池水刺激着鼻黏膜,气泡不停地从他嘴巴里冒出来。

当约翰尼浮出水面时,下方传来一阵巨大的气泡上升的声音,好像有一个老人在涌动的潮水中颠簸挣扎。那人再没有浮出水面,只有气泡冒出来……

约翰尼一边哭着一边尖叫着,独自从游泳池里爬了出来。眼前是那个穿着鸡尾酒会礼服的人体模特,她就那样孤独而疲惫地躺在那里。约翰尼的脚踩到了一个在地砖上旋转的黑色小东西,他捡起来一看,发现是一颗黑色棋子,弗林舅舅总是偷偷地从外婆房间里的象棋盒里拿走几颗棋子。

约翰尼把棋子紧紧地抓在手里,但眼神却没有看向它,而是望着池子里慢慢泛起的涟漪,池底是睡着了的弗林舅舅。一切都太疯狂了,疯狂到他接受不了。

约翰尼望向那栋房子,眼前依然有些模糊,身体颤抖得像条生病的狗。房子里所有的灯都亮了起来,能够看到黄色和橙色的正方形窗户。父亲大喊着跑下楼,后门打开了,约翰尼哭泣着瘫倒在冰冷坚硬的瓷砖上……

母亲坐在床的一边,父亲坐在床的另一边。约翰尼的眼泪都流干了,他躺下来,看了看父亲,又看了看母亲。"妈妈?"

她什么话也没说，只是淡淡地笑了笑，紧紧地抓住约翰尼的手。

"妈妈，妈妈。"约翰尼说，"我明明很累很累，但就是睡不着。为什么啊？爸爸，这是为什么呢？"约翰尼又看了看父亲，"爸爸，到底发生了什么？我不明白。"

父亲虽然觉得这件事情有些难以启齿，但还是选择告诉约翰尼。"弗林舅舅在二十年前结过一次婚，他的妻子在生孩子的时候去世了。弗林舅舅的妻子美丽而善良，他非常爱她。所以弗林舅舅讨厌这个孩子，不愿意跟她扯上任何关系。这个孩子对他而言就是一个杀人凶手。你能理解他的感受，对吧？就好像假如妈妈死了，我会是什么感受，你应该明白吧？"

约翰尼虚弱地点了点头，但他也不确定自己是否能够明白这种感受。"弗林舅舅把婴儿送给了一个女孩抚养。他不肯告诉我们具体送到了哪儿。那个孩子就这样在痛苦中长大了，她为自己受到的不公待遇而憎恨弗林舅舅。毕竟，她的出生不是她自己决定的。这你明白吗，儿子？"父亲说。

"我懂，爸爸。"

"就在一个月前，那个如今已经长大了的孩子，也就是艾莉，不知怎么地找到了我们住的地方。她寄来了一封信。我们让她当你的老师，这是她应得的。我们向你舅舅隐瞒了这件事。但是当艾莉来参加聚会时，她一上楼，弗林舅舅就猜出了她的身份。"

父亲一时不知道该怎么说，他闭上眼睛。"然后……你在阁楼上发现了她。我们试过掩饰真相，也试过让你忘记这件事情。但都没有用，我们永远也忘不了这件事情，真相注定会浮出水面。虽然存在很多风险，但我们所有人都试图悄悄地解决这件事情。不管是为了金钱、名誉、事业，还是为了不让别人说闲话，我们都会选择这么做的，孩子……但是说真的……这些其实根本无所谓！"

约翰尼把脑袋转了过去："是我一直在管闲事……"

"我想，你就是我们的良心，是一颗鲜活跳动的心脏。你把全家人都搅得内心不安。弗林舅舅以为你在伤害你妈妈。你的妈妈……他的妹妹……是自他妻子死后他唯一的亲人。"

"所以他想伪造现场，让我看起来像是不小心掉进游泳池里淹死了……"

母亲突然弯下腰，紧紧地抓住约翰尼。"对不起，约翰尼，我们也有疏忽的时候。我没想到他会那么做。"

"警察那边怎么办？"

"真相就是弗林杀了她，然后自杀了。"

母亲疲惫的声音显得那么遥远。约翰尼听到了自己的声音。"妈妈，弗林舅舅以前经常给我讲睡前故事。我还是不明白，所有的情节都是关于黑衣人和美丽的妻子，还有……"

"总有一天，当你长大了，你就会明白的。可怜的艾莉，她一直都是那位黑衣人。"

事情都过去了，一切都结束了。"妈妈，不要再讲什么睡前故事了。不要再讲睡前故事了，好吗？"

约翰尼疲惫地闭上了眼睛。只听见母亲说："不会再有什么睡前故事了，约翰尼。"

约翰尼倦倦地翻了个身，进入了梦乡。他的左手张开，手里那枚小小的黑色棋子咔嗒一下掉在了卧室的地板上。约翰尼睡着了，而黑色棋子还在滚动。

"我不是笨蛋！"

刊于《侦探故事》(*Detective Tales*)
1945 年 2 月

  我不是笨蛋。我没那么笨，先生。当斯波尔丁街街角的那些人说在这一带发现了一具尸体时，你以为我是跑到治安官办公室报信了吗？那你又错了。转身离开后，我每隔一秒就回头看看那些人是不是在背后笑我，看看他们的眼睛里有没有闪着恶作剧的光芒。接着，我去看了那具尸体。死者是西蒙斯先生，尸体就躺在他生前住的那间空荡荡的农舍里。多年来，这儿一直长满了茂盛的绿草，小径的边缘上还长着一株飞燕草，一些球芽甘蓝，清晨，小径边还会生起火。我快步走到门口，敲了敲门，没有人回应。伴随着嘎吱一声，我推开门，往里看了看。
  做完这一切后，我才动身去找警长。
  一路上，有些孩子一边嘲笑我，一边对着我扔石头。
  我在路上遇到了警长。当我把这件事情告诉他后，他说好的，好的，他都知道了，还让我快让开！我退到一旁，让他走过去，和他一起走过去的还有满身农场泥土味儿的克罗克韦尔先生，满身五金铰链味儿的威利斯先生，浑身肥皂味儿的杰米·麦克林，以及散发着啤酒味儿的达菲先生。

当我回到那栋孤零零的灰色房子时,他们正弯腰站在房子里,像一群在壕沟里干活的劳工。我能进来吗?我好奇地问道。他们嘟囔着说,不可以,不可以,走开点儿,彼得,你只会碍事儿。

事情永远是这样,人们总是让我到一边去,对着我得意地大笑。那些告诉我有尸体的人,你知道他们是怎么想的吗?他们以为我不会确认真假,会直接去找警长。可我已经不再是之前的我了。我很清楚去年春天里发生了什么事,多年以来,他们第二十七次让我去把天上挂下来的钩子和海岸线取回来。我一路大汗淋漓地走到海湾里的温布利码头,去拿那把五角形的活动扳手,但自我十七岁起到现在,我从未找到过那把扳手。

这次换我愚弄他们了,我先确认了一番,才跑去求助。

半个小时后,警长没精打采地走出了屋子,他摇了摇满是灰尘的脑袋。"可怜的西蒙斯先生,他的脑袋像大肚炉生锈的外皮一样皱巴巴的。"

"真的?"我问。

警长用鄙视的眼神瞥了我一眼,抿了抿薄薄的嘴唇,上方的胡子也跟着动了动。"你他妈的还真说对了。"

"这是一桩神秘的凶杀案,对吗?"我问。

"我不觉得有多神秘。"警长说。

"你知道凶手是谁吗?"我问。

"还不确定,先闭嘴吧。"警长厉声说道,他用拇指卷了一根烟,刚一点上就深深地吸了一口,就这样,半支烟都烧成了灰烬,然后,他继续道,"我正在思考。"

"要我帮忙吗?"我问。

"你?"警长轻蔑地哼了一声,抬头看了看我的脸,"你能帮什么忙？"

每个人都笑了，他们捂着肚子，腮帮子都鼓起来了，雪亮的眼睛还闪烁着光芒。他们肯定觉得我帮忙这事儿特别好笑。

克罗克韦尔先生是个农民，他笑了。威利斯先生是五金店的老板，身子像铁钉一样强壮，他笑的时候像是用雪橇在敲击铁板。爱尔兰人达菲先生是个酒保，他一笑，粉色的舌头在嘴巴里晃来晃去。只要有人大喊大叫，杰米·麦克林就会吓得跑开，这会儿，连他也笑了。

"我最近一直在读夏洛克·福尔摩斯的故事。"我说。

警长把我从头到脚打量了一番。"你什么时候还开始读书了？"

"我识字。"我说。

"你觉得你能解开谜团，是吗？"警长大喊道，"在我一脚把你踹飞之前，赶紧滚远点儿！"

"警长，别理他。"杰米·麦克林笑着挥了挥手，还对我咂了咂舌，"你可是一位优秀的探员，是不是啊，彼得？"

我对着他眨了六下眼睛。

"探员就是侦探的意思，就是和福尔摩斯一样的人。"杰米·麦克林说。

"噢。"我说。

"哈哈！"杰米·麦克林笑着说，"我随时都愿意把宝押在了不起的彼得身上，随——随——时！警长，他可是位强壮魁梧的小伙子，只需要动动左脚上的大鞋子，就能把案子破了，不是吗，伙计们？"

克罗克韦尔先生朝威利斯先生眨了眨眼睛，威利斯先生哈哈大笑起来，声音听上去就像在一块扁石上敲打烟斗一样。大家都偷偷地瞥了警长一眼，还撞了撞彼此的肋骨，咯咯地笑了起来。

"我敢打赌彼得会赢。我下注五十美分，赌彼得能比警长更快破案！"杰米·麦克林说。

"好了，听我说！"站得僵直的警长大声喊道。

"我下注七十美分，跟你赌的一样。"威利斯先生拉长调子慢吞吞地说。他先是拿出了银光闪闪的硬币，又拿出了绿色的钞票，纸币像是小翅膀一样，在他长满汗毛的大手里甩来甩去。

警长生气地踢了一脚靴子。"该死的，就他这缺心眼儿的傻大个儿，根本不可能侦破谋杀案！"

杰米·麦克林晃着身体问："害怕了？"

"去你的吧，我才不怕呢！你们是在拿我寻开心！"

"我们是认真的。我们的钱都在这儿了，警长。你也来赌一把吗？"

警长大吼着表示他一定会赌，他确实也下注了。每个人都像低音鼓和铜号一样发出了阵阵笑声。有人拍了一下我的背，但我没有感觉到。有人叫我进去给他露一手，彼得，给他露一手瞧瞧。但一切都像是被淹在水下，感觉特别遥远。我的耳边嗡嗡响，像是有人穿着大靴子，像踢一个皱巴巴的足球一样把我的脑袋踢来踢去。

警长看着我，我也看着他，沉重的双手垂着。他放声大笑起来。

"老天，看样子不等彼得张嘴吐口唾沫，我就已经把这个案子侦破了！"

警长说除非我能保持一只腿站立，双手举到空中，否则不让我待在放尸体的房间里。我只能选择屈服。其他人说这很公平。我照做了。大部分时间，我一直用一条腿站着，同时伸出双手保持平衡。后来，我摔倒了，他们发出了窃笑声。

"他死了。"我在尸体边上说道。

"了不起！"杰米·麦克林笑得喘不过气，差点儿窒息。

"他的脑袋受到了重击，"我说，"凶器是个很重的东西。"

"是个大家伙！太棒了！"杰米·麦克林气急败坏地说道。

"凶手不是女人。"我说，"女人没那么大力气，拿不起那么重的东西。"

杰米·麦克林笑不出来了。"非常正确。"他瞥了其他人一眼，眉毛往上挑了挑。

"确实如此。我们没想到这一点。"

"可以排除掉所有女性。"我说。

克罗克韦尔先生取笑警长道："你可没说到这一点啊，警长。"

警长的香烟像国庆节上的转轮焰火一样冒出哔哔火星。"我正要说呢！该死的，任谁都看得出来凶手不是女人！彼得，你站到角落里去发表你的演说吧。"

我用一只脚站在角落里。

"另外……"我说。

"闭嘴吧。"警长说，"你已经发表过观点了，该我说了。"他把裤子往上拉了拉。沉默了片刻后，他皱起眉头道："好吧，就像他说的那样，这人已经死了，脑袋被炉子砸得稀巴烂，凶手不是女人，另外……"

"哈哈！"克罗克韦尔先生说。

警长狠狠地瞪了他一眼。克罗克韦尔先生用手捂住嘴。

"人已经死了二十四小时了。"我闻了闻说。

"连傻瓜都知道!"警长大喊道。

"你之前可没说过。"杰米·麦克林说。

"我必须说出来吗,我就不能先思考一下?"

我环视了一下空荡荡的房间。西蒙斯先生是个怪人,一个人生活,家里没有家具,到处都是地毯,只有楼上有一张帆布床。他不愿意花钱,把钱全都存了起来。

我说:"房子里没有什么争吵或打斗的痕迹,东西没有乱。凶手肯定是一个他信任的人。"

警长开始咒骂,但杰米·麦克林让他先听我是怎么说的,这太他妈有意思了。其他人也是这么说。我笑了。我闭上眼睛,轻轻地咧嘴笑了,又把眼睛睁开。这是我生平第一次感受到被所有人注视的感觉,好像我已经优秀到能够站在他们身旁了。我慢慢地从角落里走了出来。

我蹲在西蒙斯先生旁边,望着他。他年纪很大了。警长也模仿我的样子,迅速蹲了下来。我贴近看了看,警长也贴近看了看。我仔细观察地毯,警长也仔细观察着地毯。我把西蒙斯先生的右袖子抚平了,猜猜谁抚平了西蒙斯先生的左袖子?我哼哼两声,就像喉咙里有一把梳子在划过纸巾。警长也把牙齿咬得咯咯响。夏日炎炎,每个人都安静地站着,汗水不断往下流。

"为什么说他是被朋友谋杀的?"

"他被朋友谋杀是怎么回事?"克罗克韦尔先生好奇地问道。

"当然是了,"我说,"凶手是他信任的人,所以现场一点儿也不乱。"

"没错。"不怎么说话的威利斯也说道。

每个人都说是这样的，没错。

"那么，"我说，"有谁不喜欢这个冷冰冰的死者呢？"

警长气得提高了声音。"很多人都不喜欢西蒙斯。他脾气暴躁，老是喜欢跟人打架。"

我看着眼前这几个人，不知道哪一个是真正的凶手。我的眼睛死死地盯着杰米·麦克林，他向来缺乏主见。你掉了火柴盒，只要看着杰米，他就会内疚地嘀咕道："我没拿。"当你不见了五美分，杰米会说："不是我干的！"

有意思。他在小时候受过惊吓，所以，不管事情是不是他干的，他总会觉得内疚。我现在忍不住就盯着他看，只要我的眼睛扫过他，他就会紧张到六神无主。五金店的威利斯正好相反，即使周围有闪电落下来，他也会像石头一样笔直地站在那儿。

"我之前听杰米说西蒙斯先生该死。"我说。

杰米睁开眼睛。"我可没那么说过。就算我说过，你也知道人有的时候就会说一些言不由衷的话。"

"反正不管怎样，我听你这样说过。"

"好——好——好——"杰米连说了三遍，"你——你——你又不是这个城市——这个城市的警长。你还是赶紧闭嘴吧。"

警长像狐狸一样咧嘴笑了："你这是怎么了，杰米？刚才你还把希望放在彼得身上，站在他那边呢。"

"我不想让任何人来指责我，事情就是这样，你这个大笨蛋。"杰米对我说，"去角落里单脚站着吧！"

我没有眨眼睛："我明明听你说过西蒙斯先生该死。"

"你看上去怎么有点儿紧张，杰米？"警长说。

"我也记得你确实这么说过,杰米。"威利斯先生说,"彼得,你的记性真好。"他潇洒地朝我点了点头。"我敢打赌在这儿能找到杰米的指纹。"我说。

"当然了,"杰米脸色苍白地大喊道,"当然了,这儿肯定有我的指纹。我昨天下午来过这儿,想跟这个软绵绵地躺在地板上的浑蛋要回我的三十美元。你这个傻大个儿!"

"你瞧,"我说,"他当时就在这儿。他的指纹肯定就像野餐时的蚂蚁,到处都能见到。"我又补充道,"我敢打赌,只要翻一翻他的口袋,就会找到西蒙斯先生那鼓囊囊的钱包,我敢打赌。"

"谁也不能翻我的口袋!"

"我能。"我说。

"不行。"杰米说。

"那让警长来。"我说。

警长看了看我,又看了看杰米。"杰米!"他说。

"警长!"杰米说。

"是谁选我破案的?"我说,"是杰米,警长。"

警长嘴上叼着已经熄灭了的香烟,动了动嘴巴:"没错。"

"警长,你觉得他为什么想让我破这个案子?"我自己把答案说了出来,"因为他觉得我只会在小溪里玩泥巴,让我破案只会激怒你,让你什么都做不了。"

"好吧,仔细想想,这确实很古怪。"其他人低声说着,往后退了几步。

警长眯起了眼睛。

"彼得,我必须得承认,你确实有点儿本事。杰米知道把你带过来会惹火我,他还提出下注,他就是要激怒我,让我连最明显的事都看不出来。"

"是的。"我说。

"听着,我没有杀人,警长,我不是为了掩盖真相才把彼得找来激怒你的,不,我真的没有。"杰米·麦克林说,他满头大汗,就像高档公园里漂亮裸女雕像喷出的水一样。

警长说:"你让彼得搜下身吧。"

杰米说不行,于是我单手抓住他两只手腕,另一只手伸进他裤子后面的口袋里,把死者的钱包拿了出来。

"不。"杰米像幽灵一样小声说道。

我松开了他。他转过身来,嘴里含糊地说着什么,在其他人阻止他之前,便哭着摔门而去了。

"快把他抓回来,彼得!"每个人都在大喊。

"你们真的希望我这么做吗?"我问,"还是你们只是在开玩笑,就跟天上挂下来的钩子和海岸线一样?"

"不,不。"他们大声叫道,"快抓住他!"

我砰的一声打开门冲出去追杰米,在烈日下翻过一座绿色的小山,穿过一片小树林。要是被杰米跑掉了呢,我心想,不,不会的,我跑得很快。

我在小镇的边缘追上了杰米。

他不该跟我动手的。

咔嚓!

就这样,夏天的夜里,人们会坐在警长的办公室里,一边晃动着带条纹图案的鞋子一边抽着烟,悠闲地谈论着警长是如何让我破案的。警长说他不在乎,只要我抓住了罪犯,他也跟自己抓住了罪犯一样高兴;但是警长说这话的时候神情有些尴尬。

街道上的孩子不再踢我的脚，也不再朝我扔石头。当我走在市中心时，他们还会过来牵着我的手，让我说说当时是怎么回事。即使是穿着蓝色或绿色连衣裙的漂亮女人，也会隔着篱笆问我这个问题。我把警长那块破旧的银星勋章擦得亮晶晶的——这是他二十年前退伍时获得的，还把它挂在胸口最显眼的位置。我给所有人讲我如何破了西蒙斯凶杀案，如何抓住了杰米·麦克林——那个凶手试图挣脱我的双手，我一不小心，就扭断了他的脖子。

再也没有人叫我拿天上挂下来的钩子、海岸线或者左旋螺丝刀。他们认为我不说话就是在思考。

男人们会在车里对着我点头致意，微笑着说彼得你好啊，他们都有点儿佩服我。就在今天早上，他们还问我是否打算再继续破案。

我很高兴，比之前任何一天都要更快乐。我很高兴西蒙斯先生死了，这样我就有机会抓住杰米·麦克林了。不然，谁知道这些人还会骚扰我多久。

如果你愿意赌咒发誓，宁死也不透露出去，我就告诉你一个小秘密。

是我亲手杀了西蒙斯先生。

你知道为什么，不是吗？

就像我一开始说的那样：我不是笨蛋。

杀手，回到我身边

刊于《侦探故事》(*Detective Tales*)
1944 年 7 月

一　瑞奇·沃尔夫的女人

你看过尸检吗？过程是这样的。先把尸体从中间切开，虽然不是从上往下全部切开，但是从锁骨到肾脏间的所有东西都能看得见。接着用明亮的手术钳将剥开的皮肉固定在后方，仔细检查各种暴露在外的器官，再用专业的手术刀将它们都切下来，拿到一边进行化学分析。只要从耳朵上方绕着一圈把头盖骨掀开，就能轻而易举地把大脑从头骨里取出来。

如果你是一名罪犯，你会受到特别关注。你的内部器官和其他人没什么区别，但是医生们还是在不停地寻找，好像他们真能找到一具没有心脏的尸体。

今天早上我们实验室里出现了一个有趣的案例。他们送来一具尸体，死者名叫约翰·布罗曼[①]。这人的胸部和骨盆区上文着小小的蓝色图案。但是仔细一看，你会发现那不是文身，而

[①] 原文为 John Broghman。

是弹孔。

我想把我听到的关于约翰·布罗曼的故事讲出来,他就躺在解剖台上,冰冷、赤裸。那不是糖,而是石炭酸和氰化物。那颗心像汤普森冲锋枪①一样跳动,越来越快,越来越快,直到……

他的肺很大,肌肉很发达。他的肋骨上有一些海绵囊,或许有一天他能够用它们来呼吸空气,这对他而言反倒是件好事。从他的体形可以看出他来自一个小城镇,因此,肺部才会如此发达。可以看出他的父母是在哪儿去世的;可以看出他有个帮不上什么忙的弟弟;可以看出兄弟俩搬去和叔叔婶婶一起住,但是叔叔婶婶并不爱他们;可以看出叔叔让约翰尼·布罗曼②进煤矿工作,他那时是那么年轻,而这份工作又是那么辛苦。从约翰尼肺部上的斑点,就能看出他这些年过得如何。

接着,映入眼帘的是约翰尼那冰冷、毫无生气的胃,可以看出饥饿让这个胃变得伤痕累累。就在这儿,你看到了吗?

现在,只要你继续仔细观察这个冰冷、波纹状的大脑,你会发现约翰尼·布罗曼的恨意、好奇心和欲望在不断地滋长,在大脑深处形成了肿瘤,形成了溃烂的斑点。从这个大脑内部你可以知道……

这是一个尘土飞扬的小镇,这天天气炎热,布罗曼站在角落里,隔着帘子看着蚱蜢掠过蓝蓝的天空。

街对面是银行,银行前面停着一辆偷来的汽车,汽车的发动机还在不停地运转着。是他亲手把那辆车停在了那儿,接着,他大步跨过炙热的沥青路,站在了这个角落里,满头大汗地思

---

① 美国"二战"期间生产的著名的冲锋枪之一。
② 原文为 Johnny Broghman。

索着什么，他知道前面就有自己想要的东西。

但他不确定那是什么。那东西也许是在银行里，也许是和枪支、电力、危险——或者别的什么东西有关。

他的胳膊下夹着一把很沉的枪，枪装在皮套里。他想要一样东西很久了，是什么呢？他对那种东西渴望至极。

一个女人若有所思，慢慢地走了过来，她的目光从他身上扫过，又转回来，上上下下地打量了他一番。她微张着红唇，仿佛知道他脑子里在想什么。布罗曼使劲儿咽了咽口水，试图把目光移开。

她眯着眼睛站在那里，慢慢地转过身，踩着节奏感的步子走开了。她的头发像一簇长长的火焰一样搭在脖子上，琥珀色的眼睛闪动着金属般的光泽，像是能够摄人心魄。

布罗曼胃部的肌肉蜷缩在了一起，他迈开步子，穿过人来人往的街道，走上高高的路阶，警觉地竖起大耳朵。汽车的发动机还在不停地转动着。他来到了如洞穴内部般阴凉的银行里。地上铺着凉爽平坦的大理石地板，柜台窗口就像闪闪发光的笼子一样，里面关着的是被驯服的动物，苍白的指尖边上是绿色的钞票。

布罗曼举起重重的枪，用长满老茧的手握住它。

从此刻开始，一切就像是变成了电影里的慢动作场景，人们的动作变得慢吞吞的。他原本就苍白的脸慢慢地变得更加惨白。小出纳员慢慢伸出手，慢慢地将成沓的绿色钞票抽出来，再慢慢地把它们往前推，直到钞票因重力掉入布罗曼的手掌里。这一切似乎是整整花了三分钟。

接着，事情像是进行了三倍加速。响起的警报声就像注入了一针肾上腺素似的，一切变得模糊而迅速。警告的铜锣声撞击在大理石上，发出阵阵回声。

布罗曼跑过光滑的大理石地板。人们不住地叫喊。当他跑到外面，沐浴在阳光下时，眼前的一切都开始剧烈地旋转起来。

布罗曼不知道这股眩晕感是不是因为太阳的照射，但当他打开车门时，整个人不禁倒抽了一口气。

她正在车里等他。

那个长长的头发像一团火，眼睛像琥珀的女人，她几分钟前刚刚从他身边走过，眼睛扫到了他，打量了他一番之后继续往前走了。她的手指紧紧地握着方向盘，甚至能看到发白的指关节。

恢复过来后，他侧身坐到座位上，往前伸了伸手里的枪。"出去！"

"不。"她简单地回答道，没有任何开玩笑的意思。

他把枪举得更近了，挨上了她的白衬衫。

"我说了让你出去！"

她的回答是直接挂挡，然后猛踩油门，车猛地从路边飙了出去，橡胶轮胎和地面摩擦发出剧烈的响声。在他意识到她干了什么之前，她已经将车速加到了每小时七十英里。他瞥见了车窗外疾驰而过的树木，旋转的路标和建筑物。她的声音透过这一切传了过来："我来开车，不管你想去哪儿都行！"

布罗曼坐在那儿，突出的颧骨渐渐变红了。他回头扫了一眼慢慢从视野里消失的大街。"好吧，你动作快点儿，走四十三号高速公路。"

"别傻了，"她厉声道，"往那走就是死路一条。我们就按我的路线走，我对这个该死的小镇可是了如指掌。"

他意识到自己在发抖，不得不弯下腰来减轻腹部的疼痛，那感觉就像中了弹一样。

"你怎么了?"她说,"他们打中你了?"

"没有。"他坐直了身子,"我一切都好。我只是在胡思乱想。该死的,胃里就像有一个热辣辣的洞似的。"

在接下来的路程里,为了缓解痛苦,布罗曼一直都没有吭声。其间他不经意地抬头一瞥,窗外是不断移动的地平线、绿色的树木和明亮的加油站,而这一切都衬映着她那鲜明的轮廓。她紧绷着的嘴唇,像排整齐的牙齿一样硬。

最让人吃惊的是她那双眼睛,就像是有人将一只野心勃勃的野猫的眼睛取了下来,装在了她那张惨白的脸上。那对眸子与她的脸格格不入。她那火焰般的长发别在男人般的耳朵后面,松松散散地垂着,如同彩色手指一样拂过肩膀。

大约过了五分钟后,她说:"甩掉他们了。"接着,她继续保持高速行驶,穿过炎热的沙漠。"有多少钱?"

布罗曼算了算,回答道:"七百块。"

"也太少了点儿。"他看到她绷紧了脚踝的肌肉,将车速提得更高了。他开始用自己那双蓝眼睛抚摸着她腿部的曲线,然后顺着她棕色的羊毛裙,慢慢地一路往上,一直到她小巧玲珑的胸部和敞开着的白衬衫领口,领口上方的喉咙虽然很僵硬,但是弧度却很优美。

"停车。"布罗曼轻声说道。

她没有理会他。

"你他妈到底是谁?"他激动地质问道,"不用你带我跑路!这是我一个人的事!"

"现在是我们两个人的事了。"她用琥珀色的眼睛飞快地瞥了他一眼,"我知道你不是什么冷血的杀手。看你的样子就知道了,杀手的眼睛不会睁得那么大。"

"停车。"

她把车停好,直直地看着前方。"我先失陪一会儿,"她对着马路说,"我要出去一趟,很快回来。"

他把她从方向盘边拽了过来。

"你挺厉害。"

他吻了她,他用的力气太大,弄疼了他们两个。整个世界像是都消失了,不管是警笛声还是枪声,他都听不见,他唯一能够感受到的就是唇齿下她那嘲讽执拗的红唇。

她往后退了退,眼睛里满是愤怒,但也有些困惑。"别再这样了。"她平静地说道,再次启动了车子,"我才是干那件事的人!从现在起你要记得这一点!"

这回轮到他感到困惑了。"好吧,好吧。"他说。

沙漠的风从窗户吹了进来,灼烧着他们的每一寸肌肤。

准备过夜时,她将车停在了一条小土路上。在这儿能看到天上的月亮和星星,还有山脚下农场里的灯光。她从车上滑了下来,鞋子踩在干枯的野生黑莓刺丛上发出沙沙的响声。

他说:"你怎么会坐在我的车上?"

她早已准备好了答案。

"你今天差点儿就被送进停尸房了,是我救了你,你需要接受训练。不管是说话、走路还是拿枪的样子,你今天的一举一动看上去就像一个等待买廉价电影票的小孩。"

"是吗……"

"让我说完,记得瑞奇·沃尔夫吗?"

"当然记得。"

"我跟了他五年。"她说。

听到瑞奇·沃尔夫这个名字,他就像挨了当头一棒。瑞奇·沃尔夫是黑帮老大,名噪一时,什么都会干。任何人在他那儿都讨不到便宜,他喝掺了血的杜松子酒,这件事一时成了传奇。

她站在那儿向他娓娓道来。"六周前在爱荷华州,他们把他杀了,将他的尸体扔进了河里。他们没有他的指纹,唯一能够用来辨认他身份的就是他的钱包。"她深吸了一口气,"于是我来到西部,来到加利福尼亚州,当上了女招待,好掩饰自己的身份……"

"接着我出现了。"

"是的,一看到你,我就知道你需要培训,否则你很快就会把自己的小命玩没了。瑞奇不一样,我遇到他的时候,他已经能独当一面。但我一直想知道我和新手搭档会怎么样。"

她转头面向布罗曼:"一个男人想要成功就要选对女人。如果她只会坏事,喜欢抱怨,或者是一个巨婴,你用不了多久就会没命。她会扰乱你的思维。"她向他展示了自己洁白的手指。"为了养猫,我把指甲都剪短了。我不会划伤你的背。现在就看你自己了,你是想明天就死翘翘了,还是要多活四年?"

"是这样吗?"

"就是这样。"

布罗曼突然停下脚步,站在那里。他也不知道为什么,却还是颤抖着伸出双手抱住了她。

"我很高兴你来了,我今晚可不想一个人待着。"她动作笨拙地吻了吻他,他能感受到她的内心在颤抖。接着,她狠狠地扇了他两巴掌。

"接吻是一回事!打你一巴掌是另一回事!你不是小孩子了!记住,如果你要跟我在一起!你就得学会长大!"

布罗曼不再颤抖。

他闻到了她身上温暖而干净的气味，因为没有廉价香水的影响，这味道顿时变得明显起来。

他等着她踏出第一步。

"我现在不是小孩子了……"他说。

他们的脚踩在干沙地上，沙沙作响。

二　洛杉矶老大

布罗曼上了通缉令。这是他有生以来第一次真正有人在寻找他。但也是这些人将他推进了排水沟，让他的父母饿死，在煤矿里无视他，拒绝给他喝咖啡，这群人现在意识到了他的可怕，开始关心他的幸福，关心他每天在做什么。没错，就是这样的。

布罗曼又怒又惊，将晨报撕了个粉碎。

朱莉将一杯冒着热气的咖啡放在旅馆房间的桌上，命令道："喝吧。别看报纸了，上面简直谎话连篇。"

他感觉蓝色桌布上自己那双棕色的大手和那把枪正在闪闪发光。"天哪，朱莉，我不是罪犯，我是一个人。"

"当然了，我们俩都一样。你知道的这是一种自我保护。"

布罗曼学会了如何昂首挺胸地走路。她告诉他怎样加快语速，怎样最快、最安全地拔出枪，怎样把枪挨着身体放才能尽量不被其他人发现。她甚至可以写一本关于抢劫银行的书。她为他在舌头上写字。她教他如何用坚硬的手掌将人击昏过去，这跟枪一样好使，她还示范给他看。他的嘴唇上长出了一撮胡子，他的头发也长到了脖颈处，完全符合她的要求。

这就像在排练，为了扮演一个更重要的角色。

在他的梦中，她的声音一次又一次地撞击着他的神经："不，不，约翰尼！不是那边，是这边！"

这天，朱莉买了辆新车，开车去了维克多维尔。布罗曼发现自己在这个八平方米的小房间里热得难受，无所事事之际，他翻看她的旅行包，找到了几条手帕、一支口红和一包照片。

他将照片从信封里取出来，摊开放在阳光下的床单上，过了好一会儿他才反应过来自己看到了什么。

一开始，他以为这是自己的照片。

在其中一张照片里，他穿着深色西装站在轿车旁边，只是在他修长强壮的身体上，黑色布料显得有些奇怪，这个姿势似乎也在暗示些什么。还有这一张，里面的人几乎跟他一模一样。他穿着登山裤，桀骜不驯的脑袋上歪歪扭扭地戴着一顶破旧的帽子。最后一张照片里，朱莉搂着一个男人，那个人看上去一点儿也不像约翰尼·布罗曼，却又感觉特别像他。

他大为震惊，就好像两个地方同时出现了同一具身体。

"这也太离谱了。"他轻声说。

几分钟后，他还在盯着照片看，门开了。朱莉那坚硬的轮廓出现在阳光笼罩的门框中。她微微一惊，便关上门，单手叉腰。

"认出你自己了吗？"

"那不是我。"

"足够像了，只要我们动作快点儿，这就能值十万美元。要是能坚持几年，就能拿到一百万。这些照片是在你还是洛杉矶老大的时候拍的，那时候你一个月赚两万，还觉得不够多。"

他坐在那里，静静等她说下去。

朱莉慢慢地往前走了走，眼睛里充满了奇怪而热切的光芒。

她像吟诵祈祷词一样说道:"瑞奇·沃尔夫压根儿就没死,他从坟墓里回来了,他现在就在这个房间里,就坐在那儿,只是他自己不知道而已。他会回来的,回到洛杉矶,重新成为洛杉矶老大。"

她低头盯着他的脸,琥珀色的眼睛有团火焰在燃烧:"你觉得这个想法怎么样……瑞奇·沃尔夫?"

布罗曼明白了,他明白了朱莉的意思,这就像有人狠狠地一脚踢在了他的牙齿上。他往后退了退,大喊道:"我知道你在想什么,没有用的!"

"会有用的,必须有用!"

"你骗不了其他人!这种事在梦里和书里都出现过。不会有人相信我是他,我长得并不像他!我们不会成功的,这事成不了!"

"但这事就发生在我们身上了,瑞奇·沃尔夫!这事就发生在我们身上了!"

"真是见鬼了。"布罗曼站了起来。

她狠狠地扇了他三巴掌,她的嘴唇在颤抖,她的眼神是那么疯狂。

"这事就发生在我们身上了!"

这套全新的深色西装很合身,如同第二层皮肤。一侧需要稍微垫一垫,才更符合瑞奇的体格。穿上高跟鞋后,布罗曼变得更加高大。他学会了叼着雪茄含含糊糊地说话。但是他跟朱莉说:"我和你说了多少次了,这法子没用,我长得不像他。乍一看,我们倒是有点儿像,否则,除非光线不好,或者视力不好,不然不会有人觉得我们长得像。你已经疯魔了,你会把我们都害死的!"

"闭嘴!"她恶狠狠地说道,"不然我现在就杀了你。"

他狠狠地吸了一口雪茄。

他还要记住很多信息、姓名和托词。朱莉将这一切都塞进了他的脑袋里。时间很快就过去了,这一天,朱莉端起一大杯跟她瞳孔颜色一样的黄色啤酒,柔和地说:"明天可是个大日子。洛杉矶,我们来了!"她喝了一口啤酒,"成为瑞奇·沃尔夫,感觉怎么样?"

布罗曼摇了摇手,他看了看自己映在只剩半瓶酒的棕色酒瓶上的脸。看着那根雪茄和那撮小胡子,他真想脱口道:"没有用的,这套老把戏骗不了别人的。"但是,看到朱莉的眼神像融化了的金子一样炽热,他选择了沉默。

她又开始自言自语了:"我说不出那是什么感觉,那天中午在银行那儿,你站在那儿,你的站姿,你的脸,就像是一个被重新包装过的瑞奇。天哪,我的心顿时像是被狠狠地揪了一把。"布罗曼觉得这对接下来的行动是一个很好的表态,于是举杯碰了碰她的杯子:"让我们一起为接下来的新生活干杯!"

朱莉生气了。"不。"她厉声道,"让我继续说,我不是告诉过你了!"他一边默默地喝着手中的啤酒,一边望着她,想弄清楚她的脑袋里到底在想什么。

她选择一路开车去洛杉矶的决定似乎是对的。那天的风景美得就跟张明信片似的。在空旷安全的路上,她的脚一直踩在油门上,她的头发像一面鲜红的旗帜一样飘舞着……他们七转八转,来到了斯普林大街第三大道,停好车后,他们一路朝赌马场走去,商店橱窗上映出了两套深色西装。有一点布罗曼想不明白：这样的行为明明很疯狂，他却很享受。

布罗曼听朱莉描述过那个地方。那是一个巨大的杂志商店，闻起来像是在发霉的金字塔里堆满了古老的低俗杂志和各种旧书。店里光线昏暗，只能隐约看见有几个懒懒散散的人在昏暗中走动。在二十条过道和几百张桌子后面，电话铃声响个不停。

他们回到了这个满是灰尘的地方，高高的天花板上挂着随时会罢工的无罩灯。这儿是洛杉矶最大的赌马场，他们诱骗一个个容易上当的傻瓜，自己则赚得盆满钵满。

站在这扇通往地狱的大门前，布罗曼感觉自己的心脏在怦怦跳，他要是忘记了朱莉教他的那些事、数字、词汇和名字，该怎么办？从光线充足的地方走进昏暗中，过了好一会儿，他的眼睛才适应过来。昏暗中人们的脸模模糊糊的，难以看清楚。走动时，他坚硬的脚后跟像指关节一样叩击着，整个人像钟摆一样跟在绷着脸的红发女人身后。

许多坐着的人猛地站了起来，许多看书的人停下了阅读，许多说话的人咬住了自己的舌头，许多抽烟的人被香烟呛住了。就像是将一块大石头扔进了一个平静的池塘里，激起了一阵阵涟漪：

"瑞奇！天哪，伙计们，是瑞奇！"

"瑞奇！"

"我看到了！"

在一阵骚动中，只听一个声音说道："那不是瑞奇·沃尔夫。"那人又说，"他不是瑞奇。"

这人的语气非常果断。

布罗曼感觉手里的枪像是受到惊吓的动物一样往下滑了滑，他的呼吸变得粗重起来。在接下来的寂静中，他停下了脚步，一动不动地站在原地，只能听到朱莉的高跟鞋踩在木地板上的声音，但是伴随着越来越深的恐惧感，这个声音也慢慢停了下来。

布罗曼转过身子。只见一个穿着光鲜的家伙从暗处走了出来。这人是个秃顶，长着一张马脸，面色苍白，眼圈红红的，眼里满是疲惫，两颊上还淌着汗水。看着这人身上的特征，布罗曼的脑海里很快想起了这人的身份：梅里特。朱莉跟他讲起过这个人，这人曾是瑞奇的一个同伴，嫉妒心很强。梅里特，真人和名字配对上了。

朱莉的表情里有种说不清的东西，像是恐惧，这神情出现在她身上看起来很奇怪，感觉格格不入。整个人就像是迷失了一样，迷失在黑暗中后只剩哭泣。隐约能看见她的手摸着自己的黑色钱包。

布罗曼知道这一招行不通，压根儿就不行。

"没错，"另一个人也表示同意，"他根本不是瑞奇。"这声音听上去很古怪，充满了敬畏，惊讶中又带一点儿失望。

梅里特说："你们想干什么？你，还有那个红头发的，你们这两个自作聪明的家伙。"

布罗曼的下巴变得僵硬。

"是的，"他平静地承认道，"没错，我不是瑞奇。"

他听到了朱莉倒抽了一口气，但他继续说道："我不是瑞奇·沃尔夫，完全不是，我没必要非是瑞奇，我就是我，我就是我自己。而你，梅里特，你什么都算不上！"

黑暗开始蔓延，每个人都被布罗曼的声音掌控着，等待着接下来的事情。

"你这套老把戏是行不通的。"梅里特迅速回答，"你算什么呢……一个毛头小子也敢做这种事情？"

布罗曼拔出枪，光线越来越暗，只有梅里特挡在他的前面，其他人都还在观望着。他咒骂着绷紧身体，连开了三枪。

梅里特中了弹，身体弯曲起来，他仿佛很好奇，用手指摸了摸弹孔，跟着头朝下倒在地上，停止了呼吸。

"瑞奇！"是朱莉的声音。他目光瞥了一眼她钱包的金属钳夹，她戴着手套的手像只白松鼠在钱包里不停地翻找，最后掏出了一把蓝色的小枪。

"我没事。"布罗曼说，他说话时能让人感觉到一股力量。他在成长，似乎已经能够更好地适应这套衣服了。其他人依然站在那儿，看着他的脸，就像是看到了魔鬼一样无法动弹。

布罗曼的目光扫过每一张脸，脑子里想的是朱莉告诉他的姓名、数据、信息和特征。找到了，那张脸红光满面，胖嘟嘟的，嘴里带着一股啤酒味。"凯利！"他猛地喊了一声，同时晃了晃手里的枪。"你知道该怎么做的，赶紧处理好尸体！"

"好的，老大！"凯利一动，他的大肚子，宽阔的肩膀，以及又壮又长的胳膊也跟着动起来。

布罗曼环顾四周。"还有你，罗德斯，你也来帮忙。把你的车开到巷子里去，快点儿。"

罗德斯有些犹豫。

"有问题吗？"布罗曼问道。

"没问题。"罗德斯急忙道，"没有问题，老大。"

其他的人见状也动了起来，有人抓住了梅里特的脚，有人抓住了他的胳膊；还有人拖着步子穿过那间昏暗的小办公室，命令的声音越来越多，咒骂声也越来越多。

只要能让他们忙个不停，他们就没有时间思考了。

这时，有人拖着脚步发出更多的命令。

你让人们不停地奔跑，这样他们就没有时间思考了，也没有时间生气了，布罗曼心想道。只要让他们保持兴奋，让他们的眼睛都盯着别的东西，你就能够骗过他们。

不到一分钟，尸体就被抬出后门，消失在了巷子里。外面有辆汽车呼啸而过。

一小群人聚集在商店的前门处。

"把这儿清理干净！"布罗曼挥了挥手枪，"接好了，萨米。"他对其中一个人说。萨米拿着枪急匆匆地穿过了后面的办公室。布罗曼扫了一眼其他人。"你们有谁想走，现在就滚。谁不喜欢我，现在就说出来，我就在这儿。"

凯利喘着气从后面走了过来，边走边擦了擦红扑扑的大脸上的汗水。"一切顺利，瑞奇。"他稳了稳呼吸，"我的意思是……"他在思考该怎么称呼他才好。

布罗曼帮他给出了答案："要是感觉不习惯，那就继续叫我瑞奇吧。"

凯利感觉自在多了，他咧嘴一笑。"好的，瑞奇。我们一直以来相处得都还可以，不是吗？"他顿了顿，思考了一下，"我们难道不是……也差不多……我想……"他站在那儿。

警察很快就要来了。布罗曼摇了摇头，带着朱莉、凯利以及另外两个人走进了后面的办公室。关门之前，他用手指戳了戳那个名叫奈特的年轻人。"告诉警察，这一切都是个误会，什么事都没有发生，你什么都不知道。"

布罗曼砰的一声关上门。他的手开始发抖，于是他将手藏进了口袋里。

朱莉一直在看着他，她手里抓着钱包，眼睛打量着他的脸。

"一模一样。"她说，"你在射杀梅里特的时候，简直一模一样。"

"什么一模一样？"他问道。

不需要她来回答，挂在脏兮兮墙面上的一面有裂缝的镜子给了他答案。看到镜子里自己的眼睛后，他不禁打了个寒战。

过去，他曾听朱莉说过："你不是什么冷血的杀手。看你的脸就知道了，杀手的眼睛不会睁得那么大。"

现在，镜子里这双眼睛已经缩成了一条小缝。

成为瑞奇·沃尔夫的方式也许不止一种，也许不必要跟他长得一模一样，但依然可以表现得像他。内心的勇气决定了一切，当然，那双眼睛也很重要。

他不再去看镜子里的自己。"都动起来吧。我的房子是在布伦特伍德吧，那栋带泳池的房子，对吧，朱莉？"

"是的。"她轻声说，"当然是的。"

"来吧，还有你，凯利，带上你的小弟，我们还有很多事情要做。"

"好的，老大。"

"好的，老大。"这两个词有很多意味。他们一起走了出去。

三　老式杀手

这栋坐落在布伦特伍德的大房子十分引人注目，一个不小心，甚至会掉进游泳池，浴室里配上了玻璃门。整个房子闪闪发光。

布罗曼漫步在房子周围的巨大花园里，想着这一切是如何发生的，琢磨着梅里特为什么如此不受欢迎。撇开梅里特不说，为何在瑞奇死后的这几周里，一直没有出现新的老大。现在，他还没有完全成功。

那么多人都想要瑞奇回来。当人们特别渴望某样东西时，他们潜意识里就会自己骗自己。布罗曼满足了他们的渴望，他和原来的瑞奇非常像，所以他们都把他当成了自己旧老大的复制品。严格地说，这都是潜意识在作祟。这些都是精神科医生会考虑的点：暴徒本能，领袖本能，崇拜强者的渴望……管他呢，现在至少他已经进入这个团体了，这才是最实的。不管精神科医生要如何解释这一现象：是痴心妄想，还是接受了旧模样的新形象，不管怎样反正他已经进入这个团体了！

但是，一看到这栋房子和花园，布罗曼兴奋的劲头便瞬间平息了下来。他意识到这些对他来说毫无意义。不是这些东西。那他渴望的，是什么？到底是什么？他所渴望的，与朱莉有关……

这儿很快会举办一个派对。

这样洛杉矶的人就都能认识这个叫作布罗曼的男人了。

为了派对，布罗曼为朱莉买了一束装饰花束，装在透明的盒子里送给了她，但是，她一见到那个装饰，脸色就变了。朱莉扯开盒子，将胸花撕得粉碎，扔在了地上。

"我要的不是这个，我跟你说过了，以后不要再送这种东西给我了。"

朱莉转身离开了。

布罗曼捡起那朵被撕碎的胸花，闻了闻，味道还挺香的。他摇了摇脑袋。

房子里满是香烟的烟雾，人们在巨大的尼古丁雾团里进进出出。香槟酒不断地被倒进玻璃杯里，觥筹交错间，每个人都说了不少事情。派对是在周五的晚上，梅里特是在周三那天被射杀的。布罗曼站在派对的中心，这是朱莉为他举办的马戏团聚会，让所有的大狮子都认识一下新来的驯兽师，让他们坐在那儿，满心嫉妒地与新驯兽师打招呼，也许还能握握手。事情进行得很顺利。朱莉让那些无足轻重的人都乖乖地待在圈子边缘，能够接近他的都是些大人物，而且人数不少……

"所以他们也叫你瑞奇？"

说话的是一位白发苍苍的老人，名叫范宁，和一个最厉害的律师私交甚密。他的脸颊泛着淡淡的粉红色，一张长脸看上去很睿智，他微微皱着眉头，一直在抽进口雪茄。"希望在这场派对结束后还能见到你，瑞奇。"老者轻轻地说道。

"有什么事？"

范宁微微笑了笑。"瑞奇，你的出现确实让我们非常惊讶。我们都是体面的生意人。你就像一个鬼魂加入到了我们中间。但我必须承认你很聪明，巧妙地使用了心理学技巧，很好。"

"继续说。"

"虽然你在取代瑞奇·沃尔夫这件事上表现出了一些独创性，但你仍然是一名老派的黑帮分子，是那种持枪抢劫银行的人……"

"那样做有什么问题吗！"

"不够科学。我们都是……生意人，是用暗示、言语，以及一些小小的压力来办好事情的。做交易时都很安静，我们也会用心理学，而且一直都在用。"老者摸了摸自己柔软的白发，"现在，听我说，年轻人。当下的犯罪行为都是藏在桌子下的。

这一趋势已经持续了很长时间,也将继续下去。要想科学一点儿,你就不能把这些事情暴露在阳光下,人们容忍不了的。"

"那么,派对结束后我们要讨论些什么?"

"讨论如何让你安静下来,孩子。你太引人注目了,也太老派了,闹出的动静太大了。"

"所以我必须改变!"

"我们可以在市中心给你安排一间办公室……"

"那不适合我!"

老者始终保持着微笑,双眼闪闪发光。"有的时候,如果迫不得已,我们也可以重拾老派的强盗主义。我就这样跟你说吧,任何时候我们都可以合法地杀了你,不仅无罪甚至还有功劳。你明白我们处理事情有多灵活了吧?"

布罗曼仔细思量着范宁的话,他的心脏怦怦地跳着,眼睛也眯成一条缝。

范宁看着布罗曼的眼睛,说道:"希尔街第六大道,雷顿大厦,午夜之后。"

"我会考虑的。"

范宁走开后,朱莉的表情像是在说:"别去!"但是,酒精发挥了作用,再加上性格使然,他失去了理智,他眼里几乎看不到她。

派对上的其他时光都没有留下什么美好的回忆,它们都被一种兴奋感遮住了,这种兴奋感自他遇见朱莉后就一直伴随在他身边,就像一面大鼓一直在他的脑子里敲响,鼓声越来越响、越来越响。

随着最后一位客人的离去,门砰的一声关上了。朱莉握着门把手，仔细感受着它的触感。像是所有秘密瞬间都被宣泄出来了，她的坚强顿时瓦解了。她浑身颤抖着，已然成了一只病猫。

他们轻轻地走上楼，穿过这栋突然安静下来的房子，谁都没有说话。关上朱莉的房门后，她终于开口了："今晚不要去见范宁，他知道自己不是你的对手。他在害怕你，所以他会杀了你。"

他吻了吻她倔强而肉嘟嘟的嘴唇，在闻久了尼古丁和酒精的气味后，她散发出的香气格外清新。接着，他吻了吻她的脖子、耳朵、脸颊，又吻住了她的嘴唇，这一次得到了她的回应。那是一个漫长的吻。

她的手指掐住了他的手臂。

"瑞奇，瑞奇。"她喘着气说。

他放开了她。

他往后退了退，仿佛被她扇了一巴掌似的。

她举起手，像是要收回那些话，但已经来不及了，覆水难收。

他就像看一个透明人一样地看着她说："你刚刚说什么？"

"我不是故意的。"

"你在喊瑞奇！你喊了瑞奇！"

他茫然无力地重复了她的话，然后说："你爱他，你爱着一个死人。我早该猜到的。你冒着生命危险，让我模仿他。模仿他的样子，模仿他走路和说话的方式。这样他就能再次抱住你，再次亲吻你，再次伤害你！"

"别这样……约翰尼！"

布罗曼再次睁大了眼睛。"你并不爱我，你只是想瑞奇活过来。当时在杂志店里看到那伙人的行为，我就应该猜到的，他们也想让瑞奇回来,所以找了我这个替代品。还有很多小细节……"

他开始像盲人一样摸索着寻找门把手。"你并不想让我亲你,总是你主动亲我。瑞奇就是这样的。你为他做了很多事情,于是当我为你做了某件事情后,你特别生气,还打了我一巴掌。因为这不符合剧情,不符合角色。那样做就不是瑞奇了,瑞奇压根儿不会那样做。你并不想要我送给你的花,因为瑞奇从来不送花。我只要说话温和一点儿,你就会生气……"

朱莉走到门前,她的呼吸有些急促。"你不能出去!范宁会杀了你。"

"你害怕我会被人杀死吗?害怕瑞奇再死一次吗?"

这话像拳头一样落在她身上,他的手却没心没肺地在胳膊下的皮背心里寻找枪支。"害怕瑞奇再死一次吧!你接受不了这一点,是吗?接受不了他再次被人杀死!"

"是的。"她轻声回答道,"我是接受不了。我很抱歉,约翰尼,但事情就是这样。"

她摇摇头,像是想从梦里面挣脱出来一样。"你还不明白吗,约翰尼?我们其实都一样。我不是朱莉,你渴望的也不是我。你渴望的是一位母亲。一个你可以依靠的人,一个能够照顾你的人。你从来没有体会过母爱,约翰尼。而我,我想要的是瑞奇。我们是在一家银行前认识的,约翰尼,你和我都渴望某样东西,我们都想要得到它,但这一希望却当着我们的面破灭了。"她紧紧地抱住他,颤抖地说道,"瑞奇,紧紧地抱住我……"

瑞奇! 这个名字就像铁一样戳进了他的脑子,搅动着所有折磨他的自我怀疑和渴望。布罗曼什么也没说,但透过酒精的迷雾,他想道:"我是约翰尼·布罗曼!我就是我自己!该死的……他们都该死！我不需要找一个女人来依靠，不需要妈妈，不需要朱莉……不需要任何人。我是约翰尼·布罗曼……是这个世界上实力最强的人。"

布罗曼试图推开朱莉，可她却抱得更紧了。她就像条水蛭一样，不停地吸食他的力量，想把他变成另一个人。就像约翰尼·布罗曼还不够好似的……

他的手做不到的事情，他手里的枪却做到了。

他没有精确地瞄准哪个部位，但子弹击中了她的身体，他的眼睛就像瑞奇一样眯成了一条缝。他一共开了两枪，击退了她身体。他能感觉到她的手慢慢地离开他的身体，最后她摔了下去，四肢摊开着躺在地板上，一动也不动。他靠在门上，咽了咽口水，擦了擦模糊的眼睛。然后他拿着枪，走下楼梯。每迈一步，他都觉得自己变得更加强大了。他现在自由了，他不需要依靠什么女人，他用事实证明了这一点。

他已经杀了两个人，现在他要再杀一个人。杀了那个脸颊泛着粉红的老头子范宁，那人自称是生意人，把约翰尼·布罗曼当成小混混。范宁觉得自己可以像指挥瑞奇·沃尔夫那样指挥约翰尼·布罗曼，可惜约翰尼·布罗曼比瑞奇·沃尔夫更强大，而朱莉已经发现了这一点。

布罗曼打开前门……还没等他走到车子跟前，一切在半路上就画上了终点。范宁的手下坐在黑色的轿车里，轿车停在大树的影子下，他们手里拿着汤普森冲锋枪。一梭子子弹都打中了布罗曼，他俯下了身子，就像俯在一堵看不见的墙上。

约翰尼·布罗曼像个小孩一样瘫倒在草地上，那之后，枪声又响了很久……

不管有没有手术刀的帮助，不管你接受与否，这就是约翰尼·布罗曼的故事。这一切都写在了解剖台上。

现在，我要把约翰尼·布罗曼的心脏放回他的身体里，在他生前，它如同一个囚徒，从来没有机会去爱。我要把约翰尼的每一部分都放回他身体里，放回原本就属于它们的地方，将约翰尼所有的痛苦、仇恨和郁郁寡欢都放回他那被子弹撕裂的冰冷身体里，然后，我会用线将它们缝合起来。针插进去，穿过来，将解剖了的尸体缝合好，那之后，他们就能将他下葬了。而我将继续研究其他的尸体，但我没办法像讲述约翰尼的故事那样去讲述他们的故事。我没办法切开他们的大脑，去了解他们的心脏是如何跳动的，胃是如何翻搅疼痛的。

因为，约翰尼·布罗曼是我的哥哥。

护士，把缝合线递给我。

下一个！

死人永不复生

刊于《一角推理》(Dime Mystery)
1945年5月

雪莉惊声尖叫，我紧紧抓住方向盘，开始冒汗。威利满身酸臭，马克散发出一股刺鼻的气味，但她身上那温暖的香气还是从后座飘了过来。我的鼻孔也嗅到了汉普希尔的味道。汉普希尔和我一起坐在前座，他身上有股用肥皂清洁后的气味，他试着和雪莉说话，让她平静下来。他握着她的手。

"雪莉，这是为你好。请听我说，雪莉。是我们把你及时从家里救了出来。威胁你的是芬利的人，他们今天还要绑架你。我发誓，我说的都是真的。雪莉，我们只是在保护你。"

她不相信汉普希尔。通过汽车后视镜，我看见她那双乌黑发亮的眼睛流露出疯狂的眼神，如同野兽一般。汽车的速度达到了六十五英里。听他的，雪莉，我心想。该死的，他爱你，给他一个机会吧！

"不！我不相信你。"她这么说，"你们是坏人！我知道你们！"

她试图跳车。也许她并不清楚车子开得有多快。地面飞快地掠过，窗外的风呼呼刮着。她不停地挣扎。马克紧紧抓住她。喊声和尖叫声接连响起，随即车里安静了下来……

后座的雪莉也突然不再吭声。威利肯定在惊愕地看着她,搞不懂是怎么回事。

"停车。"汉普希尔摸着我的胳膊肘说。

"可是,老板……"我说。

"你听到我说的了,汉克,停车。"

汽车的轰鸣声停了下来,只能听到大海在悬崖边缘发出阵阵低语。我们就在悬崖的顶端。汉普希尔盯着后座,威利闷声闷气地说:"她睡着了,老板。估摸是累了。"

我没有转身。我望着天空中的乌云,海鸥叫着,盘旋着,我又看着身旁的汉普希尔,他那张瘦长脸上写满了疲惫和震惊,他脸色惨白,就像一个雕刻出来的木头面具,被丢在沙滩上,在太阳的炙烤下逐渐碎裂。

海浪拍打着,一次、两次、三次。随着每次浪头卷来,汉普希尔都用他那小而窄的鼻孔呼吸一次。然后,他抓住雪莉的手腕,寻找着不可能找到的脉搏。他紧紧地闭上了眼睛。

我盯着前方。"老板,前面有一栋悬崖屋。我们最好去里面躲一躲,以防芬利和他的人跟踪我们。我们耍了他们,我打赌他们一定气坏了……"我的声音逐渐变弱。

汉普希尔像是并不知道我是个活人。突然间,他仿佛变得和那座矗立在石崖边缘的饱受风吹日晒、油漆剥落的古宅一样苍老。

爱上雪莉之后,有那么一段时间,他变得年轻了。现在,咸腥味的海风吹着他,把他耳朵上方的头发吹得飘了起来,吹走了他才刚焕发的青春。潮水猛烈拍打着他的内脏,把他的思想吸走了。

再过半英里就是悬崖屋,我发动汽车,非常缓慢地开了过去。我下了车,砰的一声关上门,把老板从噩梦中拉了回来。

我们四个人抬着雪莉走进屋里。我们的脚刚一踩上去,前门的台阶就嘎吱嘎吱直响。

我们把雪莉抬到楼上一间可以看到风景的朝西的房间里,把她放在一张垫得又软又厚的旧沙发上。一阵细尘从衬垫上飘了起来,像阳光下的粉状面纱笼罩着她。死亡使她的容貌变得安详,她像打磨过的象牙一样美丽,她的头发颜色像打了蜡的栗子。

汉普希尔慢慢地倒在她身旁,轻柔地诉说着对她的爱意,就像一个孩子在和一位仙女说话。他喝起啤酒像喝水,精通算术,开起车来风驰电掣,可现在,听起来他都不像他了。在他的声音之外,狂风呜咽着,雪莉死了,这一天结束了⋯⋯

高速公路上有一辆汽车开过,我吓得直发抖。如果我们没有甩掉芬利的人,他们现在随时都可能出现⋯⋯

房间里感觉很拥挤,况且只有两个人需要待在里面。我推了推威利,又朝马克点点头。我们走了出去,我关上门,我们双手插兜站在走廊中,脑袋里思绪万千。

"你没必要吓她。"我说。

"我?"马克一边问,一边把一根火柴在墙上猛地一滑,用闪烁的火焰点燃了他的香烟。"她叫得太大声了,像汽笛一样。"

"你的话吓着她了。"我说,"毕竟,现在可不是普通的绑架。我们是在保护她,不让芬利伤害她。你知道老板对她有多温柔,她在老板心里有多特别。"

"我只知道,我们要用她勒索一笔钱,再把罪名推到芬利身上,让那小子进监狱,这样我们就没事了。"马克说。

"你只了解了大概。"我温和地说,"我来说一下细节吧。这件事能不能成,都取决于雪莉在知道我们是为她好之后和我们合作。今天,我们听说芬利在追她,没时间解释那么多,只好抓上她就跑。我们的计划是把她藏起来,再抓住芬利,让雪莉看到他,去告诉警察是芬利绑架了她。这样的话,警察就会把芬利关起来,整个事情就算大功告成了。"

马克把烟灰弹在地毯上。"现在唯一的问题是,雪莉死了。不会有人相信我们并不是真的绑架了她。简直是太妙了!"马克抬起穿着发亮的黑色尖头皮鞋的脚,狠狠踢到墙上,"我不想再跟她有什么瓜葛了。她死了。我讨厌死人。我们找块帆布把她裹起来,再绑上几块石头,沉到海湾里去,然后我们就离开这里去拿钱……"

门开了。汉普希尔走了出来,他的脸色十分苍白。

"威利,你去守着她,我有话和他们说。"他慢慢地说着,显然有点儿心不在焉。威利骄傲地笑了笑,慢吞吞地走进屋。我们三个人去了另一个房间。

马克哪壶不开提哪壶。"老板,我们什么时候拿钱走人?"他关上门,靠在门上说。

"钱?"老板琢磨着这个字,仿佛是在海滩上发现的一个奇怪的东西,他重复了一遍,"钱。"他迷惑地盯着马克,"我不想要钱。我干这事,不是为了钱……"

马克挪动了一下他那瘦弱的身体。"但你说……"

"我说……我是说了。"汉普希尔回想过去,他把纤细的手指抵在额头上,强迫自己思考,"马克,我不提钱,你怎么肯乖乖听话呢?我说谎了,马克,全是谎言。是的。一切都是谎言。我只想得到雪莉。没钱。只有她。我本来想拿自己的钱给你。

对吗，汉克？"他用怪异的眼神盯着我，"对吗，汉克？"

"没错。"我说。

"那么说来……"马克气得满脸通红，"我们是在给一对苦命鸳鸯卖命？"

"没钱！"汉普希尔直起身子喊道，"一分钱也没有！我不过是要把圣诞树踢倒，好摘到树顶的星星。至于你，你总是说我不该爱上她，说没有结果。但我把一切都计划好了。我们只要在这里待上一个礼拜，让她了解我，再搞定芬利，免得他以后再去烦她，然后，我们就去墨西哥城！而你，马克，你竟然瞧不起我，该死的！"

马克咧开嘴笑了。"老板，你根本就没想过绑架她勒索钱，就该早点儿说出来，也让我心里有数。哎呀，对我撒谎有什么用。老板，没用的，当然没用的。"

"你要小心说话。"我咕哝着说。

"我真的很抱歉。"马克说，闭上了他绿色的小眼睛，"我是真的很抱歉。顺便问一句，老板，我们要在这儿待多久？当然，我只是好奇而已。"

"我答应带雪莉度假一个礼拜。我们就在这里待一个礼拜。"

一个礼拜。我挑了挑眉毛，但什么也没说。

"在这里待一个礼拜，不去拿钱，就这么干坐着，等警察找上门来？这太好了，老板。我就守在你身边，我敢肯定，我会和你在一起。"马克说。他转过身，用力拧开门把手，走出去后砰的一声关上了门。

我用右手抵住汉普希尔起伏的胸口，阻止他追过去。"算了，老板。"我低声说，"算了。那家伙没人性。他向来都不算是个活人。为什么要费力杀他呢？告诉你吧，他已经死了。

他打从出生的那天起就是个死人。"

老板本来想说什么,可我们都听到走廊对面的另一扇门后传来了说话声。我们打开门,穿过走廊,慢慢地打开另一扇门,朝里面看去。

威利坐在沙发一头,活像一座巨大的灰色石像,他那张圆圆的脸一会儿露出茫然的表情,一会儿又显得很有生气,就像一块被灯光照射着的石头。"你就在那里休息吧,伯恩小姐。"他诚恳地对雪莉说,"你看起来很累。好好休息一下吧。你对汉普希尔先生很重要。他是这么告诉我的。自从那天晚上他在旧金山遇见你,几个礼拜以来,他就一直在计划这件事。他还睡不着觉,一直想着你……"

两天过去了。有多少海鸥在我们上空盘旋尖叫,我已经记不清了。马克瞪着他那双绿色的眼睛数海鸥,每数一只,他就扔掉一个抽得只剩残根的烟头。烟抽完了,马克就开始数海浪和贝壳。

我坐着玩二十一点。我慢慢地放下牌,拿起来,再慢慢地放下,洗牌,切牌,再放下牌。我可能还时不时地吹吹口哨。我牵扯其中已经那么久了,等待对我来说不是问题。当你在这个游戏里停留的时间像我一样长,你就会觉得一切都没什么不同。死亡和活着一样,等待和匆忙无异。

汉普希尔要么在楼上的房间里对着雪莉说话,像在忏悔室里忏悔一样,他的声音温柔而低沉,温和又古怪;要么就是在沙滩上溜达,沿着悬崖往上爬。他还叫威利蹲在石头上。威利就在雾蒙蒙的阳光下蹲了五个小时,粉红色的耳朵上都结了一层盐晶,等老板回来叫他,他才会跳下岩石。

我玩二十一点。

马克用脚踢着桌子。"晚上，他在楼上就是说话，不停地说啊说啊，该死的！我们要在这里待多久？还要等多久？"

我放下牌。"老板喜欢怎么休假，就由着他吧。"我说。

马克看着我走到门廊上。他在我身后关上了门，虽然不能确定，但我好像听到他在拨屋里电话的拨号盘……

那天深夜，雾越来越浓，我和汉普希尔一起站在楼上一间朝北的房间里，等待着。

他低头朝窗外望去。"还记得我们第一次见到她的情形吗？她努力控制自己的情绪，她把头发握在手里，她笑起来的样子，你还记得吗？那时我就知道，要得到她，我必须拿出自己全部的才学、聪明和善良。汉克，我很傻吧？"

"傻瓜回答不了这个问题。"我说。

他朝拍击着岩石的大海点了点头，指着一处雾气缭绕的岬角，那里有一片突出的陆地伸向大海。"汉克，看到那片弯曲的陆地了吗？陆地尽头有一个古老的加州布道所。"

"在水下？"

"在大约二十英尺深的海底。赶上晴天，太阳西沉时，海水就像一颗蓝色的钻石，里面包着那座布道所。"

"现在仍在那里，还是完好无损的吗？"

"大部分都在吧。据说是一些最早来到这里的牧师建造了那座布道所，后来土地慢慢地下沉，小教堂就沉了下去。天气晴朗的时候，能看到它静静地矗立在水里。也许现在只剩下了一片废墟，但你可以想象你看到了彩色玻璃窗、青铜钟楼、在风中摇曳的桉树……"

"那是潮水冲刷的海草吧？"

"差不多，效果都一样。我很想让雪莉也看看。我想和她一起沿着悬崖底散散步，翻过那些大石头，晒晒太阳。把我身上的余毒和她心里的疑虑都晒得一干二净。风也可以帮忙。我想也许我可以指给雪莉看那座小教堂，也许过一两天，她就可以消除戒心，和我一起坐在石头上，聆听小教堂钟楼的钟声。"

"那钟声是岬角的钟形浮标发出来的。"我说。

"不。"他说，"是从更远的地方传来的。是水下的钟在响，不过，等风停下来，你得仔细听才能听到。"

"我听到了警笛声！"我猛地转过身来叫道，"有警察！"汉普希尔抓住我的肩膀，"不，那只是风吹进悬崖上的洞发出的声音。我以前来过这里。我很清楚。你会习惯的。"

我的心怦怦直跳。"老板，我们现在该怎么办？"

我闭上嘴，俯视着白色的混凝土路面在夜晚的浓雾中闪烁着微光。我看见一辆汽车在高速公路上疾驰而过，车上的灯光如同镰刀一般，射穿了浓雾。

"老板。"我说，"你看窗外。"

"你替我看吧。"

"有辆汽车过来了。是芬利的轿车，就是化成灰，我也能认出来！"

汉普希尔没有动。"芬利。我很高兴他来了。这一切都是他一手造成的。我正想会会他呢。芬利。"他点了点头，"我想和他谈谈。去让他进来，小声点儿。"

汽车停在楼下。车门突然打开。几个男人鱼贯而下，快步穿过车道和门廊，其中一个人跑到了房子后面。我看到他们拿着枪，枪身都被雾气打湿了。浓雾弥漫，我看到了一张张惨白的脸。

楼下的门铃响了。

我两手空空,独自一人走下楼梯,我咬紧牙关,打开了门。"请进。"我说。

芬利把保镖推到他前面。那个保镖举着枪,看到我只是站在那里,不由得瞪大了眼睛。"汉普希尔在哪?"芬利问道。门外还有一个人举起了枪。

"他马上就下来。"

"你没干傻事,还算你识时务。"

"该死。"我说。

"雪莉呢?"

"在楼上。"

"让她下来。"

"你的要求还真多。"

"要不要给他点颜色瞧瞧?"芬利的保镖问他。

芬利抬起头,目光顺着黑暗的楼梯,落在楼上打开的那扇门,有灯光从里面倾泻出来。"算了。"

汉普希尔悄无声息地走了下来,一次只迈一级台阶,每次都痛得停下来,仿佛他的身体衰老了,倍感疲惫,尽管他还活着,还可以四处走动,却不再有乐趣。他走到一半的时候看到了芬利。"你想怎么样?"他说。

"我是为了雪莉来的。"芬利说。

我心中一凛。老板远远地问道:"你找雪莉有什么事?"

"我要她跟我回去。"

汉普希尔说:"不可能。"

"也许你没听清我的话。我说我要她回去,现在就走!"

"不可能。"汉普希尔说。

"我不想惹麻烦。"芬利说。他的目光从我空荡的双手移到汉普希尔空荡的双手,被我们的奇怪举动搞糊涂了。

"你不可能拥有她。"汉普希尔慢慢地说,"没有人能得到她。她走了。"

"你是怎么找到我们的?"我问。

"这他妈的不关你的事。"芬利瞪着眼睛说。他对汉普希尔说:"你在撒谎!"然后,他又问我:"他是不是在撒谎?"

"说话小声点儿。"我说,"房子里有人死了,就得压低声音说话。"

"有人死了?"

"雪莉死了。就在楼上。小点儿声。你来得太迟了。你最好回城里去。一切都结束了。"

芬利放下枪。"除非亲眼见到她,否则我哪儿也不去。"

汉普希尔说:"不可能。"

"见鬼。"芬利看了看汉普希尔的脸,只见他脸色惨白,表情冷酷,像是剥离了皮肤的骨头,"好吧,她死了。"他说。他终于相信了。他吞了吞口水,回头看了一眼。"不过,照样还可以用她来勒索一笔钱,不是吗?"

"不行。"汉普希尔说。

"除了我们没人知道她死了。我们依然可以拿到钱。我们只需要她外套上的一块布、一个搭扣、一枚扣子,或是一绺头发,至于尸体,你大可以留着,汉普希尔老朋友,就当是我们的一点儿心意了。"芬利向他保证,"我们只需要几样她的东西,好寄给她父亲,比如戒指、小粉盒之类的。"

在汉普希尔那硬邦邦的额头上,有一根血管开始跳动。他向前探身,他的身体十分僵硬,眼睛闪闪发亮。

芬利继续说:"你可以留着尸体,你就在这里守着尸体好了,我们不会插手,黑锅你们背定了。"

"这话听起来很耳熟。"我说,想起我们本来也计划这么对付芬利。这就是生活。

"让开,汉普希尔。"芬利说着大步走了起来。

汉普希尔骗过了所有人。他安静地退到一边,转过身,好像要带芬利上楼,他走了两步,猛地转过身来,朝芬利强壮的胸膛开了两枪,芬利大叫了一声。

我攥住一个枪手的手,用他手里的枪开了一枪。第二个枪手在外面咒骂两句,砰的一声把门打开,冲了进来,举起左轮手枪瞄准。就在汉普希尔抓住芬利的时候,第二个枪手击中了汉普希尔的左臂。汉普希尔和芬利一起倒在地上。

我一枪就轻而易举地解决了第二个枪手。第一个枪手站在那里,握着他那只血淋淋的手。后门传来了脚步声。威利笨重地走下楼,低声道:"老板,你没事吧?"

"快上楼!"我说着搀扶汉普希尔从芬利一动不动的尸体上站起来,"威利,扶他上去!"

第三个保镖冲了进来,他说不定还以为我们都被撂倒了。我也打掉了他手里的枪。

威利先把汉普希尔扶上楼,又拿着他找到的绳子走下来。外面没有脚步声了。我把门拉开,雾气涌入,我的脸凉快了下来。雾气闻起来很舒服,我靠在墙上嗅着,心里很高兴。芬利的车停在那里,车灯是暗的,没有动静。我们把他们的人都解决掉了。

"好吧,威利。"我说,"把他们绑起来。"

汉普希尔像一根长长的灰色枝条，躺在朝西房间的长沙发上包扎伤口。我关上门。

"我们可以安排一下，设个陷阱。"我说。

他用白手帕擦拭伤口。

我目不转睛地看着他。"警察肯定会以为，芬利和他的手下为了钱大打出手，开枪把对方打死了。我们随时都可以打电话报警，让警察来在这里找他们。"

汉普希尔无力地张开眼睛，他的声音很轻。"以后再说吧。"他气喘吁吁地说，"以后再说吧，汉克。暂时别提了。"

"我们必须现在就谈。"我说，"这很重要。"

"我不想抛下雪莉。"

"听着，老板，你伤得很重。你的状况很糟糕。"

"回头再说吧，汉克。"他叹了口气。

"是的。"我说我感觉有点儿冷，但可以理解他，"好吧，回头再说吧。"

楼下，马克的脸色像新下的雪一样苍白。他双手颤抖，深深地吸了一口在芬利身上找到的香烟。"枪战的时候，你在哪里？"我问。

"我正好溜达到海滩上的船库那里。我以最快的速度跑回来了。"

"你一定是老了。"我说，"你和芬利在电话里做了什么交易？"

马克猝然一动，把烟吐了出来，用颤抖的手摸了摸他那胡子拉碴的脸，他看着他的香烟，随即直直地盯着我。

"那么大的雾，我很沮丧。又等了那么久，我不知道怎么办才好。我的五脏六腑都拧在了一起。"他把一只手握成拳头给我看,"老板在楼上跟她说话,就像水滴嗒滴嗒落在我头上。所以,我必须解决这件事。你在听吗?"

"接着说。"

"我打电话给芬利,告诉他我背叛了你们,我让他们分钱给我,还说他们可以带走雪莉。我知道芬利一定会来,我们也肯定能搞定他和他的手下,让他们承担罪责。"

"你早就知道会发生这种事,是吗?"

"你的意思是我在撒谎?!"

"你当然不会提醒我们。我们可能中枪而死。你做好了两手准备。我们赢了,你和我们在一起。芬利赢了,你就倒向他那边,对吗?也许吧。"

"见鬼,不是的!我就是想创造一个机会,仅此而已。要么是警察在这里发现我们和雪莉在一起,那我们就玩儿完了,要么就是我们跟芬利摊牌。我不能告诉你,也不能对老板说,他要是知道了,一定会开枪打死我的。一直这么等着,我很紧张。我想找个替死鬼。芬利就是替死鬼。我只是没想到他会来得这么快,所以出事的时候我还在海滩上。我甚至还盼着芬利能把雪莉弄走,那样的话,我们就不得不离开这里了!"

"好吧。"我点点头说,"但还有一件事没搞定。老板不愿走。你费了那么大劲,他还是不想走。那你现在打算怎么办,年轻人?"

马克骂了几句。"我们要在这里待多久?老天,待到下个礼拜,还是下个月?"

我把他推开。"这里有股味道。去把窗户打开。"

我累得一点儿力气也没有了。我检查了一下,确认那三个人身上的绳子绑得很紧,便倒在沙发上。马克去了楼上。我还能听到汉普希尔在上面说话,痛苦地嘟囔着什么。

我睡得很沉,梦见我在碧绿的水下走到离岬角不远的小教堂,许多鱼跟我一起游来游去,水下的铜钟响了,一条大鱿鱼像一块脏台布似的从圣坛上垂下来……

凌晨四点左右,我在手表的嘀嗒声中醒来。我觉得有什么不对劲。要出事了,我甚至都没时间补救。这时,有人狠狠击中了我的脑袋,我脸朝前摔倒在地上。有那么一段时间,我的世界一片黑暗。

我醒来时头痛得厉害。我眨着眼在黑暗中四处张望,发现双手被绑着。我用了五分钟才挣脱开。我打开一盏灯。

芬利的两个手下不见了!

我一边咒骂着,一边解开了绑在我脚上的绳子,跑上了楼。

汉普希尔精疲力竭地躺在屋里,睡得很熟。我叫了他几声,他还是一动不动。我轻轻地关上门,走进雪莉的房间。

存放雪莉·伯恩尸体的沙发此时空空如也。雪莉不见了……

我的脚嘎吱嘎吱踩在沙子上,泛着泡沫的海水涌了过来,拍打着沙滩,发出一声叹息后便兀自退开了。

我眯起眼,一只划艇进入了视线。那艘划艇是灰色的,在冲破浓雾照射下来的月光下,几乎看不出来。

一个身材高大的男人站在小艇上,他的胳膊又长又粗,脑袋也很大。是威利。

马克站在沙滩上,海浪只是稍稍打湿了他那双小小的黑色皮鞋。当我走近时,他转过身来。我看着船上的威利。马克似乎没料到我会来。

"威利去哪儿？"我说。

马克也望着威利。"船上有东西。"

"什么东西？"

"那东西用帆布包着，缠了锁链，里面装着砖块。"

"现在是凌晨四点，他搞什么鬼？"

"他去把东西丢掉。帆布里包的是芬利。"

"芬利！"

"有他在楼下，我睡不着。就算你不喜欢我的计划，我也要把他解决掉。就算警察来了，也少一具尸体。"他看到了我的脑袋。"被人打的？"

"大约半个小时以前，有人把我打昏了，还把我捆了起来。你们在这里瞎忙活的时候，芬利的两个手下挣脱了绳子，还狠狠敲了我的脑袋。"我也微微一笑，表示友好。"就在几分钟前，他们偷走了雪莉的尸体，开车走了。你觉得这个故事怎么样？"

"他们偷走了雪莉的尸体！"马克睁大了眼睛，下巴都要掉下来了。

"你真是个好演员。"我说。

"什么意思？"

"我的意思是，他们为什么不开枪打死我和老板？芬利就是死在我们两个手里的，不是吗？他们为什么打我的头，一枪打烂我的内脏不是更省事？这说不通。你一来这里就出事，这已经是第二次了。你带着芬利的尸体来这里，让他们有机会逃跑，你干得真漂亮。"

"我不明白你在嚷嚷什么。"马克厉声说，"要我说，你应该庆幸雪莉的尸体不见了。现在我们不用留在这儿当汉普希尔的保姆了！"

"你未免有点儿开心过头了。"我说。

这会儿,威利驶入了黑夜之中,他回头望着我们,朝我们挥手。

我和马克看着威利把用帆布裹着的东西抬起来,扔到船外,激起了巨大的水花。

"老天。"我说。我静静地抓住马克的衣领,把他拉到我跟前,对着他的脸呼气。"知道我在想什么吗?"我喘息着说。我紧紧抓着他。"依我看,你非常想离开这里。所以你打了我的脑袋,把我绑起来,还放了芬利的人,把他们拖到他们的车那里,推他们进去,把车开到路边,停在灌木丛后面,熄了车灯,留下他们,然后你一个人回来。你的计划很妙。你告诉老板他们挣脱了绳子,偷了雪莉的尸体逃走了。"我看了看船上的威利,"与此同时,你还要把一具尸体扔进海里,只是你丢掉的尸体不是芬利!"

"就是芬利!"他挣扎了两下,但我死死抓着他。

"你什么也证明不了。我不知道雪莉的尸体怎么没了!"

"你应该朝我开枪的,马克,那样更有说服力。"我放开了他,"情况对你有利。我不能证明帆布里包的是雪莉,外面用锁链绑着,还塞了石头。摆脱雪莉是你生命中最重要的事,不是吗?没有证据。彻底消失了。这样一来,我们就可以走了。我们肯定会离开。老板为了把雪莉的尸体找回来,就会去追逃走的芬利手下,但他只能是瞎找一番,在哪儿也找不到,因为她在大约四十英尺深的海底,就在那个小教堂所在的地方!"

威利掉转船头,开始笨拙缓慢地往回划。我抽了一支烟,让风把烟雾吹走。

"你居然想到把她丢进海里,真有意思。没有更好的地方了。老板要是知道了，我想他也会乐意她和钟楼里的铜钟一起长眠海底。只是你把她沉入海底的动机不纯，搞砸了这一切，马克。你把本来可以……很美的事弄得极为肮脏。"

"你不会告诉汉普希尔吧！"

"我不知道。在某种程度上，我觉得我们最好还是离开这里。我也说不好。"

威利笑嘻嘻地把划艇停在了岸边。

"嗨，威利。"我说。

"你好，汉克。这下可搞定芬利先生了吧？"

"没错，威利。确实是。"

"他倒不重。"威利迷惑不解地说。

有人从悬崖上布满沙砾的混凝土台阶走了下来，他的脚踩在上面，嘎吱嘎吱直响。我听见汉普希尔走了下来，他痛苦地啜泣着、呻吟着，听起来像是在说"雪莉不见了！雪莉不见了"。他走到台阶底下，朝我们冲过来。"雪莉不见了！"

"不见了？"马克说，他装作不知情的样子。"不见了！"威利说。

我什么也没说。

"芬利的车也不见了。汉克，把我们的车开过来，我们得去追他们。不能让他们带走雪莉……"他看到了划艇，"那是什么？"

马克大笑起来。"我让威利帮我处理掉芬利的尸体。"

"没错。"威利说，"扑通一声，就丢到海里去了。他一点儿也不重，轻得跟羽毛一样。"

马克脸上的肌肉抽动着。"你少吹牛了，威利。汉克，你最好去把车准备好。"

也许我的眼神泄露了我的心思。汉普希尔先看了我一眼，又看了看马克和威利，最后，他的目光落在了小船上。

"你……你去哪儿了，汉克？有没有帮着把芬利弄上船然后丢下海？"

"没有。我昏过去了。有人打了我的头。"

汉普希尔在沙滩上蹒跚地向前走。

"怎么了？"马克喊道。

"别动！"汉普希尔吩咐道。他把手伸进马克的一个口袋，又伸进另一个口袋。他把一些东西举到了月光下。

是雪莉的手镯和戒指。

汉普希尔露出了我这辈子从未见过的表情。他茫然地盯着小船，用很悠远的声音说："芬利像羽毛那么轻，是吗，威利？"

"是的，先生。"威利说。

汉普希尔慢吞吞地说："马克，你打算做什么？找时间用手镯和戒指去勒索吗？"他猛地用一只手指着威利。"威利，抓住他！"

威利按吩咐做了，马克大喊起来。威利把他卷成一团，就像蟒蛇把野猪团在一起一样。

汉普希尔说："威利，带他到水里去。"

"遵命，老板。"

"然后你一个人回来。"

"遵命，老板。"

"老板，别闹了。手下留情，老板！"马克尖叫不止，拼命地挣扎。

威利走了起来。边缘的海水溅到了他的大脚上。他走到较深的地方，海水泛着泡沫，打湿了他的鞋子。马克大喊大叫，一个巨浪袭来，在他周围咆哮，盖过了他的喊声，就像威利完全压制住马克一样。威利停了下来。

"再往前走。"汉普希尔说。

海水没过了威利的膝盖,又一点点没过他的大肚子,直到淹没了他的胸口。马克的喊声现在越来越模糊了,夜晚的风把他的喊声吹散了。

汉普希尔站在那里看着,像个僵住了的神明。一个浪头拍到威利身上,在他身上留下了奶油一样的泡沫,威利揪着马克一起扎进海里,消失不见了。又有六道浪冲了过来。

接着,一道巨大的水墙涌了过来,把威利一个人冲到了我们脚下。他站起来,抖掉粗壮胳膊上的水。"办妥了,老板。"

"到车那儿去等着,威利。"汉普希尔说。威利摇摇晃晃地走开了。

汉普希尔望着岬角,侧耳细听。"你到底打算做什么?"我问。

"不关你的事。"

他开始朝海水走去。我伸出双手拦住他。他从我身边挣脱开,一只手里还拿着枪。"走开。去车那儿找威利。我约了人去参加大弥撒。"他说,"我可不想迟到。快去吧,汉克。"

他径直走到冰冷的水中。我站在那里一直望着他,直到再也看不到他迈着大步的高大身影。接着一个大浪打来,什么都没有剩下,唯有咸腥的海水在涌动。

我爬上悬崖来到汽车边上,打开车门,坐在威利身边。

"老板呢?"威利问道。

"明天早上我会把一切都告诉你。"我说。我坐在那里,威利的身上在滴水。

"你听。"我说着屏住了呼吸。

我们听到海浪冲刷着沙滩，就像一曲很有气势的风琴乐。"听到了吗，威利？雪莉在唱女高音，老板唱的是男中音。他们站在唱诗班的席位里，威利，在唱完《荣耀颂》之后，他们把声调抬高了。那才叫唱歌，威利，趁能听到的时候好好听听吧。再也听不到这样的歌声了。"

"我什么也没听见。"威利说。

"你这个可怜的家伙。"我说着发动汽车，开离了这里……

万物终结之地

收录于同名选集

很久以前,马戏团会把用旧的红色马车和刷了黄漆的笼子扔进运河里。看起来就像有一支长长的车队从河边滚了下来,就这么堆积在一起,在静止的灰色河水里生锈,变成褐色。笼子约有十个,轮子翻到上面,多年前的油漆像叶子一样在时光流逝中剥落。

史蒂夫·迈克尔斯站在水边,透过红色的薄雾往下看。

三十年前,这里被称为加利福尼亚的海边威尼斯。就跟在意大利一样,贡多拉轻快地掠过水面,夜里小舟上挂着绿色的灯笼,随着水流起起伏伏,人们歌唱着,一切都干净而崭新。这一切都不见了。现在,这里成了一个堆满空笼子的垃圾场。

史蒂夫不知道现在已经是下午五点了。他似乎没有注意到冬日的太阳悬挂在雾蒙蒙的灰色天空上。沉默紧紧地抓住了他,让他喘不过气。

突然,丽莎来到了他的身边。有她在,冬天的空气也变得温暖而甜美。她低声说:"史蒂夫,你不能一直站在这里。"

他灰色的眼睛没有抬起来。

"我可以试一试。"

"回洛杉矶的办公室吧,史蒂夫。你可以明天再来。"

"是的。那时候葬礼也结束了。"史蒂夫说,"我可以看看人行道上查理的血迹。要是下雨,我可以看着雨水把血迹冲走。"他盯着脚下颜色怪异的混凝土,"我希望我的脑袋里也能下场雨,让雨水把一切都冲刷干净。"

丽莎等待着。"好吧。"她叹了口气,"我们现在做什么?"

他耸了耸肩。他拿着香烟,却忘了抽,烟已经灭了,他只好扔掉。

"走吧,丽莎。我们要找一个杀人犯,这个人就住在运河边。"

他们向南走去。

史蒂夫对这片地界了如指掌。他解释说:"从这里开始,河岸上的房屋越来越密集,四英里之外,房子就逐渐变少了。那里有很多油井在钻油,把运河的水都染黑了,闻起来有股……陈腐血液的气味。"

在冰冷的光线下,史蒂夫的脸看来更白了,他脸颊消瘦,皮肤紧贴着骨头,他的眼睛更显突出,看起来暗淡无光。衬托之下,他的头发显得更黑了。

"丽莎,昨天你去埃尔蒙特时,有人打电话到办公室。一个叫吉尔贝洛的老头在威尼斯平原上的油井工作,他说他被勒索了。勒索者化名马卡姆。那里接连发生了很多怪事。"

"什么怪事?"

"一到夜里就出事,有人摸黑偷偷破坏钻油设备。我估摸查理认为搞破坏的人就住在运河附近。毕竟出事的次数太多,又都是三更半夜。我那天在办公室里有事做,离不开。查理先找吉尔贝洛谈了谈,还走遍了整个运河,寻找线索……"

丽莎的手紧紧抓住了他的胳膊。"报纸上说是意外。天太黑了，查理·布兰登离开了人行道，他撞到了头，就这样淹死在了六英尺深的水中……"

史蒂夫的下巴绷得紧紧的。"我也让警察以为是意外。不想让他们查来查去。这是我的案子，我和查理的案子。"他看了看所有灰褐色的房屋，每一座都是它们那灰色兄弟的复制品。房子都是平房，黄昏时分笼罩在薄雾中，早晨则要经受咸腥的狂风的吹打。"查理一定是在到处转的时候想到了什么线索。要是我能知道是什么就好了。"

"你见过那个叫吉尔贝洛的老人吗？"

"我给他打过电话，告诉他我们会去找他。他说他只见过马卡姆一次，那是在几个月前，马卡姆刚开始这个游戏。吉尔贝洛的眼神不好。他只说马卡姆说话的声音很年轻，还很自信。"

史蒂夫加快了脚步。

"我们是去吉尔贝洛家吗，史蒂夫？"

"是的。得走上四英里。我们可以在路上找找线索。"

他们走着走着，丽莎不禁打了个寒战，扭头朝后面看去。这会儿，天几乎全黑了。

"真奇怪，你以为有人在跟踪你，其实只是风。"

向运河下游走了四英里，河水开始转向，奔流入海。咸腥味的大海猛烈地冲击着码头、岩石和沙滩。在那里，油井不停地输送着石油，像是黑色的手指把陆地和海洋连在一起。油井嘎吱嘎吱运转着。看不见它们在黑暗中做什么，但能听到它们一直在低诉。

一阵风吹来，雾气如同一大片漆黑草坪上的苍白的叶子，散开了一会儿，星星显露出来，如同远处怪异的含苞待放的花朵。史蒂夫从牙缝里吹出了口哨。

丽莎和他一起朝一口特别的油井走去，那口油井距离运河大约一百码，周围还有十来口油井在上下输送石油，不愿有丝毫的停顿。油井看起来就像很普通的梯子，有人每天晚上都会踩着那样的梯子把星星摘下来，用抹布把它们擦亮。

有一间小屋里闪烁着灯光。油泵摇摇晃晃地上下抽动，发出叹息般的声音，咯吱咯吱地吹着气，像极了一根紧张的手指。

"喂，有人吗？"

没人回应。史蒂夫听到丽莎呜咽了一声，片刻后，丽莎抓住他说："他在那儿，史蒂夫。就在上面，他的脑袋在动力轴下边呢。"

那可不是人的脑袋该出现的地方。史蒂夫爬上梯子，站在机器棚顶上，看到眼前的情景，只觉得一阵恶心。吉尔贝洛躺在那里，像是睡着了，他的头卡在一根动力轴下面，而动力轴还在上上下下地移动着。史蒂夫的目光随着动力轴上下、上下，直到眼前变得模糊一片，双眼湿漉漉的，感觉很不舒服。他什么也看不见，只好跪下来，过了一会儿，他说："丽莎，今天下雨了吗？"

"没有。"

"太奇怪了。棚顶上是湿的，但不是血。雾才下了一会儿，还来不及凝结成水珠。太奇怪了。"他说着移开了目光。他回到下面的冷风和阴影中，望着运河。一时间，没有任何东西在动。然后，一个人影突然出现。史蒂夫看到人影远远地跑了起来，距离大概有一百码。

史蒂夫掏出枪，跑了四步，但人影已经不见了，等他来到运河边上，根本找不到任何痕迹，只能听到丽莎踩着高跟鞋跑过来的声音。他抬头望着高塔上的平台、梯子和金属网。那些地方都是很好的藏身之处，大可以爬到上面，藏在阴影中监视下面的人，等下面的人离开再脱身。高塔太多了，数都数不过来。那么多的平台、梯子，那么多地方可以藏身。史蒂夫叹了口气。"我们回吉尔贝洛家吧。又发生了一起事故。一个老人摆弄机器，却把自己的脑袋卡到了不该放的地方。"

就在这时，一声尖叫传来。

史蒂夫和丽莎往回跑。

他们发现一个瘦得像麻秆一样的小个子男人站在吉尔贝洛小屋的墙边，浑身哆嗦成一团，正探身向篱笆呕吐不止，他的呕吐物散发着辛辣的气味，他用这样的方式向屋顶上的死亡发出抗议。小个子大口大口地吸着气，同时抽泣着说："老天，他死了！他要是能把嘴巴闭紧，就能好好活着了。你看，他在上面！"他又吐了起来，"我只是……过来看看……"

小个子抬起长满汗毛的手腕，笨拙地擦了擦嘴，惊恐地注视着史蒂夫和丽莎。"是你。是你杀了他！你就是马卡姆！"

史蒂夫举起警徽，就像拿着一颗鹅卵石。小个子盯着警徽，轻声咒骂了两句，浑身抖得像筛糠。"警察。侦探。啊。他们来了几个晚上，等得不耐烦了，就走了。他们走得太早了，马卡姆趁机从藏身的地方溜了出来。他一直在监视，他什么都知道，见鬼，该死的。警察向来不是来得太早，就是来得太晚。该死的。"他弯下腰，咳嗽起来。

史蒂夫轻声问那个人住在哪里。那人伸出一只颤抖的手，指着旁边的油井。"我叫布莱克。天啊，我的胃、我的心、我的眼睛。我不想惹麻烦，别给我惹麻烦！"

"你知道吉尔贝洛发生了什么事?"

布莱克清楚一切,他压低声音说了起来。"他给马卡姆钱,让马卡姆放过他。许多人宁愿花钱消灾,也不愿意机器被毁。机器很稀少,很难买,也不好修理,这都是因为战争。天啊,他的头卡在上面!"他又干呕起来。

史蒂夫点燃一支香烟,递给布莱克,让他平静下来。布莱克狠狠地吸着,他盯着丽莎,又瞪着史蒂夫,无法保持平静。"听着,我……我从没见过这个……勒索者。"

"没有吗?"

"没有。没人见过他。他只是打电话。我也没有费力去查他长什么样。他向别人要的钱并不多。只是一点点。每个人都给他钱,反正他们赚的钱更多,还可以保证机器完好。"

布莱克不停地说呀说呀。他说:"在三个月前的一个晚上,一个叫爱尔兰大个子凯利的油工在他住的小屋里被烧死了,他被烧死时不停地尖叫。是马卡姆放的火,不过他不是故意要杀人。但不管怎样,凯利被困在了屋里,那是马卡姆的手上第一次沾血。虽然是意外,但那是彻头彻尾的谋杀。"

史蒂夫打断了紧张的布莱克:"时间不多了。现在,布莱克,带我们去田野里看看。我们对这里不太熟悉。"

布莱克将瘦弱的背部靠在栅栏上,颤抖起来。"休想。瞧瞧吉尔贝洛的下场吧!马卡姆每天夜里都出现。他不会发出半点儿声响。只有大雾弥漫。"他低声说,"他来时像雾一样,悄无声息,走的时候又像潮水般退去,什么也不会留下。也有人设过陷阱。可有什么效果吗?见鬼,一点儿用也没有。马卡姆清楚每个人的心思。我们在高塔上找到了绳子。他肯定能像猿猴一样,在风中从一架大梁摆到另一架大梁。我们有一次把他围在了一座高塔上，但谁也不敢爬上去，害怕被踢下来。警察来了，但什么也没找到，只发现了一些人形袋子塞在大梁之间。马卡姆不见了，仿佛顺着绳子爬到天上去了。"

"他是不是开车来的？"

没有汽车。丽莎认为马卡姆是划船沿着运河过来的。

布莱克现在平静多了，他从鼻子里喷出烟。"见鬼，不是。他每次都是没跑多远，就消失不见了。他不开车，方圆几英里的地界里都没有车，他也没有划船。他要是从河里游走，我们肯定能看见！"

史蒂夫扔掉香烟，漫不经心地问道："顺便问一下，布莱克，你的油井最近怎么样？"

布莱克闻言大吃一惊。他闭上眼睛，过了一会儿又睁开，他的眼中写满了愤懑，他回答道："如果你想知道……我的井彻底干了……"

史蒂夫若有所思地看着丽莎。在昏暗的光线下，她看起来很美，身上散发着年轻人的新鲜朝气，与大海的陈腐气味、原油的刺鼻气味形成了鲜明的对比。

布莱克的声音和他的眼神一样充满了愠怒。史蒂夫看着他说："你的井干了。所以你嫉妒其他人，嫉妒他们可以赚钱。你就住在附近，很清楚这一带的地形。你可能就是那个勒索者，你可以神不知鬼不觉地来去自如。是不是？"

"吉尔贝洛和其他人都会告诉你，那个勒索者的声音很年轻。跟我的声音不一样！"

确实不一样。再说了，不管怎样，史蒂夫都觉得，杀害隔壁邻居的做法很愚蠢。查理向运河下游搜索了几英里，这也可以消除布莱克的嫌疑。

史蒂夫收起了枪。"布莱克,不管你喜不喜欢,你都得陪我们去现场看看。我不能让你在我后面到处乱跑。我有很多地方要看,还有很多事要打听。你带路吧。"

布莱克带头走了起来,一路上牢骚不断。他们朝大海走去。在路上,史蒂夫考虑了一些问题。吉尔贝洛和查理都是因为牵扯到这件事里而遇害的。马卡姆似乎是那种很有耐心的人,他会等上几个月,到时候事情过去了,他再回来。但与此同时,马卡姆还会密切关注丽莎、布莱克和他。说不定马卡姆现在就在附近,躲在暗中听着。如果我们有了线索,他也会想办法干掉我们。杀完一个人,就得再杀另一个,日复一日,试图掩盖真相……

在布莱克的带领下,他们朝海边走去,史蒂夫向丽莎讲起了他的想法。"查理的尸体是在运河尽头的水里发现的,旁边是一堆废弃的马戏团马车。所以,凶手不住在那里,丽莎。他不会在自己家门口杀人。"

丽莎看着那些黑色的棚屋,雾气在小屋之间翻腾。"那他住在这里吗,史蒂夫?"

史蒂夫慢慢呼出一口气。"很可能是这里。这个人一辈子都住在这里,熟悉这片地方,了解这里的人。也许我小时候住在温沃德大街那阵儿,还和这个人一起玩过。这一点很重要。是的。"

他们来到海边,看着巨浪拍打着他们脚下的沙子。雾号吹出忧郁的音符,号声飘向卡特琳娜岛。

"你认为凶手是从这边来的吗,史蒂夫?"

"不。浪太大了,海岸警卫队最近也很警惕。不。"他又点了一支烟,"丽莎,我越想,就越觉得凶手既不住在这里,混在受害者之间,也不住在我们发现查理的运河尽头。不,折中更为合理。从这里到我们找到查理的地方,就在这段距离的中间位置。很有这个可能。"

此时,一把铁扳手像一只金属鸟,在黑暗中飞了过来。

布莱克咕哝一声,倒在了地上,再也没有站起来。

丽莎大叫一声,转动身体四下一瞧,史蒂夫把她扑倒在地。第二把铁扳手从他的右侧砸下来,扫过他的肋骨下部。史蒂夫顿时感觉肋部生疼,不由得在想,如果第一把扳手正好砸中布莱克的脑袋,他的头是不是已经被砸瘪了。

史蒂夫任由扳手带着他向后栽倒。他放松肌肉,躺在那里,只见一道黑影跑了出来。史蒂夫的头两颗子弹都打在钢铁上弹开了,第三颗子弹射入了空中,影子则逃到了木梁后面,史蒂夫站起来,飞快地追了上去。丽莎落在后面,史蒂夫跑着跑着,听到身后传来她的脚步声。他没有直接向前追,而是沿着一条石子路向北,以防凶手在暗处拿着另一把扳手偷袭他。

他气喘吁吁地跑到了运河边上。不一会儿,丽莎跟了过来,抓住他,伏在他的衣领处啜泣起来。看来布莱克也一命呜呼了。那把扳手的目标似乎是史蒂夫,但布莱克不幸成了替死鬼。丽莎哭了起来。

他紧紧抱着她,目不转睛地注视着周围的一切。油塔看起来就像要倒在人身上一样,倾斜着,高高地矗立在黑暗之中,雾像演奏竖琴一样拨弄着塔上的木料。

"史蒂夫,史蒂夫……"

"冷静一点儿,亲爱的。我们的小花花公子这次是引火烧身了。他杀了吉尔贝洛,就应该收手才对。但他竟然躲在附近,观察我们的反应。我猜他不喜欢我刚才说的话。"

他们一起站在那里,就像两个到了巨人国的孩子。无数座高塔笼罩在他们头顶上方的雾气中,发出隆隆的声响,喷着烟,冒着热气。史蒂夫的呼吸放松了一些,但他右侧肋部疼得厉害,就像蜗牛待在滚烫的壳里。

丽莎说:"史蒂夫,今晚过得太糟糕了,也没找到什么线索。我们赶快离开这里,回家吧。"

他很疲倦,身体像是被吸干了,时而感觉热,时而又觉得冷,衰老和疲惫同时包围着他。但他低声骂了一句,皱着眉头从她身边走开。

"明天是查理的葬礼。我现在如果不查出个结果,就没法面对他。"

接下来是很长一段时间的沉默。丽莎开口的时候,她的声音很奇怪:"查理小时候是个什么样的人?"

"查理?"他想了想,心里很不安,他说话,只是为了在黑暗中听到自己的声音,"以前?我们在海滩上跑来跑去,在码头上玩,在运河边上闲逛。查理去运河附近玩,他妈为这事儿没少打他。我记得有一次……运河……"

史蒂夫闭上嘴,走了起来。丽莎一言不发地跟了上去,看着他那张突然变得严峻而苍白的脸。他沿着运河几乎跑了三百码,像是在找什么东西。找到之后,他停下来站在水边。

水泥路上有一道水迹,蔓延开来,渗入了水泥地面。

"丽莎,吉尔贝洛的棚顶上有水,就在他的尸体旁边。这里也有水,马卡姆是从运河出来的。"

"你确定吗,史蒂夫?"

"是的。我第一次觉得我确定。"

"但没人看到有人在运河里游,史蒂夫。"

"做一件事,方法有很多。我有个很疯狂、很不成熟的想法。什么像猿人一样爬上高塔,都是胡扯。那是马卡姆用来迷惑人的手段。他不希望人们往运河上想。他想让他们互相怀疑。但他是个外人,而且就是从这里来的。"

史蒂夫脱掉了外套,感觉自己如同置身于一个寒冷的梦中。他缓慢安静地解开鞋带,说:"你知道马卡姆长什么样子吗?像这样的圈套,一旦找到了主要线索,其他部分就会自动补齐。"他脱下袜子,"马卡姆很年轻。也许二十五岁,也许三十岁,就算大,也比这大不了多少。他年轻,身体健康。他的胸部发育得很好,肺活量很棒。"

"你怎么知道的?"

"杀人犯杀了三个人,还觉得自己很安全。为什么会这样?因为他有办法可以顺利逃脱,还不住在发现尸体的地方附近。但我们知道查理在运河沿岸的什么地方找线索。从数学上讲,如果凶手不住在运河两端,也就是命案发生的地方,那他一定住在运河的中间位置。从他往来的方式看,我们可以对他的年龄和健康状况有个大致的了解。马卡姆每次都是非常小心地从运河里出来,离他想制造麻烦的地方远远的。因此,没人发现他留下的水迹,在那些夜晚,人们只在事发地附近搜索,没有深入河下游。"

他朝运河点了点头。

"运河还告诉了我一件事,他的肤色很健康。他住在运河上。肯定是这样的。"史蒂夫把他所有的衣服裤子叠成一小堆,放在运河边冰冷的水泥地上。

"我不明白，史蒂夫。"

"马卡姆每天都会在海滩上待很久。他过着悠闲的生活，从不做太多的事。布莱克说他向受害者勒索的钱并不多。从每个人那里勒索一点儿。六七个人，每人掏三五十块。这个勒索者有的是空闲时间。这样描述他，非常准确。如果我挨家挨户找一个符合这种描述的人，最终肯定可以找到他，对吧？没错。一个体育健将，胸肌发达，健康的肤色，有很多空闲时间，年纪很轻。"

史蒂夫身上现在只剩下一条短裤了。他甚至都没看到丽莎就在他面前。他只是站在水边，往下看。"今晚的水很冷。夏天的时候下水可能还不错，但今晚肯定很冷。"他向前倾了倾身子。"没人见过马卡姆怎么来，又怎么去。他们说他像雾一样飘浮，还说他像海浪，沉默而轻松。"他抬头看着丽莎，脸上带着一副迷途孩童的表情。"丽莎，让警察在一小时后到运河尽头。我们在那儿见。"

她想开口阻止。

史蒂夫说："没人见过有汽车经过，也没人见过运河上有船，或有人游过运河。我会告诉你马卡姆为什么这么神秘，丽莎。晚安，亲爱的。一小时后见。"

"史蒂夫！"

他不见了。他如同一个白色物体，也很像雾气一般，无声无息地划破水面，只有一个涟漪荡漾开，标志着他的消失。漆黑的河水恢复了原样。整条运河冷冰冰地流淌着。

丽莎盯着运河看了五分钟，但无论她多么使劲盯着，都没有看到史蒂夫浮出水面透气。

雾气将她包围了。油井在剧烈地搅动。海水拍击着海岸。

雾号像是在另一个世界里响起。丽莎冻得直发抖,她拿起史蒂夫的衣服,去打电话报警。

史蒂夫向北游出了很远,与丽莎拉开了一大段距离,他浮出水面,感觉到空气钻进了他的鼻孔,便深深地把空气吸进肺里,随后又钻进了水中。冰冷的河水最初带来的冲击已然消失,他的肋部也不疼了。

他用力向后划动双臂,在黑暗的水底游动着。他的手指擦过河底的烂泥。运河里的水很干净。在靠近大海的地方,水流变得迟缓,因为有石油,河水都是温热的。他前方二十英尺的水都是透明的,远处则是漆黑一片。威尼斯运河的照明系统很糟糕。一盏路灯从离运河十英尺远的底座上射出微弱的漫射光线,每隔一百码才有一盏光线昏暗的街灯。晚上灯光那么暗,就算有人在五英尺深的水下游泳,别人也根本不可能发现。

他再次站起来,整个身体感觉柔软而轻松,他听见运河两岸的油井像黑色的心,在寂静的悬崖上跳动着。他又游了起来,觉得在水下游完全是神不知鬼不觉。不会有人看到你在人行道上是走是跑,也不会有人看到你是不是躲在阴影里。周围只有运河在流淌,头顶上是点点星光,四周雾气弥漫,冷风不停地吹。水面上不会出现游泳激起的波纹。只要待在水下,用力把冰冷的水向后滑,不停地踢腿,屏住呼吸,在喘气的时候喷出小小的气泡,就绝对不会被人发现。

只要肺活量好,拥有健康年轻的身体——比史蒂夫更年轻、更健康——就可以屏住呼吸,在冰冷的水下游很长一段距离,然后轻轻地浮出水面,喘几口气,再扎进水里,像鲨鱼一样,在熟悉的声音中,快速游过昏暗的河水。

像鲨鱼一样。史蒂夫在水流带来的压力中笑了出来。经过几个月的练习，就能变得像条鱼。闭气时间可以越来越长，在水下游的时间可以更久，划起水来也可以更轻松。难怪警察没有任何发现。

一个人如果走在人行道上，你可以跟踪他好几英里，他也不会发现。你可以与他保持同步，可以超过他，可以悠闲地在他后面走，也可以等一等再跟上他。

史蒂夫又浮了上来，他的动作缓慢而安静，就像鱼鳍划破水面一样。

"查理。"他想，"你昨晚从这里走过。你知道你在找什么。吉尔贝洛把他的怀疑和你说了。你根据他给的线索继续调查。是很不可思议，但这是真的。你也发现了马卡姆的作案手法。你知道他就像一条深海鲨鱼。"

史蒂夫再次钻入水中，一边奋力划水，一边思考着。虽然他觉得冰冷的河水不再那么难以忍受。但他已经很久没有像这样在深夜游泳了。

运河的河堤上有一个大洞，是从前修建的排水沟。史蒂夫调查过。一切都在他的脑海中变得豁然开朗。凶手可以钻进排水沟，在地下几英尺处，运河的水就退了，在那里就可以弯着身体把头露出水面，沿着铺了瓷砖的排水沟行进，有必要的话，可以在那里躲上一整夜，就像鳄鱼钻进河岸的洞里，便不会被人发现了。沿途有好几个排水沟连接着运河。游累了，就可以去这些洞里休息，十分方便。休息十分钟，再继续游。排水沟顶部没有水，有足够的空气供人呼吸。难怪马卡姆骗过了所有人！

史蒂夫继续向前游去。

"查理,还记得你和我小时候,怎么在运河边玩吗?"史蒂夫咬紧牙关说,"你和我,还有运河。有时候,说来也怪,生命在同一个地方开始和结束。是的。

"所以他跟踪了你,查理。就像我此时在追踪他。会游多远呢,查理?我会告诉你答案的。想一想,一个人在水下偶尔休息一会儿,能游出多远才会觉得累。沿着运河游一英里、两英里。不会更远了。只要离得够远,不让警察找到就可以了。只要远到足以逃脱罪行就可以了。

"查理,你边走边抽雪茄,你猜到了。但你不知道那晚马卡姆就在河里游着,他监视着你,伺机而动。就在他家门前,他把你拖下水了!他用一根管子打你,为了不让别人在那里发现你,他把你拖到运河的尽头,那儿是一切终结的地方:马戏团、笼子、碎裂的旧车轮,他把你也放在了那里。然后,他慢慢地游回家,爬出水面,进屋擦干身体,也许还吃了一顿很晚的晚餐。该死的!"

在运河底部的水中,有什么东西在闪闪发光。

是锡罐。有十几个,都装满水泥,整齐地排成一行。锡罐本身没什么问题。但它们可能是标志,表明这里是河水的中段。将它们放置在那里,也许是为了帮助游泳者确定自己的方位,这样就无须把头露出水面,避免了被人发现的危险。只是一排锡罐而已,除了鲨鱼,没人会注意到。

躲在雾中吓唬人,轻轻松松赚钱,一定非常有意思。像个孩子一样玩耍,在满是咸腥味的阴影里跑来跑去,突然消失不见,留下别人吓得直哆嗦。这样赚钱很有趣,白天躺在沙滩上晒太阳,晚上出来活动。是很有趣,可后来有人死在了你的手里。这从来不是你的计划,你从没想过要杀人。

史蒂夫手臂上的肌肉首先感到了疲劳。现在,被扳手击中的地方感觉火辣辣的,几乎在水里发着红光,他每次划水,伤处都灼痛不已。

疲倦的感觉袭来。史蒂夫飞快地动脑。还可以游多远?我感觉精疲力竭,只能游出这么远了,但马卡姆是个运动健将,体力格外好,他可以再游一两个街区。差不多了。

鲨鱼悄无声息地游了过来,动作敏捷而利落。

鲨鱼身上闪烁着微光,身后拖着很多气泡,从混沌的水中飞快地游过来,它的力量变成了手、腿,以及人的脸和身体!

史蒂夫在水下大喊!愤怒只是激起了一连串气泡!

马卡姆!

当你把一个人揽入怀里,不是因为你爱那个人,就是因为你想杀了他。现在这个时候当然没有爱,只有身体在水里游动时带来的冲击,像蜘蛛一样的手指戳向史蒂夫的脸,试图戳进他的眼睛。史蒂夫本能地把身体团起来,一脚踢向那张闪闪发光的脸,同时借力游开。

马卡姆卷土重来。这一次,史蒂夫准备好了,他利用运河一侧的摩擦力,向前迎着马卡姆冲了过去。他们一起向上冲出水面,进入了一个雾蒙蒙的世界,大口大口地喘着气,随即又沉入水里。与一个经过训练、肌肉发达的人搏斗,并不是什么轻松的事。水下世界不适合一个很多年都没有潜过水的人。

他们扎进翻腾的水里,马卡姆冲向史蒂夫。说到屏气,马卡姆不仅肺活量惊人,还训练有素。只要紧紧抓住史蒂夫,一直往下沉,在水底多待一会儿,他就能赢。史蒂夫最后肯定会吸入水。

马卡姆已经这样杀过一个人了。

史蒂夫有意放松下来，只扭动一只胳膊和一只手。这么做可以节省肺部的空气，他用双腿紧紧箍住马卡姆的双腿。真奇怪。与一个叫马卡姆的人在水下搏斗，从没见过他的脸，现在也看不清他长什么样，史蒂夫心想，现在我却和他在水下的气泡中搏斗着，我只知道他叫什么，还知道他浑身都是肌肉！他们快速下坠，撞在了运河底，仿佛暴雨倾盆，他们被舞台落下的幕布缠住了，绿色和黑色的长天鹅绒缠绕着他们的身体。闪电劈中史蒂夫的大脑，他在脑海里看到了火焰熊熊，彗星闪过。空气！再过一秒钟，他的肺就会——

史蒂夫伸出右手摸到了马卡姆的鼻子，猛地往上一推。马卡姆随即张开了嘴，这就像一个打开的陷阱，空气很快汩汩而出。他像一只螃蟹一样从史蒂夫身边逃走了。

史蒂夫知道接下来会发生什么。马卡姆会浮出水面呼吸，再迅速潜入水中，在史蒂夫上去呼吸之前把他按在水下。下次，马卡姆不会再失手。只有他的肺会变冷，坏死，浸透河水。

史蒂夫率先浮出了水面。他冲出水面后便大骂起来。毕竟在水下是骂不出来的，只能在心里骂上两句。骂人的话被困在心里，就像人被困在冰冷的水里一样。史蒂夫冲着黑夜咒骂着，油泵疯狂地上下抽动，大海猛烈地撞击着远处的海滩。然后，他沉入水里，正好撞上往上浮的马卡姆，马卡姆就像罐子里的诱饵一样扭动着！

史蒂夫把宝贵的空气藏在刺痛的肺里。他的耳朵抖动着，就像悬挂在强风中的大块铁皮，被巨大的木材击打着。

查理，我为你报仇了！他慢慢地把马卡姆那来回晃动的脑袋撞击在河底的烂泥上。查理，我为你报仇了！也为了在小屋里被活活烧死的爱尔兰大个子和老人吉尔贝洛，也为了那个鲨鱼一样的人，他在平静的水里游来游去，来去无踪，只留下一片到早晨就蒸发不见的水迹！

继续撞击，两次、三次。

"看你还有没有气，你这个浑蛋！看你还有没有气！"

在第四次撞击过后，马卡姆的身体软了下来。史蒂夫怒不可遏，继续抓着马卡姆不放，直到他的头耷拉着，所有空气都在回涌。马卡姆猛地吸入了冰冷清澈的运河河水，很久以前，孩子们在冰冷清澈的河水里玩耍，查理、史蒂夫和一个小男孩就曾一起在冰冷清澈的河水里玩过，那个小男孩长大后成了一条在温暖阳光下玩耍的鲨鱼。他们三个人都掉进了冰冷清澈的河水里，现在只有一个人能活着浮出水面。

史蒂夫一直按着马卡姆，直到他的肺里充满了水。

这一切就如同一个在昏昏欲睡时做的噩梦。史蒂夫来到外面的世界，为自己拥有肺而高兴，为空气带来的奇迹而开心。他浑身绵软地在运河边待了整整十五分钟，只是吸气、呼气、吸气、呼气、享受其中。

然后，他慢慢地踩着水，下入水中，找到了必须找到的东西，他抓住那东西，慢慢地向运河的尽头游去。尽头仿佛远在万里之外，所以他放松下来，不时停下来歇一会儿再继续游，就像两个孩子手拉着手回家，一个牵着另一个游过冰冷的河水。

运河的尽头。史蒂夫想到了运河的尽头，想到查理边走边查找线索，想到了马戏团的马车。然后，一个具有讽刺意味的想法突然出现在他的脑海里。拼尽最后的力气，他也一定要做到。

他来到了运河的尽头。他就在运河尽头的水下。

片刻之后，他一个人浮上了水面，听到了很多声音。郊外传来了警笛声，汽车减速、刹车，车门打开。史蒂夫从水里爬了出来。他听到车门砰的一声关上，脚步声四起。

冰冷的水从他身上滴落下来。他冻得浑身发抖，喉咙冰冷生疼，整个世界突然变成了六盏手电筒，照射在他湿漉漉的身体上。

丽莎突然哭着出现了。警报器停下。她抱住了他。

"史蒂夫，史蒂夫，你还好吗？"

"当然，当然，亲爱的丽莎。你会把自己弄湿的。"

"史蒂夫……"

他任由她在他怀里发抖，她的身体是那么温暖、那么芳香，他伏在她的肩膀上闭上了眼睛，感觉到水不断地从他乌黑的头发里流出来。他想，我的脑子里在下雨。雨水可以冲刷掉一部分查理的血迹。是的。冲刷干净。

史蒂夫的牙齿在打战，他紧紧抱着丽莎，就像她是雾气升腾的大海上一个温暖的浮标。他强迫自己说话："叫拖车来，带上钩子。水下的笼子里有一种新动物。我想我已经驯服它了。是的……"

灯光暗了下来，一道道倾斜的光线灼烧着冰冷的河水。铁栅栏。生锈的铁栅栏。一只白色的动物在铁栅栏后面软绵绵地漂动着。在铁栅栏后面。在铁栅栏后面。

史蒂夫紧紧地抱着丽莎，疯狂地大笑。

"别离开我。"

死尸嘉年华

刊于《一角推理》(Dime Mystery)
1945 年 7 月

    简直不可思议！拉乌尔有些畏缩，但又不得不面对现实，毕竟他的神经也在抽搐。在他的上方，红色、蓝色和黄色的马戏团旗帜在夜风中高高飘扬，看起来很阴森。旗帜上画着胖女人、瘦男人、看来很可怕的无臂人和无腿人，他们盯着他，眼神与他们在现实中流露的强烈仇恨和残暴一模一样。拉乌尔听到罗杰在拔胸口的刀子。

    "罗杰，你不要死！坚持住，罗杰！"拉乌尔尖叫道。

    他们并排躺在温暖的草地上，身下发出阵阵锯末的气味。主帐篷的宽大门帘像史前怪物的皮质翅膀一样翻动着，拉乌尔透过它可以看到帐篷顶上的装置现在空着，迪尔德丽像一只可爱的小鸟，每天晚上都在帐篷顶上翱翔。她的名字在他脑海里一闪而过。他不想死。他只想要迪尔德丽。

    "罗杰，你能听到我说话吗，罗杰？"

    罗杰很努力地点点头，他疼得五官缩成一团。拉乌尔望着那张脸：罗杰有一张细长脸，轮廓分明，面色苍白，英俊中透着傲慢，乌黑的眼睛嵌在深邃的眼眶里，唇部的线条看起来是那么愤世嫉俗。他的额头很高，留着一头黑色长发。此时，看着罗杰，拉乌尔就像从镜子里看到他自己死时的模样。

"是谁干的？"拉乌尔挣扎着，把他疯狂翕动的嘴唇凑到罗杰的耳边，"是那些畸形人吗？是独眼巨人，还是拉尔？"

"我……我……"罗杰抽噎着说，"我没看清。黑。太黑了。是个白色的东西，动作很快。太黑了。"他呼哧呼哧地吸了一口气。

"你不能死，罗杰！"

"自私！"罗杰低声抱怨道，"你太自私了！"

"我还能怎么办呢？你知道我的感受！自私！如果一个人的半个身体、半个灵魂和半个生命都从这个世界上消失了，一条腿被截掉了，一只胳膊也没了，他会有什么感觉？自私，罗杰。老天！"

蒸汽笛风琴停了下来，蒸汽还在嘶嘶作响，一直在练习的小个子马修斯穿过夏天的草地，绕着帐篷跑了过来。

"罗杰，拉乌尔，发生了什么事！"

"快叫医生，快点儿，快叫医生！"拉乌尔急促不清地说，"罗杰伤得很重。他中刀了！"

那个侏儒尖叫着，像老鼠一样飞快地跑开了。似乎过了一个小时，他才带着医生回来。医生弯下腰，扯开罗杰的蓝色亮片衬衫，露出他那浸透了鲜血的瘦弱胸口。

拉乌尔紧紧地闭上眼睛。"医生！他死了吗？"

"救不活了。"医生说，"我无能为力。"

"你能救他的。"拉乌尔低声说，他伸手抓住医生的外衣，攥得紧紧的，仿佛这样能驱散内心的恐惧，"用你的手术刀就行了！"

"不行。"医生回答说,"这里没办法消毒。"

"可以的,可以的,我求求你,把我们切开吧!趁现在还来得及,把我们切开吧!我必须自由!我想活下去!求你了!"

蒸汽笛风琴嘶嘶冒着蒸汽,嘎嚓嘎擦响个不停。几个残忍的马戏场杂工低头看着。泪水从拉乌尔的眼皮底下涌了出来。"求你了,没必要让我们两个都死掉!"

医生伸手去拿他的黑色医药包。当他撕破衣服,露出拉乌尔和罗杰那细弱的脊柱时,杂工们并没有转过身去。镇静剂顺利地注射进了拉乌尔和罗杰的身体里。

医生开始切割薄薄的表皮结构,这层皮肤从二十七年前拉乌尔和罗杰出生那天就将他们两个连接在一起。

罗杰躺在那儿,没有发出一点儿声音,拉乌尔却尖叫起来。

拉乌尔连续几天高烧不退。他的汗水把床铺都浸透了,他哭喊着,回头想和罗杰说话,可是罗杰已经不在了!罗杰再也不会在他身边了!

罗杰陪在他身边二十七年了。他们一起走路,一起跌倒,开心和不开心都在一起,一个是另一个的翻版,一个是另一个的镜子,会因为另一个的乖戾性格而微微扭曲。他们背靠背,与周围的世界作战。现在,拉乌尔觉得自己像一只脱了壳的乌龟,一只没了壳的蜗牛。他失去了那堵墙,再也不能靠在上面保护自己。现在这个世界绕到了他身后,冲过来攻击他的背!

"迪尔德丽!"

他在高烧中呼唤着她的名字,终于,他看到佳人站在他的床边探身向他,她那乌黑的头发在耳后紧紧扎成一个闪闪发光的发髻。还在恍惚中他看见她穿着紧身表演服,骑跨在麻绳上,在帐篷顶上旋转一百圈。"我爱你,拉乌尔。罗杰已经死了。马戏团要去西雅图。等你好了,再来找我们。我爱你,拉乌尔。"

"迪尔德丽,你也别走!"

一晃几个礼拜过去了。拉乌尔常常睁眼到天亮,想着过去被束缚在他身边的罗杰。"罗杰?"回应他的只有沉默。长久的沉默。

然后,他会回头看看,眼泪也跟着掉了下来。现在那里是一片空白。他必须学会永远都不回头看。他在生死边缘挣扎了多少个月,他自己也数不清了。痛苦和恐惧压迫着他,他在寂静中孤独地重生了,不再是两个人,而是只剩下他一个,但生活不得不重新开始。

他试图回忆凶手的脸或体形,可就是想不起来。他回想谋杀案发生前的日子:罗杰羞辱其他畸形人,说什么也不肯与任何人相处,哪怕是他自己的孪生兄弟。拉乌尔皱起眉头。那些畸形人讨厌罗杰,即使拉乌尔并没有惹他们不高兴。他们要求马戏团赶走这对连体双胞胎!

好吧,现在这对连体双胞胎终于走了。一个入了土,另一个卧床不起。拉乌尔躺在床上计划着,想着有一天他将回到表演场上,他要追捕凶手,过自己的生活,他要去见马戏团的班主丹,他要再次亲吻迪尔德丽,他还要去见那些畸形人,端详他们的脸,看看是谁对他做了这种事。他不会让任何人知道,那天晚上黑影幢幢,他并没有看清凶手的长相。他要让凶手血债血偿,让凶手认为拉乌尔知道很多内情,只是没有说出来!

那是一个炎热的夏日黄昏,拉乌尔周围弥漫着动物的气味,闻起来十分刺鼻。他不安地走过鞣树皮地板,看见了夜晚的第一颗星星,他还不习惯这么自由,依然不时朝身后看去,确定罗杰没有落在后面。

拉乌尔平生第一次意识到别人不再关注他了!以前,不管在什么时候,不管在什么地方,他和罗杰一出现,总是会吸引很多人围观。现在,人们只是看着那些可怕的招贴画,拉乌尔注意到他和罗杰的招贴画已经被取了下来,不由得心中一凛。

招贴画中间因此空出了一块地方,像是有颗牙被拔掉了。拉乌尔对这种突然出现的忽视心有不满,但与此同时,他感觉自己焕发出了全新的个性。

他能跑了!他不必再嘱咐罗杰"在这儿转身!"或者"当心,我要摔倒了!"他也不用再忍受罗杰的尖酸刻薄:"你可真够笨的!不,不,不是那边。我想走这边。快点儿!"

一张发红的脸从帐篷里探出来。"怎么回事?"那人叫道,"该死的!拉乌尔!"他向前冲了过来。"拉乌尔,你回来了!我都没认出你来,因为……"他瞥了一眼拉乌尔的身后,"见鬼,欢迎你回来!"

"你好,班主丹!"

他们坐在班主丹的帐篷里碰杯。班主丹是爱尔兰人,身材矮小,长着一头红发,他总是大喊大叫。"孩子,见到你真高兴。很抱歉马戏团不得不上路,把你丢下。主啊!迪尔德丽一直在等你,她都要为你害相思病了。好啦,好啦,别动来动去的,你很快就会见到她的。喝你的白兰地吧。"班主丹咂咂嘴说。

拉乌尔把酒一饮而尽,觉得火辣辣的。"我没想到自己还能回来。大家都说,连体双胞胎中有一个死了,另一个也活不成。看来克里斯蒂医生的手术做得不错。警察打扰您了吗,班主丹?"

"他们来了两三天，可什么线索也没找到。他们有没有找你？"

"我动身一路西行之前，和他们谈了一整天。是他们让我走的。反正我也不喜欢跟他们说话。这是我、罗杰和凶手之间的事。"拉乌尔向后靠了靠，"现在……"

班主丹重重地咽了一口唾沫。"现在……"他喃喃地说。

"我知道你在想什么。"拉乌尔说。

"是吗？"班主丹开怀大笑，拍了拍拉乌尔的膝盖，"你知道我从来不思考！"

"有件事你知道，我也知道，班主丹，那就是我不再是连体双胞胎了。"拉乌尔说，他的手颤抖起来，"我就是拉乌尔·查尔斯·迪凯恩，我没有工作，除了玩金罗美牌，什么也不会，我能吹萨克斯，可只是三脚猫功夫，对了，我还会说几句蹩脚的俏皮话。我可以为你支帐篷，班主丹，我还可以卖票、铲粪，或者哪天晚上，我不撑网就从最高的吊杠上跳下来，你可以收五块钱一个座位。反正你每天晚上都得找人往下跳。"

"闭嘴！"班主丹喊道，他的脸越来越红了，"你这该死的，你是在自怜自艾吗？我来告诉你，你会从我这里得到什么吧，拉乌尔·迪凯恩……你得卖力气地干活！你肯定得去收拾大象和骆驼的粪便，不过……等你变得壮实一些，你可以和康迪艾拉兄弟一起表演空中飞人！"

"康迪艾拉兄弟！"拉乌尔目瞪口呆，不相信自己的耳朵。

"我是说也许。只是也许！"班主丹哼了一声，反驳道，"但愿你把自己那细脖子摔断，该死的！来，喝吧，孩子，喝吧！"

帆布帘子哗啦一声掀开，一个男人摸索着走了进来，他是印度人，瞪着一双瞎眼，面色黝黑。"班主丹？"

"在这里呢。"班主丹说，"进来吧，拉尔。"

拉尔犹豫了一下,细小的鼻孔缩得更小了。"还有别人在?"他的身体僵住了。"啊。"他那双失明的眼睛闪动着湿润的光泽,"他们回来了。我闻到了他们两个人的汗味。"

"只有我一个人。"拉乌尔说,他觉得很冷,心怦怦直跳,"不对。"拉尔温和地坚持,"我闻到了你们两个的味道。"拉尔在只属于他一个人的黑暗中摸索前进,他那纤弱的四肢在他的旧丝绸衣裳中动着,表演佩刀在他的腰间闪闪发光。

"让我们忘记过去吧,拉尔。"

"也忘记罗杰对我们的侮辱?"拉尔轻声叫道,"啊,不。你们两个抢尽了我们的风头,当我们是垃圾,后来我们罢工,要求赶走你们,要把这些都忘了吗?"

拉尔的盲眼眯成了一条缝。"拉乌尔,你最好赶紧走。你留下来也不会有好日子过。我要把招贴画被人撕开的事告诉警察,到时候,你可就高兴不起来了。"

"招贴画被人撕了?"

"就是那张助兴表演的招贴画,用黄、红、粉三种颜色画着你和罗杰,挂在天桥上,上面还写着'连体双胞胎'几个大字!四个礼拜前的一个晚上,我在黑暗中听到撕裂的声音。我跑过去时还被画布绊了一下。我拿招贴画给其他人看。他们告诉我你和罗杰的招贴画被人从中间撕开了,有人把你们一分为二。如果我把这事告诉警察,你就高兴不起来了。那块撕开的画布一直都在我的帐篷里放着呢……"

"这跟我有什么关系?"拉乌尔生气地问。

"只有你自己才能回答这个问题。"拉尔平静地回答,"就当我是在威胁你吧。你离开这里,我不会告诉任何人那天晚上是谁把画布撕成两半的。可你要是不走,我迫不得已,只能向警察解释为什么你有时希望罗杰死,希望他远离你。"

"出去!"班主丹吼道,"滚出去!表演时间到了!"

帐篷帘沙沙作响。拉尔走了。

他们刚把瓶里的酒喝完,外面就乱了。一开始,几头狮子咆哮着,不停地摇动笼子,弄得铁栅栏如同松动的钢牙一样咯咯作响。大象发出喇叭般的叫声,骆驼在灰尘之中弓起背,电灯熄灭了,侍从们叫喊着跑来跑去,马挣脱了拴着它们的绳子,从厩棚里蹿出来,在兽群之中来回奔跑,让本就混乱的场面更加错杂。狮子吼得更响了,像是要把夜晚撕裂。班主丹咒骂几声,把酒瓶在地上摔个粉碎,便冲到了外面,他一边破口大骂,一边挥舞着手臂抓住惊恐的侍从,冲着他们的耳朵咆哮着做指示。有人在尖叫,但他们的叫声被难以置信的喧嚣和动物们混乱的蹄声湮没了。等在售票亭旁买票的人吓得大喊。人们四散奔逃,孩子们尖叫不止!

拉乌尔紧紧抓住一根帐篷杆,躲开了从他身边呼啸而过的马群。

过了一会儿,灯亮了,侍从们只用了五分钟,就把马集合在了一起。班主丹浑身是汗,满脸通红,不停地骂骂咧咧,据他估计,这场骚乱并没造成什么损失。一切都平静下来了。大家都很好,除了印度人拉尔。拉尔死了。

"来看看他被大象踩成什么样了吧,班主丹。"有人说。

大象把拉尔踩在脚下,仿佛他是一张由草编织而成的黑色小地毯;他那张尖脸被踩扁了,深深陷在锯末里,他不再吭声,身上全是血。

拉乌尔看了直反胃,只好咬着牙转过身去。在一片混乱中,他突然发现自己站在畸形人帐篷外面，就是在这里，他和罗杰度过了十年噩梦般的怪异生活。他犹豫了一下，还是拨开门帘，走了进去。

帐篷里还是那股味道，充满了回忆。帐篷布支撑在蓝色帐篷杆上，中间下垂，就像一个忧郁的灰色大肚子。在肚皮一样的帐篷下，很多油漆剥落的平台组成了一个长方形，平台上坐着肥胖、瘦弱、无臂、无腿、无眼的各种畸形人。在光秃秃的电灯泡下，那些平台看起来是那么旧，那么刺眼。灯泡嗡嗡作响，就像马斯达养的那些又大又肥的甲虫，照亮了畸形人那一张张麻木、阴沉的面孔。

畸形人瞪着呆滞的眼睛，不安地盯着拉乌尔，他们的目光迅速地投向他身后，寻找着罗杰，却一无所获。拉乌尔摸了摸自己背上的伤疤，那空洞的青灰色缝合线开始燃烧起来。他想起了罗杰，记忆中的罗杰喊着他给他们起的充满讽刺的绰号——"嗨，小飞艇！"这是在叫胖夫人。"你好，大力水手！"这说的是独眼龙。"还有你，大英百科全书！"那只可能是文身人的外号。"还有你，米洛的维纳斯！"拉乌尔朝那个没有胳膊的金发女人点了点头。即使是六英尺深的泥土，也遮盖不住罗杰那傲慢的声音。"矮冬瓜！"无腿人坐在他深红色的天鹅绒枕头上。"嗨，矮冬瓜！"拉乌尔连忙捂住了嘴。他把这话说出来了？或者，罗杰那挖苦的声音，只存在于他的脑海里？

文身人的身体上文了许多人头，看起来像是一大群人向前挤来挤去。"拉乌尔！"他高兴地喊道。他骄傲地收缩肌肉，让文身图案腾跃晃动，像是在进行一场大型马戏表演。他高昂着光头，因为他绝不允许脊背上那不会褪色的埃菲尔铁塔向下塌陷。每片肩胛骨上都文着蓬松的青色云朵。他把肩胛骨挤在一起，笑着大喊："看！乌云笼罩了埃菲尔铁塔！哈！"

但其他畸形人露出了狡诈的眼神，就像许多利针在拉乌尔周围编织出了仇恨的织物。

拉乌尔摇了摇头。"我真搞不懂你们这些人！你们以前恨我们两个，倒也情有可原，谁叫我们比你们出色，招贴画比你们大，赚得也比你们多。可现在……你们怎么还这么恨我？"

文身人让他肚脐上的那只眼睛眨了一下。"我来告诉你吧。"他说，"当初他们恨你，是因为你比他们更不正常。"他咯咯笑了起来。"现在他们更恨你，是因为你不再是畸形人。"文身人耸了耸肩，"至于我，我是不嫉妒的。我又不畸形。"他漫不经心地瞥了他们一眼。"他们从不喜欢他们自己的样子。他们做什么都不是他们自己计划的，是他们的腺体在作怪。至于我，我做任何事都是经过了深思熟虑。我胸脯上的粉红色炮艇，我腹部上的海岛女郎，还有手指上的花，都是我自愿文上去的！我们可不一样……我是在展现自我。他们则是大自然中糟糕的意外。祝贺你逃脱了束缚，拉乌尔。"

十几个平台上响起了一片愤怒高亢的叹息，仿佛这群畸形人第一次意识到，在他们当中，只有拉乌尔摆脱了畸形人的身份，不会再被人们盯着看。

"我们要罢工！"独眼龙抱怨道，"你和罗杰总是惹麻烦。现在拉尔死了。我们要罢工，让班主把你赶走！"

拉乌尔听到自己的声音突然爆发。"我之所以回来，是因为你们当中有人杀了罗杰！除此之外，马戏团一直是我的生命，迪尔德丽也在这里。你们谁也不能阻止我留下来，我要用我自己的时间，用我自己的方式，找到杀害我哥哥的凶手。"

"那天晚上我们都上床睡觉了。"胖夫人抱怨道。

"是的，是的，没错，就是这样。"他们异口同声地说。

"现在已经太迟了。"巨人说，"你绝对不可能找到任何线索！"

无臂女士嘲弄地踢着腿。"我没有杀他。我连刀都拿不了，除非我躺在地上用脚拿！"

"我瞎了一只眼睛！"独眼龙说。

"我太胖了，动都动不了！"胖夫人抱怨道。

"停，别说了！"拉乌尔再也无法忍受。愤怒之下，他冲出帐篷，在黑暗中跑了大约十英尺。突然，他看见她正站在阴影里等着他。

"迪尔德丽！"

她是雪白的空中飞人，每天晚上都在帐篷顶飞过，像螺旋桨一样旋转一百圈，演出指挥则用尖厉的嗓音给她数数。"八十八！"一圈之后，"八十九！"又是一圈，"九十！"她那强健有力的右臂肌肉发达，细弱的手指紧抓着麻绳编成的绳环，她的手腕、手肘和二头肌牵动着她的躯干，她那鸟翼般的小脚上上下下，她每完成一圈，铜壶就会发出一声巨响。

现在，在漫天繁星的映衬下，她有力弯曲的右臂举到一根钢丝上，她向前摆好姿势，在半明半暗的光线中看着拉乌尔，她的手指紧握、放松、紧握。

"他们为难你了，是不是？"她低声问道，目光越过他，望着帐篷里那些俗气的平台和平台上扭曲的畸形人，她的眼睛闪烁着怒火。"我说话也是有分量的，我的表演很受欢迎。我和班主丹关系很好。我会为你说好话的，亲爱的。"

说完"亲爱的"这几个字，她放松了下来。她的手松开了。她站在那里，双手放下，眼睛半闭着，等着拉乌尔过来用双臂拥抱她。"马戏团闹得鸡飞狗跳的，我们用这样的方式欢迎你，实在糟糕。"她叹了口气。"我很抱歉，拉乌尔。"她热情地依偎在他的怀里，"亲爱的，这八个礼拜像是十年那么久。"

他把她抱得更紧了。这还是平生第一次罗杰没有在拉乌尔的背后嘟囔："天哪，差不多得了！"

九点，拉乌尔和迪尔德丽站在天桥上。开场小号响了。迪尔德丽吻了吻他的脸。"我一会儿就回来。"演出指挥叫她了。"拉乌尔，你必须打起精神，远离那些畸形人。明天你和康迪艾拉兄弟一起排练。"

"我做了飞人，把那些畸形人甩在了地上，他们难道不会讨厌我吗？他们杀了罗杰。现在，如果我再次盖过了他们的风头，他们也会置我于死地！"

"让那些畸形人见鬼去吧，让你和我之外的一切都见鬼去吧。"她说道，她那钢铁一样的手指动了起来，试了试撒了树脂的麻绳。她的入场音乐响起。她的眼神变得忧郁。"亲爱的，你见过西藏喇嘛的转经轮吗？转经轮每转一圈，都是在向上天祈祷。唵嘛呢叭咪吽。"拉乌尔盯着高空中的绳子，她一会儿就会拉着那根绳子旋转。"拉乌尔，每天晚上，我每转一圈，都代表我爱你，我爱你，我爱你，就像这样，一遍又一遍。"

音乐越来越响亮。"还有一件事。"她很快又加了一句，"答应我，你会忘记过去。拉尔死了，他是自杀的。班主丹跟警察讲了事情的经过，还说你和这件事没有关系，所以我们就忘了这一切吧。警察知道拉尔是个瞎子，当时灯灭了，现场一片混乱，动物都逃脱了，拉尔就这样丧了命。"

"拉尔不是自杀的，迪尔德丽。这不是意外。"拉乌尔看看她，几乎说不出来，"我回来了，真正的凶手慌了，想要掩盖真相。拉尔也对凶手起了疑心，所以凶手想要一箭双雕。凶手让大象踩死拉尔，就是要我以为我的调查结束了。不是的。一切才刚开始。拉尔不是那种会自杀的人。"

"但是他恨罗杰。"

"所有畸形人都恨罗杰。况且还有我和罗杰的招贴画被撕成两半的事。"

迪尔德丽站在那里。他们在叫她的名字。"拉乌尔，如果你是对的，他们就会杀了你。如果凶手不希望你找到线索，而你却不停地追查……"她不得不跑开，跑进音乐、掌声和噪声之中。她向上升，越来越高。

一朵长着硕大花瓣的花在黑暗中飘浮，落在了拉乌尔的肩上。"是你，文身人。"

埃菲尔铁塔正在下陷。两朵一模一样的花在文身人的两侧抽搐着，就像在经受暴风雨的侵袭。"那些畸形人爬着去找班主丹了！"他闷闷不乐地嘟囔道。

"什么！"

"是的。那个没胳膊的女人用她那该死的大脚比画来比画去，还大喊大叫。无腿男挥着手臂，侏儒在桌面上走来走去，高个子咚咚敲打帐篷顶！天啊，他们都疯了。胖夫人会像烂瓜一样摔个稀巴烂，我发誓！瘦男人会像破木琴一样倒下！

"他们说你杀了拉尔，他们要去报警。警察不久前刚跟班主丹谈完，他说服警察相信拉尔的死纯粹是个意外。那些畸形人说了，要么班主丹让你走人，要么他们罢工，让警察把你抓走。班主丹让你立刻去他的帐篷。祝你好运，孩子。"

班主丹把威士忌倒入玻璃杯里，瞪着酒看了一会儿，又瞧着拉乌尔。"现在,你做了什么或没做什么都不重要了,关键在于畸形人相信什么。他们正在气头上。他们说你杀了拉尔,因为他知道你哥哥死的真相……"

"真相!"拉乌尔叫道,"真相是什么?"

班主丹无法面对他,不得不把目光移开。"他们说你受够了,不愿再像马被拴在树上一样,带着罗杰这个累赘,他们还说,你为了获得自由,就杀了你哥哥。他们就是这么说的!"

班主丹跳了起来,在锯末上走来走去。"我不相信他们的话……至少现在不信。"

"但是……"拉乌尔喊道,"但是,也许冒险是值得的,你不就是这个意思吗?"

"听着,拉乌尔,他们说的话不无道理,如果是哪个畸形人杀了罗杰,你为什么还活着?凶手为什么不杀你?他会冒险让你去抓他吗?绝对不可能。见鬼。杀死罗杰的,不是那些畸形人。"

"也许凶手害怕了。也许他想让我在痛苦中活着。那就太讽刺了,你不明白吗?"拉乌尔不知所措地恳求道。

班主丹闭上了眼睛。"我只知道我一个头有两个那么大了。"他伸出手来,"还有,拉尔发现的你和罗杰的招贴画被撕破了。这说明一个事实,有人要罗杰死,却想要你活着,所以,可能是你花钱雇其他畸形人动的手,你自己没有勇气那么做……"班主丹快步走来走去。"任务完成后,你的凶手朋友得意扬扬地把招贴画撕成了两半!"班主丹停下来喘了口气,看着拉乌尔那张麻木、写满挫败的脸。"好吧。"他大喊道,"我肯定是喝醉了,要不就是疯了。也许不是你杀了他。但你还是得离开。我不能在你身上冒险,拉乌尔,尽管我很喜欢你。我不能因为你一个人,就取消整个助兴表演。"

拉乌尔摇摇晃晃地站起来。帐篷在他周围倾斜着。他的耳边砰砰直响。他听到自己用奇怪的声音说:"班主丹,再给我两天时间。我只有这一个要求。等我找到凶手,一切都会平息下来的,我保证。如果我找不到,我会离开的,我也保证。"

班主丹愁眉苦脸地盯着他踩在锯末之间的靴尖。他不安地打起精神。"那说好了,就两天。但仅此而已。两天,不能再多了。你这人真够难缠的,是吧,双胞胎弟弟?"

拉乌尔和迪尔德丽骑马穿过沉睡的小镇,停在一条小溪边,把马拴好,他们热切地交谈着,紧紧地亲吻彼此。拉乌尔把与班主丹的约定、撕坏的招贴画、拉尔和他的任务有多危险,都讲给迪尔德丽听了。她用双手捧着他的脸,抬起头来。

"亲爱的,我们远走高飞吧。我不希望你受到伤害。"

"再等两天而已。如果我找到凶手,我们就可以留下了。"

"但是,我们可以去别的马戏团,去别的地方。"她那双灰色眼睛里充满了痛苦,"只要我们两个都平安无事,我可以放弃工作。"她抓住他的肩膀,"罗杰对你就那么重要吗?"还没等他弄明白她的意图,她就在黑暗中拉着他转了一圈,用胳膊肘勾住他的胳膊肘,把她纤细的后背抵住他留有疤痕的脊背上。她低声说:"我第一次拥有了你,单独的你,不要离开我。"她慢慢地放开了他,他转过身来又抱住了她。她非常温柔地说:"不要离开我,拉乌尔,我不希望再有任何事来干扰我们……"

顷刻间,往事一一浮现出来。拉乌尔想起,有一天,他听到迪尔德丽问罗杰,为什么他和拉乌尔不去找外科医生做手术。罗杰那张愤世嫉俗的脸像浮木一样,从拉乌尔的记忆潮水里浮了出来,罗杰对迪尔德丽冷笑两声,反驳道:"不,亲爱的迪尔德丽,不。这个手术需要两个人同意才能做。而我拒绝。"

拉乌尔吻了吻迪尔德丽,试图忘记罗杰那些尖刻的话。他回忆起第一次与迪尔德丽接吻时的情形,罗杰无礼地说道:"这样吻她,拉乌尔!来,让我示范给你看!我可以插句嘴吗?不,不,拉乌尔,你这个人真不浪漫!这样就好多了。介意我给自己扇扇风吗?"罗杰说到这里,又咯咯笑了起来,"天有点儿热。"

"闭嘴,闭嘴,闭嘴!"拉乌尔尖叫道。他拼命摇头,猛地回到了现实……回到了迪尔德丽的怀里……

早上醒来时,一个冲动让他难以自持,他很想逃离,很想收拾好行李,带着迪尔德丽坐上火车离开,彻底远离这一切。他在旅馆房间里踱来踱去。离开吧,他心想,离开吧,虽然他的另一半自己被埋在几百英里外的墓地里,但他再也不要追查了……然而,他必须搞清楚一切。

午饭时间的喇叭声响起。拉乌尔心不在焉地吃着盘子里的肉,马戏演员、畸形人、白脸人、托儿都坐在木桌边。有个办法可以找到凶手,而且万无一失。

"今晚,我就可以把凶手交给警察了。"拉乌尔喃喃地说。

文身人的叉子差点儿掉了,他说:"你说真的?"

"把白顶帐篷递给我。"有人插口道。有人从拉乌尔面前把蛋糕递了过去,拉乌尔阴沉着脸说:"自从我回来,我就一直在监视凶手,也一直在等待时机。那天晚上,他刺杀罗杰的时候,我看到他的脸了。不过,我没有告诉警察,我对谁都没说。我一直在耐心等待一个合适的时间和地点,亲自去找凶手报仇。我不希望警察插手,替我惩治凶手。我想用我自己的方式找他算账。"

"这么说，不是拉尔了？"

"不是。"

"那你就这么看着拉尔被杀？"

"我没想到会这样。他应该保持沉默的。对拉尔的死，我很抱歉。但今晚我会让凶手血债血偿。我会亲自把凶手的尸体交给警方。而我杀死他，只是出于自卫。他们不会把我关起来的。文身人，我保证说到做到。"

"如果凶手先把你置于死地呢？"

"我的一半已经死了。我反正已经准备好了。"拉乌尔严肃地向前探了探身子，握着文身人的青色手腕，"你肯定不会把这件事说出去吧？"

"谁？我吗？哈，哈，不会的，拉乌尔。"

文身人把这件事告诉了小飞艇，小飞艇告诉了瘦麻秆，接着，事情又传到无臂人、独眼龙、小矮子的耳朵里，就这么传开了。拉乌尔几乎可以看到消息在人们之间传来传去。他很清楚，现在整件事即将尘埃落定。要么他干掉凶手，要么凶手干掉他。就是这么简单。把凶手逼到绝境，再与他了结旧账。但如果什么都没发生呢？

太阳落山时，他去黑暗的地方转悠。他在高大的深红色马车边散步，以为会有桶掉下来砸碎他的脑袋。可没有东西坠落。他在大猫的笼子后面闲荡，以为弹簧门会弹开，大猫用尖牙咬穿他布满伤痕的脊背。但没有大猫跳出来攻击他。他趴在华丽的蓝色马车轮子下，等着车轮转起来，将他压死。但轮子没有转，大象没有将他踩成肉饼，帐篷杆没有将他砸在下面，也没有子弹打穿他的身体。只有乐队有节奏的乐声响彻繁星闪烁的夜空,他走到这里,步行到那里,寻找着死亡,心中越来越悲伤,越来越严肃。

他开始加快步伐,大声地吹着口哨,想要抛开心中的种种念头。凶手杀害罗杰,留下拉乌尔,是有目的的。

大帐篷里响起了一阵掌声。狮子咆哮起来。拉乌尔用手抱住头,闭上了眼睛。畸形人是无辜的。他现在明白了。如果杀人的是拉尔、文身人、胖夫人、无臂人或无腿人,他们会把罗杰和拉乌尔都干掉。只有一种可能。真相就像新小号的大声鸣响一样清晰。

他开始拖着脚向天桥入口走去。不会有肉搏,不会流血,更不会有愤怒的指责。

"我还有很多年可以活。"他疲惫地对自己说,"但过了今晚,我活着还有什么意思?"

现在,就算他可以跟着马戏团,就算畸形人们接受了他,还有什么用?知道了凶手的名字,还有什么用?没有用的,半点儿好处都没有。他在疯狂地寻找一件东西,却弄丢了另一件东西。他还活着。他的心在怦怦跳,温热而沉重,他的腋窝、后背、额头和双手都淌着汗。活着。他好好活着,他的心脏还在跳动,他的脚还在移动,这些都证明了凶手的身份。他阴森森地想,通常情况下,是不会因为一个活人还活着而去缉拿凶手,而是因为一个死人已经死了。真希望我死了。我要是死了就好了。

这是他一生中在这个马戏团里的最后一次演出。他浑浑噩噩地拖着脚走过天桥,喧嚣的音乐声和掌声不绝于耳,小丑们在红圈里翻滚和摔跤,引得观众爆发出阵阵笑声。

迪尔德丽站在天桥上,如同上帝创造的一个白色的奇迹,像是有无数星辰在她身上闪闪发光,她看起来是那么纯洁、干净,像飞鸟一样。他走过去,她转过身来面对他。一夜未睡,她脸色苍白,眼下出现了乌青,像是画着小小的蓝色花瓣,但她还是那么美丽。她看着拉乌尔低着头走过来。

音乐将他们包围。他抬起头,但没有看她。

"拉乌尔。"她说,"怎么了?"

他说:"凶手找到了。"

一个钹发出巨响。迪尔德丽看着他,久久都没有移开目光。

"是谁?"

他没有回答,只是低声自言自语,像是在祈祷。他的眼睛直勾勾地盯着圆形场地和观众。"你露馅了。无论你做什么,都没有用。和罗杰在一起,我不开心,没有他我更不开心。那时候我必须和罗杰如影随形,我需要你。现在,罗杰死了,我却再也不能拥有你了。我若是放弃追查,我永远也不会快乐。现在追查结束了,真相找到了,我的心都要碎了。"

"那么,你……你要去告发凶手吗?"过了好长时间,她终于问道。

拉乌尔只是站在那里,一言不发,他无法思考,什么也看不见,什么也说不出来。他感到音乐声越来越高。他听见报幕员在很远的地方叫着迪尔德丽的名字,有那么一会儿,他感觉她那坚硬的手指紧紧地抓着他,她那温暖的嘴唇深深地吻着他。

"再见,亲爱的。"

迪尔德丽轻快地奔跑着,她身上的亮片闪着光,像巨大的翅膀反射着光芒,她跑过鞣树皮地板,跑进热烈的掌声之中,她仰着脸,凝视着她的绳索和她的天堂,音乐像雨点一样打在她身上。绳子拉着她一直向上、向上。音乐声停止。架子鼓发出轻快的咚咚声,流畅而单调。她开始转圈圈。

拉乌尔做了个手势,一个男人立即从阴影中走了出来,那人抽着雪茄,若有所思地咀嚼着烟草。他在拉乌尔身边停了下来,两人注视着上方,都没有说话。

迪尔德丽的倩影出现在了高高的帐篷顶端,一束稳定的白光照射在她的身上。她抓住细长的绳子,她把身体倒转,双腿在上,弯曲的身体在下,转了一大圈,她继续上下翻转身体。

演出指挥一圈一圈地数着:"一、二、三、四……"

迪尔德丽旋转了一圈又一圈,像一只白蛾在结茧。"记住,拉乌尔,我在绕圈的时候,就像喇嘛在转动转经轮。"拉乌尔露出悲伤的表情。"唵嘛呢叭咪吽。我爱你,我爱你,我爱你。"

"她很美,不是吗?"拉乌尔身边的侦探说。

"是的,她就是你要找的那个人。"拉乌尔慢慢地说,并不相信他无奈说出的这些话,"今晚我还活着,就证明了这一点。她杀了罗杰,把我们的招贴画撕成了两半。拉尔也是她杀的。"他用一只颤抖的手捂住眼睛,"大约五分钟后,她就会下来,到时候你就可以逮捕她了。"

他们一起抬头望着上面,似乎不太相信她在那里。

"四十一,四十二,四十三,四十四,四十五……"侦探数着,"嘿,你哭什么?四十六,四十七,四十……"

木偶之死

刊于《圣侦探杂志》(*The Saint Detective Magazine*)
1953年6月—7月

　　水泥地窖里寒气逼人,死者如同冰冷的石头,空气中有看不见的雨水落下,几个人聚集在一起看着尸体,就好像它是早晨被冲到空旷的海岸上一样。地球的引力集中在这个地下室的一个点上,是如此强大,把他们的脸往下拖,让他们的嘴角弯曲,让他们的脸颊看来心力交瘁。他们的手重重地垂着,双脚像是固定在地上,动起来就像在水下行走一样。

　　一个声音在喊叫,但没有人听。

　　那个声音又喊了一声,过了好长一段时间,人们才回过头,望着虚空看了一会儿。这里是十一月的海边,天刚破晓,整个世界都是灰色的,一只海鸥在他们头顶上方鸣叫。那是一声悲鸣,好像寒冷的冬天要来了,这些鸟儿要飞往南方。大海冲刷着海岸,只是距离太过遥远,听起来就像从贝壳里听到的风吹过沙滩的沙沙声。

　　地下室里的人把目光转向桌上的一个金盒。盒子长约二十四英寸,刻着"利亚布钦斯卡"这个名字。在这个小棺材的盖子下面,那个声音终于静了下来,人们都盯着棺材,而死者躺在地板上,听不到那轻轻的喊叫声。

"放我出去,放我出去,求你们了,行行好吧,放我出去。"

最后,腹语艺人费比安先生弯下腰,对金盒子低声说:"不行,利亚,现在情况很严重。以后再说吧。安静点儿,真是个乖孩子。"他闭上眼睛,勉强笑了笑。

从光滑的盖子下面传来她平静的声音:"请不要笑。发生了这么多事,你应该仁慈一些。"

克罗维奇探长摸了摸费比安的胳膊。"如果你不介意,还是等以后再进行木偶表演吧。现在有很多事情要办。"他瞥了一眼那个坐在折叠椅上的女人:"费比安太太。"他向坐在她旁边的年轻人点点头,"道格拉斯先生,你是费比安先生的媒体经纪人兼经理人吗?"

年轻人承认了此事。克罗维奇看着地上那个人的脸。"费比安、费比安太太、道格拉斯先生,你们都说不认识这个昨晚在这里被谋杀的人,也从没听说过奥卡姆这个名字。然而,奥卡姆早些时候告诉舞台监督他认识费比安,有非常重要的事要见他。"

盒子里的声音又轻轻地响起来。

克罗维奇喊道:"该死的,费比安!"

那声音在盖子下面大笑了起来,就像一阵低沉的铃声在响。

"别理她,探长。"费比安说。

"她,还是你?该死的!这是什么?你们两个是一体的!"

"我们再也不会是一体的了。"那个很轻的声音说,"今晚以后再也不会了。"

克罗维奇伸出手。"把钥匙给我,费比安。"

在一片寂静中,钥匙咔嗒咔嗒地开动了小锁,小铰链吱吱作响，盖子打开后被放在桌面上。

"谢谢你。"利亚布钦斯卡说。

克罗维奇一动不动地站着，低下头，看着盒子里的利亚布钦斯卡，不太相信他所看到的一切。

利亚布钦斯卡的脸很白，是用大理石或他所见过的最白的木头刻成，看来就像用雪雕琢而成。它的脖子上托着像瓷杯一样雅致的头，脖子看起来薄薄的，也是白的，阳光都可以透过来。两只纤小的手可能是象牙做的，指甲小小的，指垫上有细小的螺旋纹，那些旋涡线条很小，十分精致。

她的身体是用白色的石头制成，可以透光，从她那双黑色的眼睛里透出蓝色调的光芒，就像新鲜的桑葚。他想到了装着牛奶的玻璃杯，和把奶油倒进水晶杯里的情形。她的眉毛弯弯的，又黑又细，两颊凹陷，两边太阳穴上各有一根淡粉色的静脉，在那双明亮黑眸之间的细长鼻梁上，有一条淡青色的静脉，几乎看不出来。

她的嘴唇半张着，看上去有点儿湿润，鼻孔的弧线堪称完美，耳朵也是如此。她有一头乌黑的头发，从中间分开，别在耳朵后面，她的头发是真的，他能看到每一根发丝。她的长礼服和她的头发一样黑，套在她的身上，双肩露在外面，双肩是由木头雕刻而成的，白得像在阳光下晒了很久的石头。她太美了。克罗维奇感到自己的喉结在动，他就这么站着，什么也没说。

费比安从盒子里把利亚布钦斯卡拿了出来。"她是我的绝代佳人，用最稀有的进口木材雕刻成的。"他说，"她去过巴黎、罗马、伊斯坦布尔。世界上每个人都爱她，都认为她是真人，是个极为脆弱的侏儒。他们说什么也不肯相信她是用木头做的，而那些木头长在远离城市和愚蠢人类的森林里。"

费比安的妻子艾丽丝注视着她的丈夫,目不转睛地盯着他的嘴。在他说起被他抱在怀里的娃娃时,她的眼睛一眨不眨。费比安的眼里似乎没有别人,只有那个娃娃:地窖和里面的人都消失在了无所不在的迷雾中。

但是,小小的木偶终于动了动,她的身体哆嗦了一下。"求你了,还是别说我了!你知道艾丽丝不喜欢你这样。"

"艾丽丝一直不喜欢。"

"嘘,别说了!"利亚布钦斯卡嚷嚷道,"也不看看这里是什么地方,现在是什么时候。"她迅速地转向克罗维奇,她的小嘴唇动着。"怎么会这样?我的意思是,奥卡姆先生是怎么死的?"

费比安说:"利亚,你该去睡觉了。"

"人家还不想睡。"她回答说,"我有权听,也有权表达自己的意见,现在发生了谋杀案,事情和我有关,就像和艾丽丝或……道格拉斯先生有关一样。"

那位媒体经纪人扔掉了香烟。"别拖我下水,你……"他看着娃娃,仿佛她突然在他面前变成了一个六英尺高、会呼吸的人。

"我只是想知道真相。"利亚布钦斯卡转过头来,打量着整个房间。"要是我被锁在棺材里,就不能知道真相了,约翰这人撒谎成性,我必须盯着他,是不是,约翰?"

"是的。"他闭着眼睛说,"我想是的。"

"这世上有那么多女人,约翰最爱我,我也爱他,所以我试着理解他那种错误的思维方式。"

克罗维奇一拳打在桌子上。"该死的,该死的,费比安!你要是以为你能……"

"我也没有办法。"费比安说。

"但她是……"

"我知道,我太清楚你想说什么了。"费比安看着侦探,平静地说,"你想说是我在说话,是吗?不,不是的。她说的话不是从我的喉咙里发出来的,是从别的地方。我不知道。这里,或者是这里。"他摸了摸自己的胸和头。

"她能迅速躲起来。有时我拿她一点儿办法都没有。有时她只是她自己,与我无关。有时她告诉我该做什么,我就必须去做。我撒谎,她就很诚实,她监督我,还会教训我,我要是干了坏事,犯下了罪孽,她就表现得很善良。她过着与我完全不同的生活。她在我的脑袋里竖起了一道墙,住在那里,如果我试图让她说一些不恰当的话,她就不理我,如果我建议说的话和打的手势都很好,她就配合我。"费比安叹了口气,"所以如果你打算继续下去,恐怕利亚必须在场。把她关起来没有好处,一点儿也没有。"

克罗维奇探长沉默地坐了一会儿,然后做出了决定。"好吧。让她留下。老天做证,今晚的事还没完,我就已经累得够呛了,不然也不会询问腹语艺人的人偶。"

克罗维奇打开一根新雪茄点上,喷出了一口烟。"这么说,你不认识死者了,道格拉斯先生?"

"他看起来有点儿眼熟,可能是个演员。"

克罗维奇骂了一声。"还是别再满嘴谎言了,你说呢?看看奥卡姆的鞋子和衣服。很明显,他缺钱,所以他今晚来这里,不是乞讨、借钱,就是偷东西。我来问你,道格拉斯。你是不是爱上了费比安太太?"

"等一下！"艾丽丝·费比安喊道。

克罗维奇示意她安静。"你们两个挨着坐在一起。我又不是瞎子。一个媒体经纪人竟然坐在丈夫该坐的地方，去安慰妻子，很好！费比安太太，你看木偶棺材的时候，眼神都变了，她出现时你屏住了呼吸。她说话的时候，你的拳头握得那么紧。见鬼，你的一举一动都太明显了。"

"你该不会以为我嫉妒一根木头吧！"

"不是吗？"

"不，不，我没有！"

费比安动了动，说道："你什么也不用告诉他，艾丽丝。"

"让她说！"

他们都猛地扭头盯着小木偶，她的嘴巴正在慢慢地闭上。就连费比安也看着木偶，仿佛木偶给了他一记重击。

良久，艾丽丝·费比安才开口。

"我是在七年前嫁给约翰的，他说他爱我，我爱他，也爱利亚布钦斯卡。反正一开始是这样的。但后来我开始明白，他把他的全部生命都献给了她，把他的大部分注意力都放在了她身上，而我只是一个每晚都在一旁等待的影子。

"他每年花五万美元给她做衣服，花十万美元给她买了一个有金、银、白金家具的玩具屋。每晚，她躺在缎子小床上，他都会给她盖被子，跟她说话。一开始我以为这是一个精心设计的玩笑，还觉得非常有趣。但后来我终于认清自己不过是他的表演助理，一种模模糊糊的恨意和怀疑就在我心里出现了。我恨的不是木偶，毕竟做那些事的人不是她，可我越来越厌恶和憎恨约翰，因为这一切都是他的错。说到底，木偶是受他控制，他所有的聪明才智和天生的施虐癖，都是通过他和那个木娃娃的关系显露出来的。

"后来,我实在嫉妒得要命,我真傻!这是我能向他表达的最大的敬意,也是他完善发声艺术的方式。一切都那么愚蠢,那么奇怪。但我知道有什么东西在控制约翰,就像人们喝酒时体内有一只饥饿的动物,那只动物饥肠辘辘,喝多少酒也不够。

"就这样,我有时愤怒,有时又怜悯,嫉妒之余又能理解他。有很长一段时间,我根本不恨他,也不恨他身体里的利亚布钦斯卡,因为她是他身上最好的那一半,是善良的部分,是诚实而可爱的部分。她是他从未想过要成为的那种人。"

艾丽丝·费比安不再说话,地下室归于寂静。

"讲讲道格拉斯先生的事吧。"一个声音小声道。

费比安太太没有抬头看木偶。她费了很大的力气,才把剩下的话说完。"这么多年过去了,约翰不爱我,也不理解我,那么,我转而爱上了道格拉斯先生,我想这也是很自然的事。"

克罗维奇点点头。"事情开始明朗了。奥卡姆先生穷得叮当响,运气又不佳,他今晚来剧院,是因为他知道你和道格拉斯先生的一些事。也许他还威胁你,如果不给他钱,他就要跟费比安先生谈谈。如此一来,你就有合理的理由摆脱他了。"

"我不会干这么愚蠢的事。"艾丽丝·费比安疲倦地说,"他不是我杀的。"

"也许是道格拉斯先生动的手,但没有告诉你。"

"我为什么要杀人?"道格拉斯说,"约翰很清楚我们的事。"

"我确实清楚。"约翰·费比安说着大笑起来。

他收住笑容,藏在雪白小娃娃身体里的手抽搐着,娃娃的嘴张开又闭上,张开又闭上。他竭力想让她在自己停止大笑后继续笑下去,可什么声音也没有,唯有她的嘴唇在翕动、倒吸气时发出的空洞的飒飒声。费比安低头盯着木偶的小脸,他的脸上冒出了闪亮的汗珠。

第二天下午,克罗维奇探长穿过剧院漆黑的后台,找到了铁楼梯,他费了好大的劲儿才爬上去,每一步都走得小心谨慎,他来到二楼的更衣室前,敲了敲带有薄镶板的门。

"进来吧。"费比安的声音似乎从很远的地方传来。

克罗维奇走进去,关上门,站在那里看着颓然坐在梳妆镜前的男人。"我有一样东西给你看。"克罗维奇说。他毫无表情地打开一个马尼拉纸文件夹,拿出一张光面照片,放在梳妆台上。

约翰·费比安扬起眉毛,飞快地瞥了一眼克罗维奇,慢慢地瘫倒在椅子上。他捏着鼻梁,小心翼翼地按摩着脸颊,好像头痛似的。克罗维奇把照片翻过来,开始读背面用打字机打出来的资料。"姓名,伊利亚娜·利亚莫诺娃小姐。一百磅。蓝眼睛。黑发。鹅蛋脸。一九一四年出生于纽约市。一九三四年失踪。据信息有健忘症,有俄罗斯-斯拉夫血统。等等,等等。"

费比安的嘴唇开始抽搐。

克罗维奇放下照片,若有所思地摇了摇头。

"我真傻,为了一张木偶的照片,把警察局里的档案翻了个遍。你真该听听总部的人是怎么笑话我的。老天。不过,我还是找到了……利亚布钦斯卡。不过她不是纸浆,不是木头,也不是木偶,而是一个活生生的女人,那个女人曾活在这个世界上,后来却人间蒸发了。"他目不转睛地看着费比安,"对此你有什么要说的?"

费比安微微一笑。"我没什么可说的。我很久以前见过这个女人的照片，我觉得她很美，就照着她的样子做了木偶。"

"没什么可说的？"克罗维奇深吸一口气，把气呼了出来，用一块大手帕擦了擦脸。"费比安，就在今天早上，我翻了厚厚一摞广告杂志。我发现了一篇一九三四年的文章，那篇文章很有意思，介绍的是一次二流巡演里的一场表演，叫费比安和小可爱威廉。小可爱威廉是个男孩模样的小木偶。还有个女助手叫伊利亚娜·利亚莫诺娃。那篇文章里没有她的照片，但至少提到了名字，一个真实的人的名字，有了这个名字，我就可以追查下去。查找警方档案、挖出这张照片，简直轻而易举。木偶竟然与一个真实的女人如此相像，简直令人难以置信。费比安，你好好想想，把你的故事再讲一遍吧。"

"她是我的助手，仅此而已。我只是拿她当模特。"

"你把我弄得都出汗了。"侦探说，"你以为我是傻瓜吗？你以为我看不出那些情情爱爱的事？我看过你操纵那个木偶，我看过你跟她说话，我看过你让她对你做出什么样的反应。你爱上木偶也很自然，毕竟你深深爱着那个作为原型的女人。我也算经历了不少世事，这一点还是能感觉出来的。该死的，费比安，别再死撑了。"

费比安举起他那双苍白纤细的手，翻转过来仔细看了看，又把手放下。

"好吧。一九三四年，他们用'费比安和小可爱威廉'这个名号给我做宣传。小可爱威廉是我很久以前雕刻的一个小木偶，他的鼻子是用灯泡做的。我在洛杉矶的时候，有一天晚上有个女孩出现在后台门口。她多年来一直都在看我的演出。她很需要一份工作，希望成为我的助手……"

他记得那是在昏暗的剧院后巷，看到她那么精力充沛，一心只想和他一起工作，愿意为他效力，他深感震动。冰冷的雨轻柔地落在小巷子里，雨点打在她的头发上，像是小小的亮片，溶解在她那充满温度的乌黑秀发里，她用一只手紧紧拉着领口，雨水在她的手上凝结成珠。

他看见她的嘴唇在黑暗中动着，她的声音像是来自另一个声道，似乎是秋风在对他说话，他记得他没有同意，也没有不同意，然后，她就突然和他一起站在明亮的舞台上了，他一直是个愤世嫉俗的人，对世界充满了怀疑，还因此感到自豪，可仅仅两个月后，他就跟在她后面离开了世界的边缘，坠入了一个无底的地方，那里没有界限，也没有光亮。

争吵接踵而至，甚至不止是争吵：所说的话，所做的事，都缺乏理智和公正。她终于与他渐行渐远，他因此愤怒不已，甚至变得歇斯底里。有一次，他嫉妒起来，就把她的衣服烧了。她平静地接受了这一切。可是有一天晚上，他说要炒掉她，指责她极其不忠，对她大吼大叫，他抓住她，一遍又一遍地扇她耳光，对她拳打脚踢，还赶她出去，摔上了门！

那天晚上，她失踪了。

第二天，他发现她真的走了，到处都找不到她，他感觉自己就像站在一场巨大爆炸的中心。全世界都被夷为了平地，午夜、凌晨四点、黎明，爆炸的回声再次出现，他只得很早就起来，听到煮咖啡和划火柴点烟的声音，他不禁为之愕然，他还发现自己对着镜子刮胡子，看到镜子里自己扭曲的形象，他觉得很恶心。

他剪下了他在报纸上登过的所有寻人广告，把它们整齐地贴在剪贴簿上，那些广告都是关于她的，描述她的样貌，讲述她的情况，还请求她回来。他甚至还雇了私家侦探去找她。人们都在谈论这件事。警察来询问过他。这件事一时成了人们关注的焦点。

但她就像一片异常脆弱的白色纸巾一样消失了,随风飘荡,不知落在了何处。在她的记录被发往世界上最大的城市之后,警方的调查也就不了了之了。但对费比安来说不是这样。她可能死了,也可能只是跑掉了,但无论她在哪里,他知道他都会以某种方式让她回来。

一天晚上,他带着阴郁的心情回到家,瘫倒在椅子上,竟然不知不觉地在漆黑的房间里和小可爱威廉说起了话。

"威廉,一切都结束了。我坚持不下去了!"

威廉喊道:"胆小鬼!懦夫!"威廉的声音从他头顶上方的虚无中传来,"只要你愿意,就可以把她找回来!"

在黑夜之中,小可爱威廉吱吱叫着,对他说个不停。"是的,你可以的!想想办法吧!"他坚持道,"想个办法吧。你可以的。把我放到一边,把我关起来。重新开始。"

"重新开始?"

"是的。"小可爱威廉低声说,黑暗弥漫开来。"没错。买木料。要最好的,最新的,木纹要又密又硬。买漂亮的新鲜木料。然后开始雕刻。雕刻起来要慢,要小心。削掉多余的木头,切割时要精心。做出小小的鼻孔。雕刻出又细又黑的眉毛,弯弯的,高高挑起,让她的脸颊有一点点凹陷。雕刻吧,雕刻吧……"

"不!这太愚蠢了。我不可能做到!"

"是的,你可以。是的,你可以,可以,可以,可以……"

威廉的声音渐渐消失了,像是地下暗河上的一缕涟漪。河水上涨,吞没了他。他的头向前垂了下来。小可爱威廉叹了口气。他们两个就像埋在瀑布下面的石头一样，躺着不动。

第二天早上，约翰·费比安买了一块他能找到的最硬、纹理最细的木头，把它带回家，放在桌上，但他无法碰它。他坐在那里，盯着木料看了好几个小时。他不可能指望用自己的手和记忆，在这块冰冷的材料上创造出某种温暖、柔韧、熟悉的东西。雨水、夏日、十二月中旬夜晚的初雪落在清澈玻璃上的质感，根本不可能重现。雪花刚一落在你笨拙的手指间，就会迅速融化，你根本不可能抓住雪花。

午夜过后，小可爱威廉连连叹气，低声说道："你能做到的。是的，没错，你能做到！"

于是他开始雕刻。他花了整整一个月的时间，才把她的双手雕刻得像阳光下的贝壳一样自然美丽。又过了一个月，她的身体才渐渐成形，就像他一直在寻找的隐藏在木头里的化石印记终于显现了出来，她的身体是温热的，极其娇嫩，如同苹果的白色果肉，可以看到脉络。

小可爱威廉一直躺在他的盒子里，落满了尘土，那个盒子很快就变成了真正的棺材。小可爱威廉用低沉而沙哑的声音，有气无力地挖苦讽刺、尖刻批评，他做过暗示，帮过忙，却依然日渐衰弱，一点点死去，很快，再也不会有人触摸他，很快，他就会像动物在夏天脱下来的皮毛，被抛在身后，随风飘荡。

一晃几个礼拜过去了，费比安精心雕琢着那块新木料，塑型、打磨、抛光，小可爱威廉心碎了，他沉默地躺在那里，越来越久，有一天，费比安把小可爱威廉捧在手里，木偶用疑惑的眼神看着他，过了一会儿，临终哀鸣自他的喉咙里发出来。

小可爱威廉就这样死了。

现在,在他雕刻的时候,他的喉咙深处开始颤动,做出了说话的轻微动作,一声又一声,像微风扫过枯叶,悄无声息地说着话。他第一次把娃娃捧在手里,回忆沿着他的手臂涌入他的手指,又从他的手指进入了中空的木头,木偶的小手颤了颤,身体突然变得柔软起来,很有韧性,她竟然睁开了眼睛,抬头看着他。

木偶小小的嘴巴张开了,像是要说话,他知道她要对他说什么,他知道要她说的第一件、第二件和第三件事是什么。低语声没有停歇。

木偶那小小的脑袋慢慢地转向这边,又慢慢地转向那边。她再次半张开嘴,开始说话。在她说话的时候,他低着头,他能感觉到从她嘴里发出的温暖的气息,这是当然!他认真地听她说话,将她举到他的面前,他闭着眼,竟然听到她的心在轻轻地跳动。

费比安说完,克罗维奇在椅子上坐了整整一分钟。最后,他说:"我明白了。那你妻子呢?"

"艾丽丝?当然,她是我的第二任助手。她工作很努力,还爱上了我。至于我为什么娶她,很难说清楚。我这么做,很不公平。"

"关于死者奥卡姆,你有什么要说的?"

"在你昨天带我去剧院地下室看他的尸体之前,我从没见过他。"

"费比安。"侦探说。

"我说的是实话!"

"费比安。"

"我说的是真的,该死,我发誓我说的是真心话!"

"真心话。"一个很轻的声音传来，就像清晨大海冲刷着灰色海岸的声音。海水如同精致的花边，在沙滩上慢慢地退去。天空中空无一物，四周寒冷无比。岸上没有人。太阳不见了。那个低语声又来了："真心话。"

费比安坐直身子，用瘦削的双手抓住膝盖。他的脸绷得紧紧的。克罗维奇不由自主地又做着前一天做过的动作：望着灰色的天花板，仿佛那是十一月的天空，有一只孤独的鸟儿从他头顶飞过，向远方飞去，在冰冷的灰蒙苍穹中留下一道灰色的影子。

"真心话。"那个声音越来越低，"真心话。"

克罗维奇站起来，尽可能小心地走到更衣室的另一边，金盒子放在那里，盖子打开了，盒子里有一个东西，那个东西会低声说话，有时会笑，有时还会唱歌。他把金盒子拿过来，放在费比安的面前，等着他把有生命的手放进木偶衣服下精致的空洞身体里，等着木偶那精致的小嘴颤动，眼睛聚焦。很快，他就等到了他要的结果。

"第一封信是一个月前寄来的。"

"不对。"

"第一封信是一个月前寄来的。"

"不对，不对！"

"信上说，'利亚布钦斯卡，生于一九一四年，死于一九三四年，重生于一九三五年。'奥卡姆先生是个杂耍艺人。多年前，他和约翰、小可爱威廉都在同一个演出人员名单上。他记得在木偶出现之前，曾有一个女人。"

"不，那不是真的！"

"这就是真的。"那声音说。

雪花无声地飘落，更衣室里一片死寂。费比安的嘴唇在不停地抽动。他凝视着空空的墙壁，仿佛在寻找一扇门，他好夺门而逃。他从椅子上半站起来。"求你了……"

"奥卡姆威胁说要把我们的事告诉别人。"

克罗维奇看到娃娃在颤抖，看到她的嘴唇在翕动，看到费比安的眼睛睁得大大的，眼神发愣，他的喉咙在抽搐、绷紧，仿佛要阻止那个低语的声音。

"奥卡姆先生来的时候，我正在房间里。我躺在我的盒子里，我全听见了，我什么都知道。"那个声音变得有些模糊，在恢复过来后继续说下去，"奥卡姆先生威胁约翰，说是不给他一千美元，他就把我撕成碎片，把我烧成灰烬。

"接着，突然传来了倒地的声音。有人叫了一声。奥卡姆先生的头肯定撞到地板上了。我听到约翰在大喊大叫，我听到他破口大骂，还不停地啜泣。我听到了喘气和窒息的声音。"

"你什么也没听见！你又聋又瞎！你是木头！"费比安叫道。

"但我听到了！"她说，突然不再说话，好像有人用手捂住了她的嘴。

费比安一跃而起，拿着洋娃娃站在那里。木偶的嘴巴啪啪动了两下、三下，终于说出话来。"窒息的声音停止了。我听见约翰把奥卡姆先生从剧院下面的楼梯拖到很多年都没用过的旧更衣室里。一直往下、一直往下、一直往下，我听见他们越走越远……一直朝下面走。"

克罗维奇往后退了一步，仿佛在看一部突然变得异常诡异的电影。电影里的人像塔楼一样高，是那么可怕，让他觉得恐惧！他们威胁要用巨大的身体将他制服。肯定有人把声音调大了，尖叫声响了起来。

他看到了费比安的牙齿,只见费比安做了个鬼脸,一边低语着,一边握紧了拳头。他看见费比安的眼睛紧紧地合上了。

现在,那个很轻的声音变得高亢,却又微弱,颤抖着向虚无中飘去。

"我被制造出来,不是为了这样活着。不是这种活法。现在我们什么都没有了。每个人都会知道的,人人都将听说。即便是在昨晚你杀死他、我睡觉的时候,我都还在做梦。我知道,我意识到了。我们都知道,我们都意识到,我们的末日到了,这是我们最后的时刻。我可以忍受你的软弱和谎言,但我无法忍受杀戮和杀戮带来的伤害。没办法继续下去了。明白了这一切,我怎么还能活下去呢?"

费比安把她抱到阳光下,微弱的光线从化妆室的小窗户照射下来。她看着他,眼睛里没有一丝感情。他的手开始哆嗦,木偶也随着抖了起来。她的嘴合上又张开,合上又张开,一遍又一遍。但她一直沉默着。

费比安不敢置信地把手指塞进自己的嘴里。

有那么一瞬间,他的眼睛里失去了神采。他看上去就像一个在大街上迷路的人,试图记起门牌号码,试图找到某扇闪烁着特定灯光的窗户。他摇摇晃晃地四下看着,望着墙壁、克罗维奇,望着木偶娃娃、他那只空着的手,他把手指翻转过来,摸着自己的喉咙,他张开嘴,仔细听着。

在几英里外,一道海浪涌入一个山洞,像是在低声说着什么,泡沫飞溅起来。一只海鸥无声无息地移动着,它没有拍打翅膀……它是一个影子。

"她走了。她走了。我找不到她。她跑了,我找不到她。我找不到她。我找过了、找过了,但她跑得太远了。你能帮我吗？你能帮我找到她吗？你能帮我找到她吗？你能帮我找到她吗？"

利亚布钦斯卡像是没有了骨头，从他软弱无力的手里滑落，身体折叠起来，无声无息地滑到冰冷的地板上，她的眼睛闭着，她的嘴也闭着。

费比安跟着克罗维奇走出房门，一眼都没有看她。

我的人生于昨日落幕

刊于《弗林侦探小说》(*Flynn's Detective Fiction*)
1944年8月

年复一年,好莱坞公墓雨落雨停,严寒来袭又退去,雾气弥漫而又消散不见,墓园里有一块墓碑,上面刻着戴安娜·科伊尔这个名字。克利夫·莫里斯从暴风雨中走进制片厂的放映间,抬头看着屏幕。

她在那里。她的身体修长而慵懒,红头发闪闪发亮,一双互补色的绿眼睛如星子一样明亮。

克利夫想,外面冷吗,戴安娜?今晚外面冷吗?有雨落在你身上吗?岁月已经穿透了你安息之所的铜墙,你是否依然美丽?他看着她从屏幕上轻快地闪过,听着她的笑声,他的眼睛湿润了,从他的泪眼看过去,她的影像化为明亮颤动的彩色条纹。

今晚这里真暖和,戴安娜。你在这里,你带来了温暖,但这只是幻觉。他们三年前就把你埋葬了,现在,那些喜欢收集明星签名的人,都在为制片厂里的另一个女演员疯狂。

他感觉有些窒息。他没理由产生这种感觉,但面对她,每个人都有相同的感受。每个人都爱她,却也恨她那么可爱。但也许你爱她胜过爱其他人。

你是谁呢？她几乎都不认识你。克利夫·莫里斯是个接待警员，每天两个小时在前台做安检，放人们进入上锁的大门，六个小时在昏暗的摄影棚里巡逻检查。她几乎都不认识你。你们之间的交集一直是这样的："你好，戴安娜。""你好，警官！"当她拖着长长的晚礼服沙沙地走过舞台，可以看到她的双肩是那么光滑，"晚安，戴安娜。"她听了便会扭过头，眨眨一只眼睛，说："晚安，警官，要做个乖孩子！"

那是三年前的事了。克利夫在放映间包厢躺下。他手腕上的表嘀嘀嗒嗒地走着，显示已经八点了。制片厂里寂静无声，灯一盏接一盏地熄灭。明天还有很多活动。但在今晚，此时此刻，他独自一人在这个房间里，看着戴安娜·科伊尔的老电影。在他身后的放映机房，制片厂一流的摄影师杰米·温特斯正在检查压缩胶片，是他在放映影片。

夜深了，你们两个在这里。电影的画面有些晃动，破坏了她可爱的脸庞。画面又闪了一下，你生气了。画面再次出现两次闪烁，持续的时间很长，不过接下来的画面就顺畅多了。冲印的质量太差了。克利夫在座位上往下陷了陷，他的思绪回到了过去，三年前的今天，也是在晚上的这个时刻……三年前……同样的时间……天空阴沉，雨下个不停……三年前……

那晚，克利夫坐在办公桌前。人们淋了雨，身上的雨水看来亮晶晶的，他们大步穿过大门，从来不会将目光投向他。他觉得自己就像博物馆里的一具木乃伊，工作人员早已懒得向他投去任何关注。他不过是一个为他们开门的装置。

"晚上好，吉尔丁先生。"

R.J.吉尔丁想了想,用一只戴着灰色手套的手猛地一挥,表示这个晚上一点儿也不好。他长满白头发的脑袋也动了动。"今晚能好吗?"他想知道。身为一个制片人,就是这种风格。

嗡嗡。门打开。砰一声关上。

"晚上好,戴安娜!"

"什么?"她从雨夜中走进来,在她那雪白的鹅蛋脸上,雨珠如同小小的宝石一样闪闪发光,晶莹剔透。他真想吻掉她脸上的雨水。她看上去迷惘而孤独。"你好,克利夫。今天又要工作到很晚了。这该死的电影总算快拍完了。天哪,我太累了。"

嗡嗡。门打开。砰一声关上。

他目送她离开,尽可能让她的香水味留得久一些。

"嗨,警官。"有人说。一个名叫罗伯特·丹宁的英俊男子面带讥讽的微笑,俯身在桌子上。"我要进去,把门打开吧,乡下小子。他们就不该让你做这种工作。你也挺有魅力的。可怜的孩子。"

克利夫诧异地看着他。"她已经不属于你了,不是吗?"

丹宁的脸突然变得不再英俊。他沉默了一会儿,但看他的眼神,克利夫便对这个问题不再有疑问了。丹宁抓住门,恶狠狠地猛拉着。

克利夫故意不去按蜂鸣器。丹宁咒骂了一声,转过身来,一只戴着手套的手攥成了拳头。克利夫微笑着按响了蜂鸣器。见到他的微笑,丹宁不再犹豫,他决定再次拉动门把手,大步走向大厅,走进了制片厂。

几分钟后,杰米·温特斯进来了,他甩掉身上的雨水,看起来非常生气。"那个叫戴安娜·科伊尔的女人太过分了,告诉你吧,克利夫。她喜欢熬夜,却希望我能把她拍得像一个十二岁的少女！我做的是什么工作啊！莫名其妙。"

杰米·温特斯进去后，乔吉·克罗尔来了，塔丽·达勒姆紧紧依偎在他身上，不让戴安娜有机可乘。但已经太迟了。看乔吉的表情，他显然已经拜倒在了戴安娜的石榴裙下，而看塔丽的表情，可知她已经知道了此事，却不敢相信。

门砰的一声关上了。

克利夫检查了一下名单，发现今晚有工作的人都已经来了。他放松了下来。这里就如同一个黑暗的蜂箱，黛安娜是蜂后，其他蜜蜂都嗡嗡叫着围着她转。就为了她一个人，制片厂今天会开工到很晚，所有的灯光、声效、色彩、活动都是为了她而进行。克利夫静静地抽了一支烟，向后一靠，微笑着沉浸在想象之中。戴安娜，我们两个在圣费尔南多买一栋小房子吧，只有我和你，那里每年都有洪水，洪水过后野花就会盛开。戴安娜，和你一起划独木舟肯定非常有意思，即便是在洪水里划船。我们有鲜花、干草、阳光，还可以享受山谷里的宁静，戴安娜。

克利夫只能听到雨点打在窗户上，偶尔有隆隆雷声传来，他的手表嘀嗒作响，就像白蚁在寂静的建筑中挖洞。

嘀嗒、嘀嗒、嘀嗒……

一声尖叫忽然响起，他猛地从椅子上站起来，跑过接待室，那声尖叫回荡在整个大楼里。一个场记员出现在视线中，拖着沉重的脚步蹒跚而行，含糊不清地说着什么。

克利夫抓住她，让她不要继续走。

"她死了！她死了！"

手表又发出嘀嗒、嘀嗒、嘀嗒的声音。

一道闪电劈了下来，冷风扫过克利夫的脖子。他的胃在翻腾，不敢问出那个他最终不得不问的简单问题。他把必须要做的事情暂缓，先去锁上青铜前门，关上了所有打开的窗户。当他转过身来，只见场记员正倚在他的桌子上，身体哆嗦个不停，就像一个东西在精密的一体机里不停地颤动，即将化为碎片。

"在十二号舞台。就是刚才的事。"她气喘吁吁地说，"戴安娜·科伊尔死了。"

克利夫跑过制片厂昏暗的小巷，他在宽大空旷的空间里独自奔跑的声音回荡着。在他前面，从敞开的后台入口倾泻出明亮的灯光。人们站在灯光里，全都惊诧不已，一动也不动。

他跑到舞台上停下，心怦怦直跳，他低头看去。

她虽没有了气息，但依然是最美的。

银色晚礼服摊在她的身下，如同一个小小的湖泊。她的指甲如同五只死去的猩红甲虫，在她瘫倒的身体两侧闪闪发光。

炽热的灯光倾泻下来，试图让她的身体在迅速变得冰冷之前暖和起来。我的血也冷了，克利夫心想。灯光，也让我暖和一点儿吧！

震惊之下，所有人都像被定格在一张静止的照片里。

丹宁笨手笨脚地点燃一支烟，第一个开口。

"我们当时正在拍摄一场戏。她摔倒了，然后就这样了。"

塔丽·达勒姆是个小个子，她在舞台上呆愣愣地走来走去，逢人便说："我们还以为她昏过去了，就是这样！我还拿嗅盐给她！"

丹宁紧张地吸着烟说："嗅盐不管用……"

克利夫生平第一次触摸到了黛安娜·科伊尔。

但一切为时已晚。触摸冰冷的黏土，还有什么用，她不会再用绿色的眼睛望着你，嘴角上扬，对你微笑了。

他摸了摸她，说："她中毒了。"

在炫目的灯光后面,"中毒"这两个字在昏暗的摄影棚里蔓延开来。回声随即响起。

乔吉·克罗尔结结巴巴地说:"她……她喝了……从软饮料箱里拿的……就在几分钟前。也许……"

克利夫摸索着找到了饮料箱。他闻了闻其中的一瓶,用手绢包着,把它小心翼翼地塞进制片厂的午餐盒里。"谁都不要碰。"

地板走起来如同走在橡胶上一样。"在戴安娜喝光饮料之前,有没有人看到有其他人碰过那罐饮料?"

电力设备都在顶棚上,那里灯光明亮,一个人从那儿像个短路的神一样向下看着,叫道:"嘿,克利夫,就在拍最后一场戏之前,灯光出了问题。有人弄坏了总开关。灯光熄灭了大约一分半钟。如果有人要在饮料上动手脚,时间足够了!"

"谢谢。"克利夫转向摄影师杰米·温特斯,"你的摄影机里有胶片吗?有没有把她……死时的情形拍下来?"

"我想是的。当然!"

"多久能洗出来?"

"两三个小时吧。不过我得打电话给朱克·戴维斯,让他来制片厂一趟。"

"那就快去打电话吧。带两个守卫一起去,保护好胶片。去吧!"

远处响起了警笛声,好莱坞即将进入沉睡。台上有人突然意识到戴安娜死了,便号哭起来。

真希望我也能那样做,克利夫想。我希望我也能哭。我现在该怎么办,强作坚强,像大侦探福尔摩斯一样破案?即便心已经死了,还是要去询问所有人?克利夫听到四周只有他一个人的声音。

"各位,我们今天要工作到很晚了。我们得坚持把这场戏拍完。拍不好,我想我们就回不了家了。趁现在凶案组还没来,大家都回到各自的位置上。我们重拍这场戏。大家各就各位。"

他们重拍了那场戏。

凶案组来了。一个侦探叫弗利,另一个叫萨德洛。一个是小个子,另一个块头很大。一个话很多,另一个只听不说。弗利负责询问,克利夫只觉得头痛欲裂。

这部电影的导演兼制片人R.J.吉尔丁瘫坐在帆布椅上,他一边擦脸一边告诉弗利,他希望这整件事保密,不要见报。

弗利叫他闭嘴,还对克利夫怒目而视,好像他也是个嫌疑人。"孩子,你有什么发现?"

"摄影机拍到了戴安娜……科伊尔小姐临死时的情形。"

弗利挑了挑眉。"好吧,见鬼,我们去看看!"

他们走进洗印车间去拿胶片。克利夫向来都很害怕那个地方。洗印车间很像一个巨大黑暗的停尸房,走廊都是死胡同,黑色的墙壁像迷宫一样挡住光线。扶着墙摸黑走在里面,走起来磕磕绊绊,要不时转弯,碰到保险开关还要躲开,往南,往东,往西,再往南走,突然来到一个像宇宙那么大的布满绿色斑点的空间。除了绿色的斑点和光斑,什么也看不见,暗淡的胶片像蛇一样,从地板向上挂在天花板,再向下垂下来,缠绕在卷轴上。一台印片机投射出的光是这里最亮的光芒,底片从平行的槽中滑过,打印成正片。然后,正片卷起来,向下进入长长一排显影液中。这个地方就跟充满哀号的太平间差不多。朱克·戴维斯在里面像食尸鬼一样来回忙碌着。

"现在还没有配音。我以后会弄好,再剪接在一起。"戴维斯说,"给你,弗利先生。这是你要的影片。"

他们带着胶卷,从迷宫中返回。

克利夫和两位警探弗利、萨德洛都来到放映室,杰米·温特斯则在放映机房里操作放映机。他们看着屏幕上的死亡场景。十二号舞台已经被紧急关闭,其他警察在后面,按字母顺序盘问每个人。

银幕上的黛安娜在哈哈大笑。罗伯特·丹宁也对着她笑。影片是无声的。他们张着嘴,却没有发出声音。人们在他们身后跳舞。黛安娜和罗伯特·丹宁也翩翩起舞,他们看来那样优雅、安静、悠闲。一支舞终了,他们与塔丽·达勒姆、乔吉·克罗尔交谈起来,神情十分严肃。

弗利说:"你说这个叫克罗尔的人也喜欢戴安娜?"

克利夫点点头:"谁不爱她呢?"

弗利说:"是的。人人都爱她。好吧……"他怀疑地盯着屏幕,"这个叫塔丽·达勒姆的女人呢?她嫉妒戴安娜?"

好莱坞有哪个女人不恨绝代佳人戴安娜?克利夫告诉弗利,塔丽很爱乔吉·克罗尔。

"这样的事多得很。"弗利摇了摇头,回答道。

克利夫说:"可能是塔丽杀了戴安娜。谁知道呢。乔吉也有动机。戴安娜对他,就像对一个玩具。他想得到她,却偏偏掌控不了她。戴安娜生命中很多男人都有过这种经历。如果说她曾经爱过什么人,那就是罗伯特·丹宁了,只可惜她的爱并没有持续多久。我想按照你的话说,丹宁有点儿太……粗暴了。"

弗利哼了一声。"进展不错。一个现场有三个嫌疑人。他们中的任何一个都有可能在那个饮料瓶子里下尼古丁。灯熄了整整一分半。在这期间，任谁在街角的园艺商店买过黑叶四十硫酸烟碱，都可以在她的饮料里滴上二十滴，当灯光再次亮起，就假装无辜地继续演戏。呸。"

那天晚上，萨德洛第一次开口说话："应该有办法剪出片子里无辜者的片段。"真是个绝妙的观察结果。

克利夫屏住了呼吸。马上就要播到她被毒死的片段了。

她死的时候，好像已经把一生中要做的事都做完了。你不得不赞美她当时的风姿，她浑身上下散发着优雅和热情，像一只漂亮的猫一样掌握着控制权。演到一半时，她忘了台词。她的手指慢慢地伸向喉咙，转过身来。

她的表情变了。她从屏幕上直直地望着你，好像她知道这是她最重要的一场戏，或者对愤世嫉俗的人来说，这也是她最好的一场戏。

接着，她就像一顶支撑物瞬间被抽走的丝绸华盖一般，瘫倒在地。

丹宁蹲在她身边，无声地喊道："戴安娜！"

塔丽·达勒姆无声地尖叫着，这时画面开始颤抖，变成一片黑暗，随后出现了很多琥珀色的数字，接下来就只剩下耀眼的光芒了。

天啊，随便按个按钮！把片子倒回去，让她复活！按一个按钮就行了，就像在喜剧新闻短片中看到的那样，撞毁的火车会恢复原样，堕落的皇帝会加冕，太阳从西边升起……戴安娜·科伊尔也可以起死回生！

杰米·温特斯的声音从放映机房传来："完了。就这些。想再看一遍吗？"

弗利说："是的。放上五六遍吧。"

"我先失陪一会儿。"克利夫气喘吁吁地说。

"你要去哪？"

他走到了外面的雨中。寒意顿时向他袭来。在他身后的屋内，戴安娜一次又一次地死去，就像一个训练有素的木偶。克利夫咬紧牙关，抬头望着天空，任凭黑夜将他包围，冲着他哀号，让他浑身湿透。黑夜、他和哭泣的黑暗，完美地融合在了一起……

制片厂内外的风暴都持续到了早上。弗利对每个人大喊大叫。每个人都平静地回答说不是自己干的，没错，他们是恨黛安娜，可同时又很爱她，没错，他们是嫉妒她，但她也是个好姑娘。

弗利想出了一个绝妙的主意，邀请所有嫌疑人到放映室，给他们看戴安娜临死前拍摄的最后一幕，但这么做什么也没能证明，只是把所有人都吓得魂飞魄散。R.J.吉尔丁忍不住哭了起来，乔吉发出急促的尖叫，塔丽大叫大嚷。克利夫感到恶心，夜晚变得越来越长。

乔吉说是的，是的，他爱戴安娜；塔丽说是的，是的，她恨戴安娜；吉尔丁重申戴安娜拖延拍摄时间、造成了麻烦；罗伯特·丹宁承认试图与前妻复合。杰米·温特斯提到戴安娜总是熬夜，搞得自己的脸毁了，拍不出很好的效果。R.J.吉尔丁厉声说："戴安娜和我说过，是你故意把她拍得很丑！"

杰米·温特斯很平静："这不是真的。她的脸色不好，她想把责任推给别人，也就是我。"

弗利说："你也爱她？"

温特斯回答说："那你觉得我为什么会成为她的摄影师？"

就这样,黎明到来的时候,黛安娜还是和前一天晚上一样没有气息。后台的大门轰隆隆地打开,嫌犯们拖着疲惫的身体,步履蹒跚地走出来,上了各自的汽车,回家。

克利夫用痛苦的眼神看着他们。他默默地在制片厂走来走去,检查所有不需要检查的东西。他闻到墙那边的墓地里散发出的甜美的植物气味。

好莱坞还真有趣。竟然在墓地旁边建制片厂,所隔只是一道墙。有时,电影城的每个人似乎都想翻过那堵墙。有些人是因为喝烈酒而到了墙那边,有些人则是抽烟抽的,他们都期待着在好莱坞公墓里找到一间没有电话的办公室。戴安娜不必亲自翻过那堵墙。

有人把她推过去了……

克利夫紧紧地握着方向盘,他使出了全身的体力,想要将方向盘弄断,他想让全世界让开,该死!他要抓狂了!

他们在加利福尼亚一个晴朗的日子里埋葬了戴安娜,寒风凛冽,有太多红的、黄的、蓝的花,还有太多不适当的眼泪。

那一天,克利夫平生第一次喝得酩酊大醉。他会永远记得那一天。

三天后,制片厂打来电话。

"喂,莫里斯,你怎么了?你在哪里?"

"在我的公寓。"克利夫没精打采地说。

他不再听收音机,晚上走在街上也不像以前那样边走边做梦。他不再看报纸,因为报纸上登着戴安娜的大照片。收音机里提到了她,他差点儿把收音机砸了。一个星期过去了,她躺在泥土之中,报纸上黑色墨水印刷出来的悼念逐渐减少,周三的第二版讲述了她的生平故事。周四是第四版,周五是第五版,周六是第十版。到了第二个礼拜的礼拜一,他们写完了最后一章,竟然登在了第二十九版的股市报告之间。

"你退步了,戴安娜!退步了!你以前只会上头版!"

克利夫回去工作。

到了周五,除了好莱坞墓地的那块新墓碑,什么都没留下。报纸在被水淹没的水沟里腐烂,印着她名字的油墨都被水冲掉了。收音机里播放着有关战争的消息,克利夫工作起来,眼神变得古怪而多变。

他整天按动蜂鸣器,让人们进进出出。每天早晨,他都看着塔丽跳舞,她像是变得更瘦小、更有活力了,现在戴安娜去世了,她很开心,整天巴着乔吉不放,乔吉现在完全属于她了,但他的思想和灵魂除外。克利夫看着罗伯特·丹宁走进来,他们从不跟对方说话。他向杰米·温特斯挥手致意,对R.J.吉尔丁彬彬有礼。

但他观察着他们每一个人,就像对白导演在等着有人说错或说漏台词一样。

最后,报纸漫不经心地宣布她的死被认定为自杀,事情就这样盖棺定论了。

几周后,克利夫仍在公寓里看书、思考,这时电话响了。

"克利夫?我是杰米·温特斯。听着,警官,快出来。今晚有个派对,你得来。我拿到了加布勒上一部电影的片段。"

克利夫推辞,对方尽力说服他。克利夫只好让步,去参加了聚会。他们坐在杰米·温特斯的客厅里,面前是一个小屏幕。温特斯播放的是从未在戏院里播出过的电影镜头。加布勒被一根灯线绊倒,摔在了舞台上。斯宾塞·特蕾西骂骂咧咧地大声说着台词。威廉·鲍威尔忘了下一句台词，就对着镜头吐了吐舌头。克利夫笑了，他好像已经有一百万年都没笑过了。

杰米·温特斯收集了很多电影片段，里面拍到的都是明星大发脾气、说脏话的画面。

当戴安娜·科伊尔出现时，克利夫感觉胸前像被踢了一脚，就像被双管猎枪击中了！克利夫抽搐了一下，倒吸了一口冷气，他闭上眼睛，紧紧抓着椅子。

他突然变得很冷静。他想到了一个主意。他看着屏幕，那个主意忽然浮现在他的脑海里，像冷雨抽打在他的脸颊上。"杰米！"他说。

在朦胧的黑暗中，杰米回答道："怎么了？"

"去厨房聊聊，杰米。"

"为什么？"

"不要管为什么。就让摄像机开着吧，走啦。"

在厨房里，克利夫紧紧抓住杰米。"我想和你说说你给我们看的那些片段，就是拍摄失败的镜头。经过了审查的片段。你有没有戴安娜最后一部电影的花絮？我是说，没拍好的镜头，大发雷霆的镜头什么的？"

"有啊。在制片厂。我喜欢收集这些镜头。这是我的爱好。那些东西通常都会被扔进垃圾桶。我留下就是为了好玩。"

克利夫吸了一口气。"你能把那些胶片给我吗？全部都要，明天晚上带到这里来，和我一起看一遍？"

"当然，如果你愿意的话。我不明白……"

"这不重要，杰米。照我说的做就好。把所有的剪辑镜头都给我，那些失误的镜头。我要看看是谁毁了拍摄，罪魁祸首是谁，又为什么这么做！可以吗，杰米？"

"当然。当然可以,克利夫。不要着急。坐下吧。喝一杯。"

第二天,克利夫没什么胃口。时间过得太慢了。晚上,他胡乱吃了一点儿晚饭,吞了四颗阿司匹林,便开车来到了杰米·温特斯家,一路上他像是在做一个机械般的噩梦。

杰米正在等他,还准备了酒,胶片在摄影机里。

"谢谢你,杰米。"克利夫坐下来,紧张地喝着酒,"好吧。可以看了吗?"

"开始!"杰米表示。

屏幕亮了起来。"镜次:1,场次:7,《镀金处女》:戴安娜·科伊尔,罗伯特·丹宁。"

咔嚓!

场景渐渐显现出来。月光下的海景旁有一个露台。黛安娜在说话。

"今夜太美了。真不敢相信我能看到这么美的夜景。"

罗伯特·丹宁握住她的手,凝视着她说:"我想我能让你相信。我……见鬼!"

"咔!"吉尔丁的声音从屏幕外传来。

画面继续播放。丹宁的脸很难看,越来越黑,布满了皱纹。

"又来了,你又抢镜头!"

"我?"戴安娜不再漂亮。这样的她毫无美感。愤怒之下,她抖掉了翅膀上的金粉。"我,你们两个该死的演员,大嘴巴,贱货……"

画面啪的一声变黑。结束了。

克利夫瞪着眼睛坐在那里。过了一会儿,他说:"他们处得不太好,是吗?"他几乎是自言自语地说:"我很高兴。"

"还有一个片段。"温特斯说。摄影机嘀嗒作响,飞快地运转着。是另一个场景。一个派对场景。笑声和音乐响成一边，画面黑漆漆的，有人恶狠狠地说着尖酸刻薄的话，声音里充满了责备。

"……该死的！"

"……你是不是故意给我提示错误的台词！你这个廉价又普通的小……"

戴安娜和罗伯特·丹宁再次出现！

他们又看了很多场景，六个，七个，八个！罗伯特·丹宁在一个片段里说："对天发誓，真该有人站出来，让你永远闭上嘴巴，女士！"

"你说谁？"黛安娜叫道，她的眼睛像小小的绿色宝石一样闪闪发光，"你？你这个只会流鼻涕的三流戏子！"

罗伯特·丹宁瞪了她一眼，轻声说："是的。也许我就是这样。为什么不呢？你倒是把心里话说出来了。"

戴安娜与塔丽·达勒姆也有一些激烈冲突的场面。在一个片段里，戴安娜一直威逼乔吉·克罗尔，搞得他紧张得直冒汗，还跟她道歉。这些片段里应有尽有，有力的证据全在里面。但戴安娜与丹宁吵七次，才与塔丽或乔吉吵一次。

"停下，停下！"克利夫从椅子上站了起来。他的身影划破光线，在屏幕上投下阴影，来回晃动着。

"麻烦你了，杰米。我也累了。能把丹宁的这些片子给我吗？"

"当然。"

"我今晚就去市中心的警局总部，告发罗伯特·丹宁谋杀了戴安娜·科伊尔。再次感谢，杰米。你帮了我一个大忙。晚安。"

五个、十个、十五个、二十个小时过去了。按二、四、六来数。时间过得很快。克利夫与警察争论了很久，回到家后，他躺在床上。

下地狱吧，罗伯特·丹宁，你这个可恶的凶手！

克利夫睡着了，就在他熟睡的时候，电话响了。

"喂。"

黑夜中一个声音在电话那端说："克利夫？"

"你是谁？"

那个声音说："我是洗印车间的朱克·戴维斯。快来，克利夫。我受伤了，我伤得很重……"电话线的另一头传来人扑通倒地的声音。

一切归于沉寂。

克利夫发现朱克躺在一个化学试剂池里。鲜红的血液从他的身体里流出来，一把刀将他的梦想、生活和他说的话全部挖了出来，分散在一片猩红色的湖泊里。

电话听筒悬在一面绿色的墙上。洗印车间里很暗。有人曾拖着脚步穿过昏暗的隧道，从黑暗中走了出来，而此时，克利夫站在那里，只能听到胶片在棚架上不停地移动着，就像一根藤蔓在午夜爬进房间，试图寻找阳光。克利夫麻木地跪在朱克旁边。朱克半靠在胶片机器上，打印光突然射出来，把底片印成正片。朱克是穿过房间一直爬到那里去的。

在朱克一只握紧的拳头里，克利夫找到了一段胶片，里面有塔利、乔吉、戴安娜和丹宁的影像。朱克肯定是发现了一些线索，一定是这个片段拍到了凶手，但是，在黑暗的制片厂，他很快就遭到了报复。

克利夫打了电话。

"我是克利夫·莫里斯。罗伯特·丹宁还被关在中央监狱吗？"

"他在牢房里，什么也不肯说。告诉你吧，莫里斯，你拿来的那些电影片段根本靠不住……"

"谢谢。"克利夫挂了电话。他看着躺在机器旁的朱克。"是谁干的，朱克？不是丹宁。那就是乔吉或塔丽了，对吗？"

朱克什么也没说，机器像是在唱一首低沉悲伤的歌。

一年过去了。又一年过去了。一转眼，时间来到了第三个年头。

罗伯特·丹宁与另一个制片厂签了约。塔丽和乔吉结婚了，吉尔丁在一次新年聚会上因酗酒引发心脏病而去世，时间流逝，所有人都忘了那件事。但也不是所有人……

戴安娜，亲爱的，今晚外面冷吗？

克利夫从座位上站了起来。已经三年了。他眨了眨眼睛。三年前的那个晚上和今晚一样，天寒地冻，阴雨绵绵。

屏幕闪烁起来。

克利夫几乎没有注意。屏幕不停地闪烁着，十分奇怪。克利夫僵住了。他的心随着机器的轰鸣声而怦怦直跳。他向前探身。

"杰米，最后一百英尺能再放一遍吗？"

"当然，克利夫。"

画面一直在颤动，有很多瑕疵。长斑点，短斑点。那些斑点构成了一个名字，克利夫将它拼了出来：温……

克利夫轻轻地打开了放映机房的门，杰米·温特斯并没有听到他进来。温特斯正盯着屏幕上的影片,脸上有一种愉悦却很怪异的表情。就像圣人看到了一个全新的奇迹。

"好看吗,杰米?"

杰米·温特斯回过神来,转过身,不安地笑了笑。

克利夫锁上门。他轻轻地说道:"已经过去那么久了。很多个晚上,我都睡不好觉。三年了,杰米。今晚你没事可做。就印了些片段,好看来解闷。你也看戴安娜的片段,一边幸灾乐祸,一边为自己的聪明而暗自得意。也许,看着我受苦对你也是一种乐趣。你知道我有多喜欢她。杰米,过去三年,你经常来这里幸灾乐祸地看她吗?"他轻声问。

杰米·温特斯轻轻地笑了笑。

克利夫说:"她不爱你,对吗?你是她的摄影师。为了报复她,你开始把她拍得很丑。她最后的两部电影都拍得很不好看。她看起来很疲惫。但这不是她的错。你用你的摄影机做了手脚。戴安娜威胁说要告发你。到时候,所有制片厂都不会用你。你得不到她的爱,她又威胁你的事业,那么,你做了什么,杰米·温特斯?你杀了她。"

"你这个笑话一点儿也不好笑。"温特斯说着,神情变得冷酷起来。

克利夫继续道:"戴安娜死的时候面冲着摄像机。她其实是在看你。我们始终都没想到这一点。在戏院里,你总觉得她在看着观众,而不是摄像机后面的那个人。她死了。你拍了她临死时的画面。后来,你邀请我参加派对,给我下套,让我看那些片段,诱使我认为丹宁很可疑。我上当了。你毁掉了其他对丹宁有利的影像。朱克·戴维斯发现了你的所作所为。他一直负责洗印胶片,他知道你在看各种片段。你想陷害丹宁,因为你得找个替罪羊,这样你就可以逍遥法外了。朱克去质问你,你就刺死了他。你偷走了朱克发现的几个额外的片段,把它们都毁掉了。朱克打电话的时候已经说不出话了,但他把手伸到显影机的印片光下,随着胶卷移动,用很多黑色的斑点拼出了你的名字:温特斯。那天晚上,他碰巧在冲印戴安娜最后一部电影的底片!十分钟前,你以为那只是一段损坏的胶片,给我放了出来!"

杰米·温特斯像一只猫,快速采取了行动。他像动物一样凶恶地打开放映机,把胶片扯了出来。

克利夫一拳打在温特斯身上,跟着,他后退一步,松开了他。

现在,这件案子真正结束了。但他并不开心,只感觉到怒火在心中燃烧。

克利夫一只手紧紧抓住温特斯,另一只手不停地打他,一遍又一遍地击打温特斯的脸,他所能想到的只有……

制片厂墙壁另一边的墓地里有一块石碑,她古铜色的名字渗出了蓝色的雨。他用嘶哑哽咽的声音低声说:"今晚外面冷吗,黛安娜,冷不冷,小姑娘?"

克利夫的拳头一次又一次地落在温特斯的身上!

无人下车的小镇

刊于《艾勒里·奎因神秘杂志》(*Ellery Queen's Mystery Magazine*)
1958 年 10 月

　　不论白天黑夜,乘坐火车穿越美国大陆,可以看到一个个无人下车的荒凉小镇飞快地从窗外闪过。换句话说,如果不属于那里,也没有亲人埋葬在乡村墓地,人们绝对不会在那些偏僻的车站下车,去看荒无人烟的风景。

　　我坐的是芝加哥到洛杉矶的火车,此时火车正在穿越爱荷华州,在车上,我与一位乘客谈起了这件事,他跟我一样也是推销员。

　　"确实是。"他说,"人们在芝加哥下车,所有人都在那里下车。人们在纽约下车,在波士顿下车,在洛杉矶下车。不住在那里的人也会去那里看看,回去后讲起他们的见闻。但有哪位游客会在内布拉斯加州的福克斯山下车,去当地转转呢?你会吗?我会吗?不会!我在那里谁都不认识,也没有业务,那儿又不是疗养地,所以何必费事呢?"

　　"这难道不是一个让人神往的变化吗?"我说,"找个时间,计划一个真正不同的假期。选一个连熟人也没有的平原上的村庄,去那里好好享受一番。"

"你会大呼无聊的。"

"这么想想也不是很无聊！"我向窗外望去,"这条路线上的下一个镇子是哪里？"

"兰帕·章克森镇。"

我笑了笑。"听起来还不错。我可能会在那里下车。"

"你是个骗子,也是个傻瓜。你想要什么呢？冒险？浪漫？那就去吧。下车吧。十秒钟后你就会说自己是个白痴,再叫辆出租车,和我们比谁先到下一个镇子。"

"也许吧。"

我看着电线杆飞快地闪过。在前面很远的地方,我隐约看到了一个城镇的轮廓。

"但我不这么认为。"我听见自己这么说。

我对面的推销员看起来有点儿吃惊。

因为我非常缓慢地站了起来,伸手去拿帽子。我看见我的手在摸索我的手提箱。我自己也很惊讶。

"等等！"那个推销员说,"你做什么？"

火车突然转弯。我晃了晃。我看到远处有一座教堂的尖顶、一片密林和一片夏天的麦田。

"我要下车了。"我说。

"坐下吧。"他说。

"不。"我说,"前面那个小镇好像很特别。我得去看看。我有时间。我在下个礼拜一之前赶到洛杉矶就行。如果我现在不下车,我准会一直琢磨我错过了什么,想着我有机会看却没有看到哪些风景。"

"我们只是说说而已。那儿什么也没有。"

"你错了。"我说,"会有的。"

我把帽子戴在头上，把手提箱拿在手里。

"天哪。"推销员说，"看来你真要那么做了。"

我的心跳得很快。我的脸变得通红。

火车呼啸着，在铁轨上疾驰而过。那个小镇很近了！

"祝我好运吧。"我说。

"祝你好运！"他喊道。

我大叫着跑向列车员。

一把古老的椅子斜靠在站台的墙上，上面的油漆已经剥落了。一个七十来岁的老人坐在椅子上，他很放松，看起来仿佛陷在了衣服里，他的身体像是自从车站一建成就被钉在了那里。太阳晒黑了他的脸，在他的脸颊上留下了蜥蜴般的皱纹，他的眼睛只能一直眯着，头发在夏日的风中被吹成了灰白色。他的蓝色衬衫领口敞开，露出白色的钟表弹簧，衬衫已经褪色，此时看来就跟傍晚天空的颜色一样。他的鞋子起皱了，仿佛他漠然地把它们举在火炉口烤，就这么举着一动不动，待了很久很久。他身下的影子被印成了永恒的黑色。

我走下车厢，那位老人的目光扫过每一扇车门，然后停了下来，他惊讶地看着我。

我以为他会挥手和我问好。

但是他那谜样的眼睛突然有了色彩，这是一种认出熟人后的化学变化。然而，他的嘴、眼皮和手指都没有动过。仿佛有一个隐形的庞然大物在他体内动了一下。

火车再次开动，让我有借口可以用目光追踪着它。站台上没有别人了。没有汽车在这个布满蛛网、门窗钉满钉子的站台旁等候。我一个人离开了轰隆行驶的铁皮火车，踏上了高低不平的木站台。

火车呼啸着翻过了小山。

我真是个傻瓜！我心想。我对面的乘客说得对。这个地方肯定无聊至极，而我已经开始觉得烦闷了。好吧，我心想，我的确是傻瓜，但要我落荒而逃，绝不！

我拿着手提箱走过站台，没有看那个老人。当我从他身边经过时，我感到他那瘦弱的身体又动了一下，这次我能听到他身体动的声音。他的脚放了下来，轻踏着有些腐烂的木地板。

我向前走去。

"下午好。"一个声音轻轻地说。

我知道他看的不是我，而是那一片万里无云、闪闪发光的天空。

"下午好。"我说。

我沿着土路向镇里走去。走出一百码后，我回头看了一眼。老人仍然坐在那里，盯着太阳，好像在提什么问题。

我继续快步而行。

我穿行在午后梦境般的小镇里，没人知道我是谁，我孤身一人，如同一条逆流而上的鳟鱼，丝毫没有触及我周围清澈的生命之河的河岸。

我的怀疑得到了证实：这是一个平平无奇的小镇，发生的事不过是：

四点整，霍尼格五金店的大门砰的一声关上了，同时，一只狗跑到路上，抖掉身上的灰尘。四点半，我用吸管吸光了杯底的汽水，发出的声音在寂静的杂货店里听来就像下了一场大暴雨。五点钟，男孩们朝镇上的河里丢鹅卵石，然后，他们自己也跳了进去。五点十五分，蚂蚁在榆树下倾斜的灯光里游行。

然而，我还是慢慢地转了一圈，总觉得这个镇上一定有什么值得一看的东西。我知道一定有的。我知道我必须继续走,继续寻找。我知道我必定可以找到。

我边走边找。

整个下午,只有一件事一直没有变过:那个穿着褪色蓝裤子和衬衫的老人始终在距离我不远的地方。我坐在杂货店里,他则在店前抽烟,吐出的烟雾在漫天的尘土中卷成一团。我站在河边,他就蹲在下游,使劲地洗手。

晚上七点半左右,我第七次或第八次穿过寂静的街道,我听到身边响起了脚步声。

我抬头一看,只见那个老人在我身边走着,他的眼睛直直地望着前方,脏兮兮的牙齿上咬着一根干草。

"好久了。"他平静地说。

我们在暮色中向前走。

"在站台上等了好久了。"他说。

"你?"我说。

"我。"他在树影里点点头。

"你在车站等人吗?"

"是的。"他说,"我在等你。"

"等我?"我的声音听来一定很震惊,"等我做什么?我们以前从没见过。"

"我说我见过你了吗?我只是说我一直在等。"

我们走到了镇子的边缘。他转了个身,我也跟着他转了个身,沿着渐渐变暗的河岸,朝高架桥走去,夜间列车在那里驶向东边,驶向西边,只停下来很少几次。

"想知道我的事吗?"我突然问道,"你是治安官吗?"

"不,不是治安官。不,我不想知道任何关于你的事。"他把手插进口袋。太阳现在已经下山,天气突然变凉了。"我只是很惊讶你终于来了。"

"惊讶?"

"是很惊讶。"他说,"还很……高兴。"

我突然停了下来,直视着他。

"你在那站台上坐了多久了?"

"差不多二十年了吧。"

我知道他说的是实话。他的声音像河水一样平静。

"为了等我?"我说。

"或者说,我是在等像你这样的人。"他说。

我们在渐浓的暮色中继续走着。

"你喜欢我们的小镇吗?"

"这里很好很安静。"我说。

"很好很安静。"他点了点头,"你喜欢这里的人吗?"

"人们看起来也很好很安静。"

"确实如此。"他说,"很好,很安静。"

我正准备往回走,但老人还在不停地说着,为了听得清楚,也为了表示礼貌,我不得不和他一起走在茫茫的黑暗中,镇外的田野和草地如同潮水一般。

"没错。"老人说,"自从二十年前我退休的那天,我就一直坐在站台上,我就坐在那里,什么也不做,等待着什么事情发生。我不知道会发生什么,我不知道,也说不出来。但当那件事最终发生时,我会知道,我会说,是的,这就是我一直在等待的。火车失事?不是。一个上了年纪的老朋友在五十年后回到镇里来?不,不是。很难说得清。我在等一个人。一件事。这似乎和你有关。我希望我能说……"

"那就说来听听吧。"我说。

星星出来了。我们继续往前走。

"好吧。"他慢吞吞地道,"你很了解你自己吗?"

"你是说我的身体,还是我的心理?"

"是的,是的。我是说你的大脑,你的思想,你很了解吗?"

青草在我脚下沙沙作响。"一点点吧。"

"你有很多憎恨的人吗?"

"有一些吧。"

"我们都是这样的。心有仇恨,是很正常的事,不是吗?不仅是仇恨,即便有时候我们不把仇恨挂在嘴上,不也很想把伤害我们的人痛揍一顿,甚至杀了他们吗?"

"我们几乎每个礼拜都有这种感觉,然后只能把这些感觉放在一边。"我说。

"我们放过了所有的生命。"他说,"镇上说不能杀人,爸爸妈妈说不能杀人,法律也是这么说的。你放弃杀一个人,又放弃杀另一个人,那之后又放弃了两次。等你到我这个年纪,你的耳朵里就会塞满很多这样的事。除非你上战场,否则永远也摆脱不了想要杀戮的冲动。"

"有人射飞碟,有人猎鸭子。"我说,"有些人打拳击,还有人摔跤。"

"有些人不。我说的是那些不那么做的人。比如我。我这辈子都在腌那些尸体,把它们放在我的脑子里冰冻起来。有时候你会对小镇和镇上的人生气,因为他们让你别去想那样的事。你就像穴居人一样,只会大叫一声,用棍子猛敲别人的脑袋。"

"结果……"

"结果就是,每个人这辈子都想杀一次人,这样才能摆脱那么多的负担，忘记心里想杀那么多人，却没有勇气付诸行动。偶尔也有机会。有人跑到他的车前，他忘了踩刹车，继续开。没人能证明那种事。他甚至都不会告诉自己是他干的。他只是没能及时踩刹车而已。但你我都知道到底发生了什么，不是吗？"

"是的。"我说。

现在小镇已经很远了。来到铁路路堤附近，我们从一条小河上的木桥走过。

"要想杀人，就不能让别人猜出是谁干的，为什么要这样做，杀了谁，对吗？"老人望着河水说，"我大概二十年前就有了这个想法。我并不是每天或每周都这么想。有时几个月过去了，我也没想过，但那个想法一直都在：每天只有一列火车在这里经停，有时甚至没有。想杀一个人，就得等，不是吗？年复一年，终于有一个陌生人来到镇里，这个陌生人无缘无故下了火车，没人认识他，他在镇上也没有熟人。我坐在车站的椅子上想，那时，也只有那时，你才可以站起来，趁周围没人时杀了他，再将尸体扔进河里。也许他的尸体会在下游几英里处被发现。也许永远都不会有人发现他的尸体。没有人会想到去兰帕·章克森镇找他。他本来的目的地也不是那里。他要去别的地方。这就是我的想法。他一下车我就认出他了。我知道是他，就像……"

我停了下来。天太黑了。月亮要过一个小时才会升起。

"你认出这个人了？"我说。

"是的。"他说。我看到他仰起头，望着星星，"好了，我说得够多了。"他侧身靠过来，碰了碰我的胳膊肘。他的手很烫，好像他在碰我之前一直在火炉前烤手。他的另一只手，也就是右手,藏在口袋里,紧握着,向外隆起。"我说得够多了。"

有什么东西发出了尖啸声。

我猛地抬起头。

在上面,一列夜间快车沿着看不见的铁轨疾驰,用灯光照亮了山岗、森林、农场、城镇住宅、田野、沟渠、草地、耕地和水源,然后,列车怒吼着驶过,消失在了远方。铁轨摇晃了一会儿,四周随即安静了下来。

我和老人站在黑暗中盯着对方。他的左手依然握着我的手肘。他的另一只手依然藏在衣服里。

"我可以说几句吗?"我终于说。

老人点点头。

"我想说说我自己,"我说。我不得不停下来。我几乎无法呼吸,但还是强迫自己说下去。"说来挺奇怪的。我经常和你有同样的想法。就在今天,就在火车穿过乡村的时候,我心想,真是太完美了。最近,我的生意不太好,妻子病了,故交好友上周去世。世界上还在打仗。我身上长满了疖子。这对我大有好处……"

"什么?"老人说,他的手放在我的胳膊上。

"在一个小镇下车,对我有很大的好处。"我说,"在这里,没人认识我,我腋下有把枪,找一个人杀掉埋了,再返回车站上车、回家,是不会有人知道是谁干的。太完美了,我心想,堪称完美的犯罪。于是我下了火车。"

我们在黑暗中又站了一分钟,注视着彼此。也许我们是在听对方剧烈的心跳声。

世界在我脚下转动。我握紧了拳头。我想摔下去。我想要像火车一样尖叫。

我突然明白了,我刚才那么说,并不是为了给自己寻找一线生机。

我刚才对这个人说的一切,都是发自肺腑。

现在我知道我为什么下车、在这个小镇里转来转去了。我知道我一直在寻找什么了。

我听到老人呼吸急促。他的手紧紧抓住我的胳膊,好像要跌倒似的。他咬紧牙关,向我探身,就像我也向他倾身一样。一阵可怕的沉默压下来,紧张气氛犹如爆炸之前。

他终于逼着自己开口。只有被巨大的负担压得快要崩溃的人,才会发出他那样的声音。

"我怎么知道你腋下有枪?"

"你不知道。"我的声音模糊不清,"你不能肯定。"

他等待着。我以为他要晕倒了。

"是这样吗?"他说。

"就是这样。"我说。

他紧紧地闭上眼睛。他的嘴巴也紧闭着。

又过了五秒钟,他缓慢而沉重地把手从我异常沉重的胳膊上拿开。他低头看了看自己的右手,把手从口袋里拿出来,他的那只手是空的。

我们慢慢地转身,像是身负千斤重担,我们背对对方,摸黑走了起来,四周一片黑暗,我们什么也看不见。

午夜"有乘客上车"的信号弹在铁轨上噼啪作响。当火车驶出车站时,我才从开着的卧铺门探出头来,向后面望去。

老人坐在那儿,椅子斜靠着车站的墙壁,他的蓝裤子和衬衫已经褪色,他的脸晒得很黑,眼睛则晒得发白。火车缓缓驶过时，他一眼也没有看我。他的目光顺着空空的铁轨，向东凝视着，明天、后天或大后天，将有一列火车飞快地开到这里，很可能减速、停下。他面无表情，两眼茫然地盯着东方。他看上去有一百岁了。

火车呼啸着飞驰起来。

我突然变老了，我探出身子，眯着眼睛。

现在，曾让我们走到一起的黑暗阻隔在我们之间。老人、车站、城镇、森林，都消失在了黑夜之中。

我在列车的轰隆声中站了一个钟头，一直回头望着那一片黑暗。

全镇沉睡

刊于《美开乐》(*McCall's*)
1950 年 9 月

在伊利诺伊州的中部,夏天的夜晚很温暖。这座小镇十分偏僻,有一条河流过,四周森林和峡谷环绕,可以说是遗世独立。镇上的人行道仍然弥漫着暑气。商店即将打烊,街道笼罩在渐浓的暮色中。小镇上有两个月亮:一个是月亮形状的钟表,位于庄严的法院上空,钟上的四张脸在黑夜中朝着四个方向;另一个是真正的月亮,那轮香草白色的月亮正从黑暗的东方慢慢升起。

在镇中心的一家杂货店里,风扇在高高的天花板上呼呼地旋转。人们坐在洛可可式门廊的阴影里,看不到他们的样子。夏日的黄昏时分,街道上的砖块变成了紫色,孩子们奔跑不休。纱门砰砰开合,弹簧发出吱嘎声。干燥的草坪和树木散发出阵阵热气。

三十七岁的拉维尼娅·内布斯孤身坐在门廊上等人,她身材苗条挺拔,白皙的手指捧着一杯叮叮当当的柠檬水,她用杯子轻叩着嘴唇。

"我来了,拉维尼娅。"

拉维尼娅转过身，只见弗朗辛在门廊最下面的台阶上，身上散发着百日菊和木槿的香味。弗朗辛穿着一身白衣，看起来一点儿也不像三十五岁。

拉维尼娅·内布斯女士站起身来，锁上前门，把剩下一半的柠檬水杯子放在门廊的栏杆上。"今天晚上很适合看电影。"

"你们上哪儿去，女士们？"汉伦奶奶在街对面阴暗的门廊里喊道。

她们透过柔和的黑暗海洋回话道："去精英剧院，看哈罗德·劳埃德的《不怕死》！"

"现在这种时候，晚上我可不会出去。"汉伦奶奶高声数落道，"独行杀手勒死女人的事闹得这么凶，我还是拿着枪，把自己锁在屋里安全！"

汉伦奶奶"砰"一声关上门，还上了锁。

两位老姑娘继续往前走。拉维尼娅感到夏夜的气息从滚烫的人行道上散发出来，仿佛走在刚出炉的热面包的硬皮上。热气在衣服下面和腿周围跳动着，她有种被人偷偷侵犯的感觉。

"拉维尼娅，你相不相信关于独行杀手的流言？"

"那些女人就喜欢危言耸听。"

"海蒂·麦克多莉斯一个月前被杀了。两个月前，罗伯塔·费瑞遇害。现在伊丽莎·拉姆塞尔也失踪了……"

"要我说，海蒂·麦克多莉斯是和一个推销员私奔了。"

"但是其他人……总共四个……都是被勒死的，据说她们的舌头都伸在嘴巴外面。"

她们站在把小镇一分为二的峡谷边缘。她们身后是灯火通明的房屋和微弱的广播音乐。前面是幽深潮湿的黑夜，萤火虫在黑暗中飞舞着。

"也许我们不该去看电影。"弗朗辛说,"独行杀手说不定会跟上来杀了我们。我不喜欢那个峡谷。你看啊,那里太黑了,你闻闻看,再听一听。"

峡谷像台发电机,日夜不停地运转。峡谷里弥漫着神秘的薄雾,有很多被水冲刷得泛白的页岩,巨大的嗡嗡声经年不断,谷内还飘散着一股难闻的温室的气味。这台黑色的发电机总是嗡嗡作响,萤火虫盘旋,就像闪烁的绿色电光。

"峡谷里太黑了,那么吓人,我才不要深夜从这里回家。"弗朗辛说,"倒是你,拉维尼娅,你走下台阶,穿过那座摇摇晃晃的桥,也许独行杀手就站在树后。要是我必须一个人穿过峡谷,今天下午我是绝不会去教堂的,哪怕是大白天。"

"胡说。"拉维尼娅·内布斯说。

"路上只有你一个人,只能听到自己的脚步声,换了我才不会这么做。还有那么浓的阴影。你一个人回家。拉维尼娅,你一个人住在家里不觉得寂寞吗?"

"老姑娘喜欢一个人住。"拉维尼娅说。她指了指一条炎热的树荫小路。"我们抄近路走吧。"

"我害怕。"

"现在天还早。独行杀手都是深夜才出来。"拉维尼娅冷静得像薄荷冰激凌,她挽着同伴的胳膊,带她走过幽暗的蜿蜒小路,进入了沉寂的峡谷,谷中蟋蟀出没,青蛙的叫声连绵不绝,蚊子直扑过来。

"我们跑吧。"弗朗辛气喘吁吁地说。

"不要。"

如果拉维尼娅当时没有回头,她肯定不会看到。但她回过头,一眼就看到了。弗朗辛回过头,也看到了,她们站在小路上，不敢相信所看到的情形。

在充斥着各种声响的深夜，伊丽莎·拉姆塞尔躺在灌木丛中，身体半掩在树枝之间，仿佛她是躺在那里欣赏柔和的星星。

弗朗辛尖叫起来。

那个女人躺在那里，仿佛在飘浮，她的脸上长着月亮形状的雀斑，眼睛像白色的大理石，她的舌头夹在嘴唇之间。

拉维尼娅感到脚下的峡谷如同一架巨大的黑色旋转木马，开始旋转起来。弗朗辛喘着粗气，几乎透不过气。过了好一会儿，拉维尼娅才听自己说道："我们最好去报警。"

"抱紧我，拉维尼娅，请抱紧我，我好冷。自从冬天过去了，我还从来没有这么冷过。"

拉维尼娅抱着弗朗辛，山谷的草地上有很多警察。手电筒的灯光四处闪烁，声音混杂，已经快到晚上八点半了。

"这里就跟十二月一样冷。要是有件毛衣就好了。"弗朗辛闭着眼睛，靠在拉维尼娅的肩上说。

警察说："我想你们现在可以走了，女士们。明天来一趟警局，还有些问题要问你们。"

拉维尼娅和弗朗辛走开，远离警察和峡谷草地上用布盖着的脆弱的尸体。

拉维尼娅感到自己的心在胸腔里怦怦直跳，她也很冷，二月的天气依然寒气逼人。突然间，她的身体上好像落满了雪花，月光如洗，她纤细的手显得更白了，她记得弗朗辛一直在啜泣，而她一直在回答警察的问题。

一个警察叫道："女士们，需要找人送你们回去吗？"

"不必了。我们自己走就行了。"拉维尼娅说，她们继续往前走。我现在什么都不记得了,她心想。我不记得她躺在那里是什么样子。我不相信这事发生过。我已经忘记了。我一定要让自己忘记。

"我从没见过死人。"弗朗辛说。

拉维尼娅看了看手表,只觉得深夜似乎遥不可及。"才刚八点半。我们接上海伦,去看电影吧。"

"电影?!"

"我们正需要一场电影。"

"拉维尼娅,你不是认真的吧?"

"我们必须把这件事忘了。记得这件事可没什么好处。"

"可是伊丽莎就在那里,而且……"

"我们得好好笑一笑。我们照原定计划去看电影,就当什么都没发生过。"

"可是伊丽莎是你的朋友,也是我的朋友……"

"我们帮不了她。我们只能帮助自己忘记。我一定要去。我才不要回家胡思乱想。我不会想的。我只会用其他事情填满我的脑袋。"

她们在黑暗中沿着一条石头小路向峡谷高处走去。她们听到了说话声,就停了下来。

在下面的溪水边,有人喃喃地说:"我是独行杀手。我是独行杀手。我杀了人。"

"我是伊丽莎·拉姆塞尔。看呀。我死了。看呀,我的舌头伸在外面,看呀!"

弗朗辛惊声尖叫起来。"你们!你们这些讨厌的孩子!快回家,离开峡谷,听到了吗?回家,回家,快回家!"

孩子们跑开,不再恶作剧。黑夜中,他们的笑声传到远处的山丘，消失在温暖的黑暗中。

弗朗辛抽泣着继续往前走。

"我还以为两位小姐不会来了呢！"海伦·格里尔的脚在门廊台阶的顶端上跺了跺，"你们才迟到了一个小时而已。"

"我们……"弗朗辛道。

拉维尼娅抓住了她的胳膊。"出了意外。有人发现伊丽莎·拉姆塞尔死在峡谷里了。"

海伦倒吸了一口凉气。"是谁发现的？"

"不知道。"

夏日的夜晚，三个老姑娘站在那里面面相觑。"我真想把自己锁在家里。"海伦终于说。

但最后，她还是去拿毛衣准备出门，在她去拿衣服的时候，弗朗辛激动地小声说："为什么不告诉她？"

"为什么要搞得她心神不安呢。明天有得是时间。"拉维尼娅答。

三个女人在黑暗的树下沿着街道走着，小镇上每户人家的门都上了锁，窗户和窗帘也拉了下来，屋内开着明亮的灯。她们看见一双双眼睛从拉着的窗帘后面向外窥视她们。

拉维尼娅·内布斯想，真是太怪了，这样的晚上本该有冰激凌相伴，可孩子们被拉进屋里，冰棒全掉了，路上有一摊摊的酸橙水和巧克力。棒球和球棒搁在没有脚印的草坪上。在散发着热气的人行道上，只留有用白色粉笔画了一半的跳房子线。

"在这样的夜晚，我们都有些抓狂了。"海伦说。

"独行杀手是杀不了三个女人的。"拉维尼娅说，"人多安全。再说也不会这么快。以前每起凶案的间隔时间都不少于一个月。"

一道阴影落在她们的脸上。一个身影闪现出来。三个女人尖叫起来,就像有人狠狠击中了她们的身体。

"抓住你们了!"那个人从树后跳了出来,站在月光下大笑。然后,他靠在树上,又笑了。

"嘿,我是……独行杀手!"

"汤姆·狄龙!"

"汤姆!"

"汤姆。"拉维尼娅说,"如果你再做这种幼稚的事,就祝你被人误当成凶手,被子弹打得浑身是洞!"

弗朗辛哭了起来。

汤姆·狄龙不再笑了。"我很抱歉。"

"你没听说伊丽莎·拉姆塞尔的事吗?"拉维尼娅厉声道,"她死了,你竟然还吓唬女士。你应该感到不好意思。别再来烦我们了。"

"啊……"

他走过去跟在她们身后。

"你就待在那儿吧,独行杀手,去吓唬自己吧。"拉维尼娅说,"你去看看伊丽莎·拉姆塞尔的样子,看看是不是好笑!"星光洒落在两侧种着树的街道上,她推着另外两个人往前走,弗朗辛用手绢捂着脸。

"弗朗辛。"海伦恳求道,"这只是个玩笑而已。她怎么哭得这么厉害?"

"我想还是告诉你吧,海伦。是我们发现伊丽莎的。那场面可不是好玩的。我们正在努力忘记。我们去看电影也是想忘记那件事,别再提了。我们已经受够了。把票钱准备好,中心区就快到了!"

杂货店里空气混浊,巨大的木扇转动着,将山金车、奎宁水和苏打水的气味送到砖砌街道上。

"来五分镍币的绿色薄荷口香糖。"拉维尼娅对老板说。老板的脸僵硬而苍白,与她们在半空的街道上看到的所有面孔一样。"看电影的时候吃。"她解释道,老板用银铲子把口香糖铲进一个袋子里。

"今晚看上去真美。"老板说,"拉维尼娅小姐,今天中午你在这里吃巧克力的时候,看上去真酷。又酷,又漂亮,还有人问起你呢。"

"是吗?"

"你很受欢迎啊。有个男人坐在柜台边上……"他又往袋子里塞了几块口香糖,"他看着你走出去,对我说,'喂,那是谁?'那个男人穿着深色西装,脸瘦削,面色很苍白。我就说,'啊,那是拉维尼娅·内布斯,镇上最漂亮的老姑娘。'他夸你'长得真漂亮',还问我你住在哪儿。"说到这里,老板停顿了一下,把目光移开了。

"你不会告诉他了吧?"弗朗辛哀泣道,"但愿你没有把她的地址给他。你没有吧?"

"对不起,我想我告诉他了。我说'在帕克街,距离峡谷不远'。我也就是随口一说。可我才听说他们今晚发现了尸体,我突然想到,我到底做了什么!"他把糖包递了过来,里面装得太满了。

"你这个傻瓜!"弗朗辛喊道,她的眼里含着泪水。

"我很抱歉。当然,也许没什么大不了。"

"没什么大不了,没什么大不了!"弗朗辛说。

拉维尼娅站在那里,另外三个人盯着她看。她不知道该有什么感觉。她什么也感觉不到……唯有一种轻微的兴奋感在她的喉咙里涌动着。她机械地拿出钱来。

"不要钱。"老板垂下眼睛,翻弄着一些单据。

"好吧,我知道我们现在要做什么了!"海伦大步走出杂货店,"我们直接回家。我才不要参加你的狩猎派对呢,拉维尼娅。那个男人要找的人是你。你是下一个!你想死在那道峡谷里吗?"

"只是个男人而已。"拉维尼娅慢吞吞地说,眼睛盯着街上。

"这么说来,汤姆·狄龙也是个男人,他也许就是独行杀手。"

"我们都有点儿紧张过度了。"拉维尼娅理智地说,"我一定要去看电影。如果我是下一个受害者,那就让我成为下一个受害者吧。一个女人一辈子也遇不到什么刺激的事,尤其是单身女人,尤其是像我这样已经三十七岁的单身女人,所以只要我高兴,你们也就不要在意了。我现在很理智。照道理说,他今晚肯定不会出来,毕竟才刚死了一个人。再过一个月吧,那时候警察放松了,他也又想杀人了。你知道的,得有想杀人的感觉才行。至少那种杀人犯会这样。他现在正在休息呢。再说,我反正也不想回家瞎琢磨。"

"可是伊丽莎就在峡谷里,她的表情太可怕了!"

"我就看了一眼,那之后没再看过。我并没有总是回想,如果你是这个意思的话。我虽然看到了一个东西,但我可以告诉自己我从未看见过,我就是这么坚强。不管怎样,现在争来争去实在没意思,因为我并不漂亮。"

"拉维尼娅,你确实漂亮。你是镇上最漂亮的未婚女人了,毕竟现在伊丽莎……"弗朗辛停了下来。"你要是随意一些，很多年前就已经嫁人了……"

"别再哭哭啼啼的了，弗朗辛。售票处到了。你和海伦回家去吧。我自己去看电影，然后一个人回家。"

"拉维尼娅，你疯了。我们不能把你一个人留在这儿……"

她们争论了五分钟。海伦正要走开，但当她看见拉维尼娅重重地付了一张电影票的钱，便又折了回来。海伦和弗朗辛默默地跟着她走进了电影院。

第一场电影已经结束了。她们坐在昏暗的礼堂里，周围弥漫着古老的黄铜抛光剂的气味，经理出现在破旧的红色天鹅绒幕帘前，这样宣布："警方要求今晚早点儿结束营业，好让大家不用那么晚回家。所以，我们剪掉了广告，只播放正片。电影将在十一点结束。建议大家看完直接回家，不要在街上逗留。毕竟镇上的警力有限，还很分散。"

"这话是冲我们说的，拉维尼娅！我们！"拉维尼娅感到两侧都有手在拉她的胳膊肘。

黑暗中，电影名《不怕死》出现在了银幕上。

"拉维尼娅。"海伦低声说。

"怎么了？"

"我们进来的时候，一个穿深色西装的男人从马路对过走了过来。他刚刚进来了，就坐在我们后面一排。"

"海伦。"

"他现在就在我们后面。"

拉维尼娅看着银幕。

海伦慢慢转过身，回头看了一眼。"我要叫经理！"她大叫一声，跳了起来，"别放电影了！开灯！"

"海伦，回来！"拉维尼娅闭着眼睛说。

放下空汽水杯后，每位女士的上唇上方都长出了一撮巧克力色的小胡子。她们笑着用舌头把小胡子舔掉。

"你说傻不傻？"拉维尼娅说，"搞得鸡飞狗跳，结果什么事都没有。多尴尬啊！"

杂货店的时钟显示此时是十一点二十五分。之前，她们哈哈笑着，愉快地走出电影院，感觉焕然一新。现在她们嘲笑海伦，海伦则在嘲笑自己。

拉维尼娅说："你一边跑过过道，一边哭喊着'开灯'，我真想找个地缝钻进去！"

"那可怜的家伙！"

"他是剧院经理的哥哥，刚从拉辛来！"

"我道歉了。"海伦说。

"这下，你看到恐慌会带来什么后果了吧？"

夜晚很温暖，巨大的电扇仍然在不停地旋转，搅动着店里香草、覆盆子、薄荷和消毒剂的气味。

"我们不应该来这里喝汽水的。警察说……"

"不要管警察怎么说了。"拉维尼娅笑着说，"我什么都不怕。独行杀手现在远在万里之外。他几周后才会回来，到时警察一定可以抓到他，等着瞧吧。电影很好看吧？"

街道很干净，空无一人。没有小轿车，没有卡车，连个人影都没有。杂货店的小橱窗依然灯光通明，里面摆着蜡制假人。它们瞪着空洞的蓝眼睛，看着女士们从它们身边走过，在夜间的街道继续往前走。

"你说如果我们大叫，它们会出来帮忙吗？"

"谁?"

"假人,窗里的假人。"

"得了吧,弗朗辛。"

"好吧……"

窗户里有一百个人,僵直而沉默。街上有三个人,她们的高跟鞋踏在被月光照亮的人行道上,回声像枪声一样尾随着她们。

一个红色的霓虹灯招牌闪烁着微光,像一只垂死的昆虫发出嗡嗡声。她们走了过去。

长长的林荫道被月亮晒得发白,一直向前延伸。树木矗立在三个身材娇小的女人两侧,风吹动着树木繁茂的树梢。

"我们先送你回家,弗朗辛。"

"不,我送你们回家。"

"别傻了。你住得最近。你送我回家,你就得一个人穿过峡谷再回来。就算有一片树叶落在你身上,也能把你吓死了。"

弗朗辛说:"我可以在你家过夜。你最漂亮了!"

"不行。"

于是,在月光的照耀下,她们就像整洁的衣服一样,走过草坪、混凝土和树木组成的海洋。对拉维尼娅来说,看着黑色的树木被甩在身后,听着朋友们的说话声,黑夜里的一切似乎都变快了。她们明明在慢慢地走,却感觉是在加速奔跑。一切似乎都太快了,披上了一层炽热的雪的颜色。

"我们唱歌吧。"拉维尼娅说。

她们挽着彼此的胳膊,用甜美的声音轻轻地唱了起来,一直没有回头。她们感到炙热的人行道在她们脚下变凉了,还在不停地移动着。

"听。"拉维尼娅说。

她们听着夏夜的声音,蟋蟀叫着,法院时钟传来遥远的嘀嗒声,还有十五分钟就到十二点了。

"听。"

一家门廊里的秋千在黑暗中吱吱嘎嘎地响着。她们经过泰勒先生家的门廊,只见他一个人默默地在那里,抽着最后一支雪茄。她们可以看到燃着的雪茄正冒着粉红色的火光,来回晃动。

现在,灯光纷纷熄灭了。小房子的灯和大房子的灯,泛黄的街灯和绿色的飓风灯,蜡烛、油灯和门廊灯,所有的一切都被锁在黄铜和钢铁之中。拉维尼娅想,所有的东西都装在盒子里,包装好,遮住了。她想象着人们躺在洒满月光的床上,在夏夜呼吸,平安地相守在一起。我们则在这里,听着自己在夏夜炙烤的人行道上孤独的脚步声,她想。在我们的头顶上,孤零零的街灯照耀着,留下无数狂野的影子。

"你家到了,弗朗辛。晚安。"

"拉维尼娅、海伦,你们今晚就住我家吧。已经很晚了,快半夜了。默多克太太还有个空房。你们可以睡在客厅里。我做热巧克力给你们。一定会非常有趣的!"弗朗辛紧紧地抱着她们。

"不了,谢谢。"拉维尼娅说。

弗朗辛哭了起来。

"又来了,弗朗辛。"拉维尼娅说。

"我不想你死。"弗朗辛抽泣着,眼泪顺着她的脸颊流下来,"你人好,长得又漂亮,我要你活着。求你了,求你了!"

"弗朗辛,我不知道这事对你的影响竟然这么大。但我向你保证，我一到家就给你打电话，进门就打。"

"你能到家吗？"

"是的，我还会告诉你我很安全。明天我们去电气公园野餐，好吗？我来做火腿三明治，怎么样？你会看到我长命百岁的！"

"你会打电话吗？"

"我答应过的，不是吗？"

"晚安，晚安！"弗朗辛走进门，立刻把门锁得严严实实。

"好了，现在该送你回家了。"拉维尼娅对海伦说。

法院的钟报时了。

钟声响彻比任何时候都要空旷的小镇。声音越过空荡荡的街道、空地和草坪。

"十，十一，十二。"拉维尼娅挽着海伦数着。

"你不觉得好笑吗？"海伦问。

"什么意思？"

"我们在外面的人行道上，在树下，而其他人都待在锁着门的屋里，躺在床上，非常安全。我敢打赌，方圆千里这会儿还在外面的人只有我们两个。"自幽深、温暖、黑暗的峡谷里传来的声音越来越近了。

海伦家很快就到了，她们站在那里，彼此对视了许久。风送来了割过的青草和潮湿的紫丁香的气味。月亮高高地挂在天空中，乌云开始聚集。"拉维尼娅，想必要你留下来，也是白费口舌吧？"

"我要走了。"

"有时候……"

"有时候什么？"

"有时候我觉得人们都想死。你整个晚上的行为确实很奇怪。"

"我只是不怕而已。"拉维尼娅说,"我想我就是很好奇。我在用我的头脑思考。从逻辑上讲,独行杀手不可能在附近出现。毕竟警察在找他。"

"我们这里的警察?就那么几个警察?他们也在家里的床上,用被子蒙着头呢。"

"这么说吧,现在是有点儿危险,但我还是很安全的。如果真有危险,我一定会住在你家,这你是知道的。"

"也许你在潜意识中不想活了。"

"天哪,你和弗朗辛真是婆婆妈妈!"

"我很内疚。在你走到峡谷深处,摸黑走在桥上的时候,我正在喝热可可。"

"为我喝一杯吧。晚安。"

拉维尼娅·内布斯走在午夜的街上,夏天的深夜万籁俱寂。她看到各家各户的窗户都是黑漆漆的,有只狗在远处吠叫。她心想,再过五分钟,我就安全到家了。再过五分钟,我就可以打电话给小傻瓜弗朗辛。我……

她听到远处的树林中有个男人在唱歌。

她加快了脚步。

在朦胧的月光下,一个男人沿着街道朝她走来,看起来一副漫不经心的样子。

拉维尼娅心想,有必要的话,我可以跑去找路边的人家求救。

那人手里拿着一根长长的棒子,唱着《照在满月时分》。

"喂，看谁来了！你这么晚还出来，内布斯小姐！"

"肯尼迪警官！"

原来是肯尼迪警官在巡逻。

"我送你回家吧。"

"没关系，我一个人可以。"

"可是你住在峡谷另一边。"

是的，她想，但我不会和任何男人一起穿过峡谷。我怎么知道谁才是独行杀手呢？"不用了，谢谢。"她说。

"那我就在这儿等着。"他说，"如果你需要帮助，喊一声，我就跑过去。"

她继续往前走，肯尼迪警官站在一盏灯下，独自哼着小曲。

我来了，她想。

到峡谷了。

她站在一百一十三级台阶的顶端，台阶边上是布满荆棘的陡峭河岸，河上的小桥走上去嘎吱作响，过了桥，翻过漆黑的山丘，就到帕克街了。只有一盏灯照明。再过三分钟，她想，我就要把钥匙插进家门了。在这短短的一百八十秒里，不可能发生意外。

她走下深绿色的台阶，进入深夜的峡谷。

"一、二、三、四、五、六、七、八、九级。"她低声数着。

她觉得自己在跑，但其实并没有。

"十五、十六、十七、十八、十九级。"她大声数着。

山谷很深，一片漆黑。世界就这样消失了，在那个世界里，人们躺在床上，非常安全。锁着的门、小镇、杂货店、电影院、灯光，一切都消失了。只有峡谷存在，用巨大而黑暗的空间将她包围。

"没事发生，对吧？周围没有人，对吧？二十四级，二十五级。还记得你们小时候讲的那个鬼故事吗？"

她倾听着自己踏在台阶上的脚步声。

"那个故事说，有个黑衣人趁你在楼上睡觉时溜进你家。他走上了楼梯的第一级，正向你的房间走去。他走上了第二级，又迈上了第三、第四和第五级！啊，你听了那个故事，又是笑，又是大叫！现在，可怕的黑衣人已经走到第十二级了，他打开你的房门，站在你的床边。我抓到你了！"

她尖叫起来。她从来没听过那种尖叫的声音。她这辈子从来没叫得那么大声过。她停了下来，僵住了，双手紧紧抓住木栏杆。她的心像是要从嗓子眼里蹦出来了，可怕的心跳声充满了整个宇宙。

"那里，那里！"她尖叫着对自己说，"就在台阶最下面，灯光下有个人！不，他走了！他就在那儿等着呢！"

她仔细听着。

一点儿动静也没有。桥上空无一人。

什么也没有，她捂着心口想着。什么都没有。你这个傻瓜。自己给自己讲故事，多愚蠢。我该怎么办？

她的心跳渐渐缓和了下来。

我要叫肯尼迪警官过来吗，他听到我尖叫了吗？还是只有我自己觉得我叫的声音很大，可其实并没那么大？

她听了听。什么动静都没有。没有。

我今晚还是去海伦家睡吧。但她心里虽然这么想着，双脚还是继续走下台阶。不，现在离家更近了。三十八级、三十九级，小心点儿，别摔倒了。我真是个傻瓜。四十级、四十一级。走了差不多一半的时候，她又僵在了原地。

"等等。"她对自己说。她走了一步。

有回音。

她又走了一步。回声再次响起……紧跟着她的脚步声。

"有人在跟踪我。"她低声对着峡谷说,对着黑暗中的蟋蟀、墨绿色的青蛙和漆黑的小溪说,"有人在我身后的台阶上。我不敢回头。"

她又走一步,回声随即响起。

我每迈出一步,跟着我的人也迈出一步。

走一级台阶,便有一个回音。

她有气无力地对着峡谷问:"肯尼迪警官,是你吗?"

蟋蟀突然静了下来,它们也在听。夜晚倾听着她的声音。刹那间,远处夏夜的草地和茂密的夏夜树林仿佛都静止了。树叶、灌木、星星和野草都不再颤抖,而是倾听着拉维尼娅·内布斯的心跳声。也许在一千英里以外只有一趟火车经过的乡村,一个孤独的夜间旅客坐在空荡荡的中途小站里,正借灯泡的暗光读着报纸,他也许会抬起头来听着,琢磨那是什么声音。他会断定只是一只土拨鼠在敲打一根空心木头。但那是拉维尼娅·内布斯的心脏跳动的声音。

她的心越跳越快,越跳越快。她走下台阶。

快跑!

她听到了音乐。她很愚蠢,似乎陷入了疯狂,竟然会听到响亮的音乐涌向她。惊慌之下,她狂奔起来,恐惧向她袭来,她意识到自己有些夸张,某部私人电影的混乱配乐影响了她。音乐铿锵,逼迫她加快速度,飞快地奔向峡谷的底部!

"快到了。"她祈祷着,"一百一十、一百一十一、一百一十二、一百一十三!到底了!快跑!过桥!"

这话是对她的腿、胳膊、躯干和心里的恐惧说的。在这惨白可怕的时刻,她和自己的各个身体部位商量。在怒吼的小河上方,她跑过摇摇晃晃、几乎活了起来的桥板,狂野的脚步声就跟在她身后,音乐也在追她,音乐在尖叫,嘈杂不已。

他追来了。不要转身,不要看……你一旦看到他,准会全身瘫软!你会害怕的,你会呆住不动!跑吧,只管跑,一直跑!

她跑过桥。

老天!老天,求你了,求你让我上山吧!现在向上,沿着小路向上,来到小山之间。天啊,这么黑,一切都那么遥远!就算我现在尖叫,也无济于事了,反正我也叫不出来!到了小路的最高处,到了街上了。谢天谢地,我穿了低跟鞋,我能跑,我能跑!天啊,请保佑我安全。如果我能安全到家,我再也不会一个人出去,我承认,我是个傻瓜、彻头彻尾的傻瓜!我不知道什么叫可怕!我不会让自己思考,但如果你让我逃过一劫回到家,我以后再出去,一定与海伦、弗朗辛形影不离!到了街上了。现在到街对面去!

拉维尼娅穿过街道,冲上人行道。

天哪,门廊!我家!

她跑着跑着,看到了她几小时前放在栏杆上的半杯柠檬水。她真希望自己能回到那时候,轻松悠闲地喝着饮料,那时夜晚刚刚降临,黑夜尚未笼罩下来。

"求你了,求你了,给我时间进去把门锁上,那样我就安全了!"

她听见自己的脚笨拙地踩在门廊上,感觉到自己的手在用力地握着钥匙开锁。她听到了自己的心跳声,听到了自己的内心在尖叫。

钥匙插进去了。

"开门,快,快!"

门开了。

"快进去!把门关上!"

她砰的一声关上了门。

"现在把门锁上,拉上插销,锁上!"她喊道,"紧紧锁住!"

门上了锁,插销插上了,门闩也上好了。

音乐声停止了。她再次倾听自己的心跳声,那声音渐渐平静了下来。

她终于回家了。

平安到家了!家里很安全!拉维尼娅颓然靠在门上。安全了,安全了。听呀。什么动静都没有。安全了,安全了,谢天谢地,安全到家了。我再也不会在晚上出去了。安全了,安全了,家是如此美好,如此安全。门锁着,在屋里很安全。等等,还是向窗外看看吧。

她看向外面。足足有半分钟,她一直凝视着窗外。

"哎呀,外面一个人也没有!没人!根本没人跟踪我。没人追我。"她屏住呼吸,嘲笑自己,"这是明摆着的。如果有人跟踪我,他肯定会抓住我。我跑得又不快。门廊上和院子里都没人。我真傻!我不是在躲避任何人,而是在逃开自己。那个峡谷非常安全。不过还是一样,能回家真好。家才是真正的好地方,温暖又安全,是唯一可去的地方。"

拉维尼娅把手伸向电灯开关,随即僵在了原地。

"咦?"她说,"不对劲,不对劲。"

在她身后漆黑的客厅里,有人清了清嗓子……

六月的午夜

刊于《艾勒里·奎因神秘杂志》(Ellery Queen's Mystery Magazine)
1954 年 6 月

在这个夏天的夜晚,他已经等了很久很久,天气很暖和,夜幕渐渐地降临大地,星星在天空上慢慢转动。他坐在一片漆黑中,双手放松地搁在莫里斯安乐椅的扶手上。他听到镇上的钟一连敲了九下、十下、十一下,最后一连敲响了十二下。微风从开着的后窗吹进午夜的屋子,像一条没有光的小溪从他身边流过,触碰着他,而他仿佛一块黑色的岩石,他静静地坐在那里,瞪着眼睛注视着前门,一声不吭。

在融融六月,夜半之时……①

埃德加·爱伦·坡先生这首描写凉爽夜晚的诗在他的脑海里流过,就像暗影中潺潺流动的溪水。

姑娘在安睡!哦,我唯愿,

---

① 引自爱伦·坡的诗歌《睡美人》,曹明伦译。

愿她的安睡永远这么甜甜!

他走过房子黑乎乎的没有形状的过道,翻出后窗,感觉整个小镇都已封藏,人们躺在床上,进入了深夜的梦中。他看见浇水的软管如同一条闪亮的蛇,充满弹性地盘绕在草地上。他打开了水龙头,独自站在那里给花坛浇水,想象自己是一个指挥,领导着一支只有在夜间闲逛的狗才能听见的乐队,狗子们带着惨白的怪异微笑,漫无目的地走着。他非常小心地把两只脚踩在窗户下的泥里,用他高大身躯的全部重量留下深而分明的脚印。他回到屋内,沿着漆黑的走廊走来走去,弄得到处是泥,他的手替代他视物。

透过前门廊的窗户,他依稀看到了一个柠檬水杯,杯子半满,是她放在门廊的栏杆上的。他静静地颤抖着。

他能感觉到她正往家走。他能感觉到她在远处,在这个夏夜中从镇子里走了回来。他闭上眼睛,用全部心思去寻找她,感觉她在黑暗中走着,他知道她会在哪里走下马路牙子,穿过街道再走上路缘,他知道她和一个朋友一起,在六月的榆树下和最后盛开的紫丁香花旁边,嗒嗒地走过。走在空旷的黑夜之中,他就是她。他感觉自己的手里有一个手袋,长发刺痛了他的脖子,嘴唇因为涂了口红而感觉油腻腻的。他一方面静静地坐着;一方面又在不停地走啊走,在半夜里往家走去。

"晚安!"

他听到她在他的想象中说话,她越来越近了,现在她离家只有一英里远了,只有一千码,现在她正往地势低洼的峡谷走去,如同一只美丽的白色灯笼,挂在一根看不见的线上,蟋蟀和青蛙在谷内活跃着,河水哗哗流动。他熟悉峡谷里木制台阶的质地，仿佛他是个孩子，冲下台阶，感受着粗糙的纹理、灰尘和白天的余温……

他把手伸到空中。他的拇指和其他手指接连碰在一起，在他面前形成了一个中空的环形。他慢慢地把双手捏得越来越紧，他的嘴巴张着，眼睛闭着。

他不再挤压双手，而是把颤抖的手放在椅子的扶手上。他一直闭着眼睛。

很久以前的一个晚上，他爬到法院大楼逃生梯的顶端，望着银色月光下的镇子在夏天的模样。他看着所有漆黑的房屋，人们在室内躺在床上睡觉，把疲惫和恐惧呼到静止的空气中，再静静地吸入，就这样呼出、吸入，直到完成净化，早晨还没到，前一天的问题、仇恨和恐惧就被驱散，彻底消失了。

此时此刻，小镇使他着迷，他觉得自己很有力量，就像一个表演木偶戏的魔术师，用蜘蛛丝在舞台上演绎不同的命运。在法院大楼的最高处，他能看见五英里外月光下树叶微微抖动。最后一道光，像粉红色的南瓜眼，眨了眨便消失了。整个小镇都逃不过他的眼睛，他了解小镇的每一次颤动，每一个姿态。

今晚也是如此。他觉得自己是一座钟楼，青铜时钟缓慢地移动着，用响亮的钟声报时，他俯视着镇子，只见一个女人快步走着，偶尔又会放慢脚步，她时而看起来很害怕，时而显得很自信，在午夜时分，从粉笔般白色的人行道上回家，她走过柏油和石头铺就的坚实大道，走过刚刚割过的草坪，现在，她跑下台阶，穿过峡谷，一直往山上走！

在真正听到她的脚步声之前，她的脚步声就已经在他的脑海中响起了。他在想象中听到她的喘息之后，她的喘息才真正传来。他的目光牢牢定格在外面栏杆的柠檬水杯上。就在这时，真正的声音，真正的奔跑声和喘气声，在外面剧烈地回响着。他坐了起来。慌乱的脚步穿过街道和人行道。一阵嘈杂的说话声响起，有人笨拙地走上门廊台阶，钥匙哗啦啦插进门锁，一个声音在低声喊叫，暗自祈祷。"老天！"飒飒！飒飒！那个女人冲进门里，砰的一声关上了门，又拉上了门闩，在黑洞洞的房间里轻声自言自语。

他看不到，但能感觉到她的手伸向了电灯开关。

他清了清嗓子。

她在黑暗中靠门站着。如果月色照在她身上，她就会像多风之夜的一泓小水潭那样闪着微光。他感觉到她的脸上似乎点缀着美丽的蓝宝石，闪耀着海水的光芒。

"拉维尼娅。"他低声说。

她的双臂举起，像十字架一样横在门上。他听见她张着嘴，她的肺送出温暖的呼吸。她是黑暗中一只美丽的白色飞蛾，他用尖针一样的恐怖把她钉在了木门上。如果他愿意，他可以绕着标本走一圈，仔细端详她。

"拉维尼娅。"他低声说。

他听到她的心跳。她没有动。

"是我。"他低声说。

"你是谁？"她说，她的声音很微弱，喉咙只是轻微地动了动。

"我不会告诉你的。"他低声说。他笔直地站在房间的中央。老天，他觉得自己很高！他高大的身体笼罩在黑暗中，对他自己来说非常漂亮，他的手伸在面前，好像随时都能弹钢琴似的，仿佛他能弹出一首优美的曲子，一首华尔兹舞曲。他的手是湿的,感觉就像他曾把双手浸在薄荷和清凉的薄荷醇里。

"如果我告诉你我是谁,你也许就不会害怕了。"他低声说,"我要你害怕。你害怕吗?"

她什么也没说,只是不停地喘着粗气,就像有一个小风箱在不停地抽吸,吹着她的恐惧,让她的恐惧久久无法散去。

"你今晚为什么去看电影?"他低声说,"你为什么要去看电影?"

她没有回答。

他向前走了一步,只听见她粗重的呼吸像剑在鞘中嘶嘶作响。

"你为什么一个人从峡谷回来?"他低声说,"你是一个人回来的,是吗?你以为我会在桥中央伏击你?你今晚为什么去看电影?你为什么一个人从山谷回来?"

"我……"她喘着气。

"你。"他低声说。

"不……"她低声叫道。

"拉维尼娅。"他说着又走了一步。

"不要。"她说。

"开门。出去。快跑。"他低声说。

她没有动。

"拉维尼娅,把门打开。"

呜咽声从她的喉咙里发出。

"快跑。"他说。

向前走的时候,他感到有什么东西碰到了他的膝盖。他随手一推,那东西便一歪,倒了下去,是一张桌子,桌上篮筐里半打看不见的纱线团像猫一样在黑暗中轻轻地滚开了。月光照在窗户下面的地板上,一把缝纫剪刀掉落在那里,就像一个金属指向标。他把剪刀握在手里,如同握着一块冬日的寒冰。在一片沉寂中,他突然把剪刀递给她。

"给你。"他低声说。

他手里的剪刀碰到了她的手。她猛地抽回了手。

"给你。"他催促道。

"拿着。"他停了一会儿说。

他掰开她那僵硬的手指,她的手摸起来冰凉,感觉很奇怪。他把剪刀塞进她手里。"拿着。"他说。

他望着月光下的天空,久久才收回目光,过了好一会儿才在黑暗中看见她。

"我总是在等。"他说,"但一直都是这样的。我也等其他人。但最后都是她们来找我。就这么简单。过去两年,五个可爱的女人。峡谷里、田野上、湖边,我在任何地方等她们,她们来找我,而且找到了。第二天,看报纸的时候,那感觉妙极了。我知道你今晚出去找我了,否则你不会一个人穿过峡谷回来的。你是不是吓坏了,就狂奔起来?你以为我在峡谷里等你?你真该听听自己跑上人行道的声音!听听你进门上锁的声音!你以为你回到家就安全了,以为到了家就不再有危险了,是不是?"

她用一只手僵硬地拿着剪刀,哭了起来。他只能看见剪刀发出的微光,就像有水流过幽暗洞穴的洞壁所反射的光。他听到了她发出的声音。

"不。"他低声说,"你有剪刀。别哭了。"

她的眼泪止不住地流。她一动也不动地站在那里,浑身发抖,头往后靠在门上,开始顺着门向地板滑去。

"别哭了。"他小声说。

"我不喜欢听你哭。"他说,"我受不了。"

他伸出双手摸索着,直到一只手碰到了她的脸颊。他感觉到她的脸颊是湿的,她温暖的呼吸像夏天的飞蛾一样扑到他的手掌。然后,他只说了一句话。

"拉维尼娅,拉维尼娅。"他温和地叫道。

他清楚地记得曾经的那些夜晚,当时他还是个孩子,他们一起玩捉迷藏,不停地跑啊跑啊,藏起来不被人发现。初春的夜晚、温暖的夏夜、夏末的傍晚、初秋的晚上,各家各户的门早早地关上,门廊上空无一人,只有树叶随风飘动。只要还能看到太阳,或者有朦胧的月亮升起,捉迷藏游戏就继续进行。他们的脚踩在绿油油的草地上,就像把软桃和沙果扔在了草地上。寻找者低着脑袋,用手抱头数数,他的声音飘入黑夜之中:五、十、十五、二十、二十五、三十、三十五、四十、四十五、五十……丢苹果的声音消失了,孩子们都安全地躲在树下、格栅门廊下,聪明的狗子不会摇晃尾巴,泄露他们的行藏。计数还在继续:八十五、九十、九十五、一百!

准备好了吗,我来了!

寻找者开始在无人活动的小镇里寻找隐藏者,隐藏者用手捂着嘴,不发出笑声,就像把珍贵的六月草莓一直含在嘴里。高大榆树下最轻微的心跳声,狗狗的眼睛向灌木丛的一瞥,或是寻找者走过却没看到有人藏在深深的暗影中,隐藏者见状忍不住发出的银铃般的笑声,都可以引导寻找者去寻找……

他走进这所安静的房子的浴室,想着这一切,记忆汹涌澎湃,是那么清晰,就像心灵的瀑布从陡峭的悬崖上倾泻下来,不断地落向他的脑海深处。

老天,他们觉得自己多么神秘,多么高大,他们藏得很好,阴影爱护他们,保护他们,他们不禁暗自得意。他们汗流浃背,像神像一样蜷缩着,以为可以永远躲起来!而愚蠢的寻找者却向着失败一路狂奔,不可避免地遭遇挫败。

有时,寻找者会停在你藏身的树前,抬头盯着你蜷缩的温暖的侧厅,或是藏身的巨大的无色窗玻璃蝙蝠翼天线辐射器,他会说:"我看见你了!"

但你没有发出半点儿声响。"你就在上面呢。"可是你什么也没说。"下来吧!"你一句话也不说,只是露出柴郡猫似的微笑。下面的寻找者不由得满心疑问。"你在吗?"寻找者后退几步,转身离开。"啊,我知道你在上面!"没人回答。只有那棵树矗立在黑夜里,一片片树叶静静地摇动着。寻找者身在黑暗中,却害怕黑暗,便连忙跑开,去玩比较容易、比较有把握的游戏。"算了!"

他在浴室里洗手,不禁琢磨自己为什么要洗手。时间的纹理又把沙漏里的沙子吸了回去,一年就这么过去了……

他想起,有时他玩捉迷藏,他们根本找不到他,他也不会让他们找到他。他一句话也不说,就这么在苹果树上藏很久,仿佛变成了一个白瓤的苹果。他在栗树上逗留很长时间,好像他也拥有了秋天的栗子所具有的硬度和棕色的光泽。老天,让别人找不到,你会感觉自己是那么强大、那么巨大,最后,你的手臂长出枝杈,向四面八方伸展,被星星和月亮潮汐牵引,直到你的秘密包围了小镇,用你的同情和宽容养育着它。你可以在暗中做任何事。只要你愿意,你就能做到。坐在人行道的上方,看着人们从下面经过,他们却不知道你在那里,你甚至可以伸出一只胳膊,用你那五足蜘蛛般的手拂过他们的鼻子,把恐惧注入他们的思想,如此一来,你会感觉自己非常厉害。

他洗完手,用毛巾擦了擦。

但游戏总有结束的时候。当寻找者找到了所有其他的隐藏者,这些隐藏者就变成了寻找者,他们分散开来,呼唤着你的名字,寻找你,这让你变得多么强大和重要。

"嘿,嘿!你在哪儿?出来吧,游戏结束了!"

但你保持不动,没有出去,即使他们都聚集在你藏身的树下看着,或者以为看见你站在树顶,对你大喊大叫。"下来吧!别玩了!嘿!我们看到你了。我们知道你在那儿!"

即使在那样的时候,他也没有回答……不到最后关头,你是不会回答的。但这时,可怕的事发生了。在很远的地方,也就是一个街区之外,银笛的尖啸声响起,母亲开始呼唤你的名字,笛声又响了。"九点了!"她的声音哀号着,"九点了!快回家!"

但你一直等到其他孩子都走了,才小心翼翼地展开身体,放弃温暖的藏身之地,放弃你的秘密,你在拐角处避开灯光,独自跑回家,隐秘在黑暗和阴影中,你喘着粗气,让你的心安静地跳动,不让别人听到,就算有人听到了动静,也只会认为那是夜里的风吹动干叶发出的沙沙声。你妈妈站在那里,纱门大开着……

他用毛巾擦完手,站了一会儿,回想起过去两年在镇里的日子。旧时的游戏还在继续,不过只有他一个人在玩,那些孩子都不见了,他们已然长大,都人过中年,成家立业,但现在也像以前一样,他是唯一一个坚持到最后的隐藏者,全镇的人都在寻找,却没有找到,只好回家锁上了门。

但是在今天晚上,在现在的许多个夜晚,他都能听到那个古老的声音从很久之前传来,银哨子的哨声不停地响着。这肯定不是鸟儿在晚上的鸣叫,因为他对每一种声音都很熟悉。哨声响个不停,一个声音说:九点了,该回家了,虽然早就过了午夜十二点。他听着。是银哨的哨声不会错。他的母亲多年前已经去世了,可正是因为她脾气火爆,唠叨不休,他的父亲才会死得那么早。"做这个,做那个,做这个,做那个,做这个,做那个……"就像坏了的唱片,一遍又一遍地播放着同样的噼啪声,她的声音,她的节奏,不断地重复着。

清晰的银哨声响起,捉迷藏游戏结束了。再也不能在镇上走,站在树和灌木丛后面,在茂密的树叶之间微笑了。他的潜意识在发挥作用。他的脚在走,他的手在动,他知道现在必须做的一切。

他的手不属于他。

他扯下外衣上的一颗扣子,让它落在漆黑的房间里。扣子似乎始终未曾触底。它向下飘落。他等待着。

它似乎将一直滚动下去。但最后,它总算停了下来。

他的手并不属于他。

他拿起烟斗,扔进房间深处。他不等烟斗消失,就悄悄地穿过厨房,把头探出敞开的窗户,去看他在那里留下的脚印。窗边挂着白色的窗帘,有风吹来,将窗帘掀起。他是寻找者,现在他就在寻找,他不是需要躲藏的躲藏者。他是一个安静的寻找者,寻找、筛选、整理,现在那些脚印对他来说就像史前时代的东西一样陌生。它们是在一百万年前,由另一个人出于其他目的制造出来的。它们根本不是他的一部分。月光下,脚印看起来是那么分明,他惊叹于它们的深度和形状。他伸出手,似乎要去触摸它们，仿佛它们是伟大而美丽的考古发现！他走开，穿过房间，还从裤口撕下一块布料，像吹飞蛾一样把衣料从摊开的手掌上吹掉。

他的手不再是他的手，他的身体亦不再是他的身体。

他打开前门走出去，在门廊栏杆上坐了一会儿。他拿起水杯，喝光了剩下的柠檬水，放了一晚上，柠檬水都变温了。他的手指紧紧地握着杯子，非常紧，非常紧，片刻后，他把杯子放在了栏杆上。

银笛！

是的，他想。来了，来了。

银笛！

是的，他想。九点了。该回家了，该回家了。九点了。该学习了，喝牛奶，吃全麦饼干，躺在白色清凉的床上，该回家了，该回家了。九点了，银笛响了。

他立刻走出门廊，轻轻地跑了起来，他的呼吸没有变得粗重，心跳也没有加快，就像夜晚时分，一个人光着脚在树叶、六月的绿色草地上奔跑，周围暗影重重，他可以一直跑下去，远离那栋沉寂的房子，穿过街道，跑进峡谷之中……

他把门推开，走进了猫头鹰餐车，这节长长的火车车厢脱离了轨道，被安置在镇中心，孤独，静止不动。餐车里空无一人。在柜台的另一端，服务员抬头看了一眼，门关上了，顾客沿着一排空的旋转座位走了过去。店员从嘴里拿出牙签。

"汤姆·狄龙，你这个讨厌鬼！这么晚了，你怎么还不睡，汤姆？"

汤姆·狄龙没看菜单，直接点了餐。在等待食物的过程中，他往墙上的电话里放了一枚五分镍币,播了号码,轻声说了什么。他挂了电话,回来坐下,仔细听着。六十秒后,他和店员听到警笛以每小时五十英里的速度呼啸而过。"见鬼!"店员说,"去抓他们吧,伙计们!"

他拿出一大杯牛奶和一盘六块新鲜的全麦饼干。

汤姆·狄龙在那儿坐了很久,偷偷地低头看着他的破裤脚和沾满泥的鞋子。餐车里的灯光很亮,他觉得自己在舞台上。他把一高杯冰凉的牛奶拿在手里,小口喝着,他闭着眼睛,咀嚼着香甜的全麦饼干,感受着饼干在他嘴里散开,覆盖住他的舌头。

"你觉得这算不算丰盛的一餐?"他平静地问。

"我觉得非常丰盛。"店员笑着说。

汤姆·狄龙全神贯注地嚼着另一块饼干,品尝着饼干的滋味。只是时间问题而已,他想。耐心等吧。

"还要牛奶吗?"

"是的。"汤姆说。

他带着不变的兴致,怀着他这一生中最纯粹、最警觉的注意力,看着白色奶盒倾斜,闪烁着微光,雪白的牛奶流出,冰凉而温顺,发出奔流泉水一般的哗哗声,杯中的牛奶越来越多,到了杯子的边缘,满溢出来……

笑面人

刊于《诡丽幻谭》(Weird Tales)
1946 年 5 月

这所房子最引人注目之处，是它的寂静。格里平先生走进前门，门在他身后悄无声息地开关，如同一场梦来了又走。门上装了橡胶垫，折页涂了润滑油，因此，门一开一合，显得缓慢而不真实。门厅里的双层地毯是他刚刚铺好的，他走在上面，不会发出一点儿声响。深夜狂风来袭，屋檐没有咯咯作响，窗框也没有不停地颤动。他亲自检查了防风窗。纱门连接着崭新的挂钩，非常结实。火炉没有发出叮当声，一直在悄无声息地将热气输送到供暖系统的喉道。他站在那里，热风吹动他的裤管，在这个寒冷的下午为他送去温暖。

他用自己一对小小的耳朵衡量这份寂静，随即满意地点了点头，屋内的安静是如此统一、如此完美。曾经，一些夜晚，老鼠在壁面层之间爬来爬去，落入了放诱饵的陷阱，还吃下了有毒的食物，后来，墙壁之间便不再有动静。连落地大钟也停止了，黄铜钟摆在棺材一样的雪松木长玻璃钟壳里闪闪发光。

他们在餐厅里等他。

他听着。他们没有发出任何声音。很好。太棒了。他们学会了保持沉默。你必须费神去教人们，但付出是值得的：餐桌上没有刀叉的碰撞声。他脱下厚厚的灰色手套，挂起冰冷的大衣，焦急而犹豫不决地站在那里，琢磨着该怎么办。

格里平先生带着一贯的自信走进餐厅，动作非常简洁，有四个人坐在桌旁等候，一动不动，一句话也不说。唯一的声音是他的鞋子踏在厚地毯上，发出的很轻的沙沙声。

他像往常一样，出于本能地盯着坐在桌首的女士。从她身边经过时，他在她脸颊边挥了挥手指。她没有眨眼。

罗丝姨妈稳稳地坐在餐桌的主位上，如果有一粒尘埃从天花板轻轻飘下来，她的眼睛会注意到它的轨迹吗？她的眼睛是否像玻璃一样，在眼窝里转动，闪动着冰冷的光芒？如果尘埃落在她那湿润的眼皮上，她的眼睛也会发胀吗？她的肌肉会不会紧绷，睫毛会不会合上？

不。

罗丝姨妈的手搁在桌子上，像一副刀叉，既珍贵又精致，却也显得古老，失去了光泽。她的胸部藏在蓬松的亚麻布里。

她穿着系扣长靴和裙子，麻秆一样的腿放在桌下。感觉好像她的腿只到裙摆处，往上的部分就跟百货商店里的假人一样是用蜡做成的，她的动作冷冰冰的，对人的热情和反应，都与人体模型差不多。

罗丝姨妈瞪着格里平。格里平忍住笑意，嘲弄地拍了拍手，她的上唇已经落了尘埃，就跟长了胡子一样。

他亲切地说："晚上好，罗丝姨妈。"他说着又鞠了一躬："晚上好，迪米蒂姨父。"他举起一只手："不，不要说话。你们谁也不许说一个字。"他又鞠了一躬："晚上好，莱拉表妹，还有你，山姆表弟。"

莱拉坐在他的左边,她的头发就像经过车床加工的黄铜管上的金色碎屑。山姆坐在她对面,他的头发乱七八糟。

他们都很年轻,他十四岁,她十六岁。他们的父亲迪米蒂姨父(但"父亲"是一个讨厌的词!)坐在莱拉旁边,很久以来,他一直坐在这个次要位置上,因为罗丝姨妈说,风从窗户吹进来,他若坐在桌首,脖子可能会受风。啊,罗丝姨妈!

格里平先生把椅子拉到他那穿着紧身衣的小屁股下面,随意地把胳膊肘搭在亚麻桌罩上。

"我有话要说。"他说,"我要说的事非常重要。已经好几个礼拜了,不能再这么下去了。我恋爱了。我早就告诉过你们了。那天我把你们都逗笑了,还记得吗?"

四个人坐在那里,他们的眼睛没有眨,他们的手也没有动。

格里平开始回想过去。他把他们逗笑的那天是两个礼拜之前。他回到家,走进屋,看着他们说:"我要结婚了!"

他们猛地转过身,脸上的表情好像窗户被人打破了。

"你要做什么?"罗丝姨妈叫道。

"我要和爱丽丝·简·巴拉德结婚了!"格里平说道。他的身体有点儿僵硬。

"恭喜你。"迪米蒂姨父说。"我想是该恭喜你。"他看着妻子补充道。他清了清嗓子。"但是,现在结婚是不是有点儿早,孩子?"他又看了看妻子,"是的。是的,我觉得有点儿早。我不建议你现在这样做,暂时还不是时候。"

"这房子太烂了。"罗丝姨妈说,"要一年才能修好。"

"你去年和前年也是这么说的。不管怎么说,这都是我的房子。"格里平直截了当地说。

罗丝姨妈听了这话，下巴都绷紧了。"这么多年了，现在你要把我们撵出去了，我……"

"没人赶你们走，别犯傻了。"格里平气愤地说。

"好了，罗丝……"迪米蒂姨夫有气无力地说。

罗丝姨妈把手放下来。"我付出了那么多……"

就在那一瞬间，格里平知道他必须让他们离开。他得先让他们安静下来，再让他们微笑，然后他会把他们像行李一样搬出去。他才不会带爱丽丝·简来这样一个叫人不舒服的地方，在这个家里，无论你走到哪里，罗丝姨妈都会跟着你，哪怕她本人并不在你身后，她那两个孩子只要接到母亲的一个眼神，就会对你大加侮辱，而迪米蒂姨父则跟她的第三个孩子差不多，还总是劝格里平做个单身汉。格里平盯着他们。他的爱和他的生活全都偏离了正轨，这都是他们的错。如果他能对他们做点儿什么，他那些温暖而明媚的梦就将不再是梦，他将可以触摸到梦中柔软的身体，感受到因为爱而渗出的焦急的汗水。那样一来，他就可以独享整座房子，还可以拥有爱丽丝·简。是的，爱丽丝·简。

他们必须离开，而且要快。如果他像平时那样叫他们走，那很可能二十年过去了，罗丝姨妈还在收拾被太阳晒得发白的香包和爱迪生牌留声机。等不到那个时候，爱丽丝·简说不定就已经搬走了。

格里平拿起切肉刀，看着他们。

格里平身心俱疲，脑袋突然向下一沉。

他猛地睁开眼睛。怎么回事？他想着想着竟然打起了瞌睡。

那一切都是两周前发生的。就在两星期前的那个晚上，发生了关于结婚、搬家以及爱丽丝·简的谈话。他让他们笑了。

现在，他从沉思中清醒过来，对着身边那几个沉默不语、一动不动的人微微一笑。他们对他回以微笑，那样子特别讨喜。

"我恨你，你这个老女人。"他直截了当地对罗丝姨妈说，"要是在两周前，我可不敢这么说。今晚，啊，好吧……"他转过身来，声音有些放松，"迪米蒂姨父，让我给你一点儿忠告，你这个老家伙……"

他说了几句话，便拿起勺子，假装吃着空盘子里的桃子。他已经在镇中心的一家自助餐厅里吃过饭了，他吃的是猪肉、土豆、苹果派、四季豆、甜菜和土豆沙拉。但现在他做着吃甜点的动作，因为他喜欢这个小动作。他假装在嚼东西。

"所以今晚你们终于要彻彻底底地搬出去了。我已经等了两个礼拜了，我把事情又想了一遍。从某种程度上说，我让你们在这里住这么久，是因为我想盯着你们。你们一走，我就不敢肯定……"说到这里，他的眼睛里闪着恐惧的光芒，"你们很可能会在晚上鬼鬼祟祟地走来走去，制造噪声，那我可受不了。这所房子里不能有任何噪声，即使爱丽丝搬进来以后也不行……"

双层地毯很厚，踩在上面无声无息，让人感到安心。

"爱丽丝想后天搬进来。我们要结婚了。"

罗丝姨妈充满疑惑，眨了眨眼，恶狠狠地看着他。

"啊！"他大叫着跳起来，瞪大了眼睛，又倒在椅子上，他的嘴巴抽动着。他放松下来，哈哈笑了两声。"我看到了，原来是一只苍蝇。"他看着那只苍蝇慢悠悠地在罗丝姨妈那象牙色的面颊上爬着，随即飞走了。那只苍蝇为什么偏在这个时刻飞过来，让她看起来像是在眨眼，传递出怀疑的眼神。"你觉得我并没有要结婚,是吗,罗丝姨妈?你以为我不能结婚,不能恋爱,不能承担爱情的责任吗?你觉得我不成熟,不能应付一个女人和她的生活方式吗?你以为我只是个爱做白日梦的孩子吗?很好!"他摇了摇头,努力使自己平静下来,"伙计,伙计。"他自言自语道,"那只不过是一只苍蝇,苍蝇会对爱情产生怀疑吗,还是你们变成了苍蝇,还眨了眨眼?该死的!"他指着那四个人。

"我去把炉子里的火烧旺点。一小时后我就会把你们从房子里彻底赶出去。你们明白吗?很好。我看你们清楚得很。"

外面下起雨来,一阵冰冷的细雨把屋子淋得透湿。格里平的脸上露出了愤怒的神色。淅淅沥沥的雨声是他唯一无法阻止、无法控制的声音。就算买新的折页、润滑剂或者挂钩,也不能消灭雨声。可以在屋顶上遮一块布来缓和雨声,对吗?这有点儿离谱了。不。没有办法阻止雨声。

他现在需要安静,他一生中还从未如此渴望过安静。每一种声音都令人恐惧,他必须消除所有声音。

稀里哗啦的雨声就像一个不耐烦的人用指关节敲打着桌面。他又陷入了回忆之中。

他记起了剩下的事。在两个礼拜前他让他们微笑的那天,接下来的情形,他都记起来了……

他拿起切肉刀,准备把桌上的那只鸡切开。像往常一样,全家人聚在一起,脸上都带着严肃拘谨的表情。如果孩子们笑了,他们的笑容就会像讨厌的虫子一样被罗丝姨妈踩在脚下。

格里平切鸡的时候,罗丝姨妈批评他胳膊肘的角度不对。她还让他明白,那把刀不够锋利。是的,那把刀不够锋利。在他的记忆中,他停了下来,翻了翻眼睛,笑了。他尽职尽责地把刀子在磨刀棒上蹭了蹭，又开始切鸡。

他把鸡肉切开，缓缓地抬头看着他们那严肃的脸，他们的脸就像长着玛瑙眼睛的布丁。他盯着他们看了一会儿，仿佛发现了一个裸体女人，而不是裸露的山鹑肉，他举起刀，嘶哑地叫道："你们为什么就不能笑一笑呢？我会让你笑的！"

他像魔术师举起魔杖一样，举了几次刀。

有那么一瞬间……看！他们都在微笑！

他把记忆撕成两半，揉成一团，扔了下去，随即轻快地站起身来，朝门厅走去，他穿过门厅来到厨房，从那里走下昏暗的楼梯，来到地窖，他打开炉门，熟练而平稳地生起炉火，美妙的火焰蹿了起来。

他又走上楼，环顾四周。他会让清洁工来打扫空荡的房子，让装修工人重新装饰，撤下色彩暗淡的窗帘，挂上闪闪发光的新窗帘。他要买来全新的厚地毯铺在地上，那样他就能得到他想要的安静，即便不是未来一整年，他至少在接下来的一个月里都需要安静。

他把手放在脸上。如果爱丽丝·简在房子里走动时发出了声音呢？如果她在某些地方，以某种方式，制造出了某种声音呢！

他笑了。这真是个笑话。问题已经解决了。是的，已经解决了。他不需要害怕爱丽丝·简发出的声音。太简单了。他将拥有爱丽丝·简带来的所有乐趣，而那些分心的事和不便之处都会远离，他的梦想不会遭到破坏。

要保持安静，还有件事需要办好。门经常被风吹得砰一声关上，他要在门的顶部安装压缩空气制动器，就像图书馆大门上装的一样，当控制杆密封，大门只会发出轻轻的嘶嘶声。

他穿过餐厅。那四个人始终没有动。他们的手仍然在熟悉的位置上，他们对他的冷淡并非出于无礼。

他走上门厅楼梯去换衣服，准备将那家人弄出去。他解开精致袖口上的扣子，把头扭到一边。有音乐声。起初他并没注意到。他的脸慢慢地转向了天花板，脸颊失去了血色。

在房子的顶端，音乐开始了，一个音符接着一个音符，他吓坏了。

每一个音符都像拨动一根竖琴琴弦发出的乐声。在一片沉寂中，这小小的声音变得越来越大，最后异常响亮，在寂静中延伸开来，有了狂热的色彩。

他猛地打开门，他的脚踏上台阶，他向房子的第三层奔去，他的手抓紧、放松、向上伸、拉动，楼梯扶手在他的手下就如同一条光滑的长蛇！他脚下的台阶变得更长、更高、更黑。他一开始走得很慢，脚下磕磕绊绊，现在他全速奔跑，即便突然出现一堵墙，他也不会停下，除非他看见墙上染了自己的血，在他试图通过的地方留下他指甲的抓痕。

他觉得自己就像一只老鼠在一个巨大干净的钟里奔跑。在那个钟里，一根竖琴琴弦正在发出连续低沉的声音。那声音吸引着他，用一种脐带般的声音抓住了他，让他的恐惧有了食物和生命，像母亲一样照顾他。恐惧在母亲和摸索而行的孩子之间传递。他试图用手切断这种联系，但做不到。他觉得好像有人在使劲拉他。

琴弦又被拨动了，接连不断。

"不，保持安静。"他喊道，"我的房子里不能有噪声。两周前就没有了。我说过不会再有噪声了。这不可能，不可能！保持安静!"

他猛地冲进阁楼。

歇斯底里也是一种解脱。

泪珠从屋顶的通风孔坠下,落在高高的瑞典雕花花瓶上,发出响亮的声音。

他脚步一闪,得意扬扬地打碎了花瓶!

他在自己的房间里挑出一件旧衬衫和一条旧裤子穿上,咯咯地笑了起来。那音乐声消失了,通风口也堵上了,寂静再次包围了整栋房子。沉寂连成了片。所有的沉寂都有自己的特点。比如夏夜的沉寂,那并不是悄无声息,而是一层又一层的昆虫合唱,以及电弧灯在荒凉的乡村街道上孤独地摇曳时发出的动静,电弧灯形成微弱的光圈,照亮了黑夜。想要夏夜的寂静,就需要听者的怠惰、忽视和冷漠。那根本不是沉寂!又比如冬天的沉寂,但那是棺材里才有的沉寂,准备在春天的迹象一到来就爆发而出,夹杂着一种压缩感,一种短暂的感觉,寂静本身发出了声音。寒冷是如此彻底,使得一切都发出了鸣响,也让呼吸或说话声在午夜钻石般的空气中发出爆炸声。不,这不是名副其实的沉默。这是两个恋人之间的沉默,不需要言语。他的脸颊上泛起了血色,他闭上了眼睛。那是最令人愉快的沉默,和爱丽丝·简在一起时,能有这种完美的沉默。他已经做到了。一切都很完美。

有人在窃窃私语。

他希望邻居们没有听到他像个傻瓜一样尖叫。

有人在窃窃私语。

有人在低声说着沉寂。最好的沉寂是由一个人——也就是他自己——从各个方面构思出来的,如此便不会有水晶爆裂的声音,也不会有电虫般的嗡嗡声,人类的头脑能够应付每一种声音,每一种紧急情况,直到完全的寂静得以实现,你才能听到你的细胞在你手中调整。

有人在窃窃私语。

他摇了摇头。没有窃窃私语的声音。他家里不可能有。他的身体开始冒汗,出现了轻微且不易察觉的颤抖,他的下巴松了,他开始翻白眼。

有人在窃窃私语,像是有人在低声说着流言。

"我告诉你,我要结婚了。"他说,他很虚弱,整个人松松垮垮的。

"你在撒谎。"那个窃窃私语的声音说道。

他的头向前耷拉着,下巴贴着胸口。

"她的名字叫爱丽丝·简·巴拉德……"他用柔软湿润的嘴唇说道,说出的话模糊不清。他的一只眼皮开始上下抖动,好像在眨着眼睛向某个看不见的客人传达一条信息。"你不能阻止我爱她,我爱她……"

有人在窃窃私语。

他盲目地向前迈了一步。

他走到换气扇的地面回风口,他的裤腿抖动起来。一阵热气随着他的裤腿往上升。有人在窃窃私语。

是火炉。

他刚走到楼梯的一半,就听到有人敲前门。他靠在前门上。"是谁?"

"格里平先生吗?"

格里平吸了一口气:"是我。"

"能让我们进去吗?"

"你们是谁?"

"警察。"门外的人说。

"我正准备坐下来吃晚饭,你有什么事?"

"只是想和你谈谈。邻居们打电话说有两个礼拜没见过你的姨妈和姨父了。前一阵子听到有声音……"

"我向你保证一切都好。"他勉强笑了起来。

"好吧。"外面的声音继续说,"你把门打开,我们可以友好地谈一谈。"

"对不起。"格里平坚持道,"我又累又饿,你明天再来吧。如果你希望找我谈,那到时再说。"

"我坚持现在谈,格里平先生。"

他们继续敲门。

格里平身体僵硬,他机械地转过身来,径直走过门厅,从旧座钟旁边走进餐厅,一句话也没说。他坐了下来,没有看任何人,他开始说话,起初说得很慢,后来加快了语速。

"门口来了一些害虫。你会跟他们谈谈的,对吧,罗丝姨妈?我们正吃晚饭呢,你会叫他们走开的,对吧?其他人继续吃,拿出愉快的样子来。他们进来看看,就会走了。罗丝姨妈,你会和他们谈谈的,是吗?现在事情发生了,我有话要和你说。"几滴滚烫的眼泪无缘无故地从他眼里掉落下来。他看着泪珠落在白色的亚麻桌布上,浸透布料,消失不见了。"我不认识叫爱丽丝·简·巴拉德的人。我从不认识这样一个人。我不认识。我说我爱她,想和她结婚,就是为了让你们开心。是的,我这么说是因为我想让你们笑一笑,这是唯一的理由。我这辈子都不会有女人,多年来我一直都知道我不会有。罗丝姨妈,请把土豆递给我好吗?"

前门被人撞开倒在地上。门厅里传来了一阵沉重的脚步声,随即有人闯进餐厅。

警察看到眼前的情景,不禁犹豫起来。

巡警急忙摘下警帽。

"请原谅。"他道歉,"我不是有意打扰你们吃晚饭的,我……"

警察突然住了口,他们破门而入的动作震动了整个房间。罗丝姨妈和迪米蒂姨父倒在了地毯上,他们躺在那里,自一只耳朵到另一只耳朵,他们的喉咙被人割断,形成半月形状。这让人产生了一种可怕的错觉,不管是他们,还是两个坐在桌边的孩子,他们的下巴下面都形成了一抹微笑,他们在用这样参差不齐的笑容欢迎迟来的客人,带着一脸怪相向他们讲述发生的一切……

碗底的蜡果

刊于《侦探书》(*Detective Book Magazine*)
1949年春季刊，曾用名《一触即发》

　　威廉·阿克顿站了起来。壁炉架上的钟当的一声，零点了。
　　他先是盯着自己的手指，目光继而扫过偌大的房间，最后停在地板的男尸上。威廉·阿克顿，他的手指敲打过打字机的按键，挑起过激情的烈焰，也在晨间煎过火腿和鸡蛋，而正是这十个有着圆滑螺纹的手指，刚刚实施了一场谋杀。
　　他从来不认为自己懂雕刻，然而此刻他看到了指缝下抛光实木地板上的尸体，他才发现自己像在雕刻一样，揉捏、重塑、扭曲着这具叫唐纳德·赫胥黎的人体黏土，完全改变了身体本来的模样。
　　他手指一扭，就掐灭了赫胥黎眼里凶狠的光，眼窝里徒留一双冰冷的死鱼般的眼睛。那两片总是粉色饱满的唇现在大张着，露出了和马如出一辙的牙齿：发黄的门牙，染上了尼古丁污渍的犬齿，镶金的白齿。原本健康的鼻子和耳朵现在也呈现出斑点，失去了颜色，变得苍白起来。平生第一次，赫胥黎在地上摊开双手不是为了责骂，而是在祈祷。
　　是的，这么描述很有艺术气息。总的来说，死亡也让赫胥黎得到了解脱。至少他变得没那么难缠了。现在你可以和他讲道理了,而他必须听从。

威廉·阿克顿盯着自己的手指。

事已至此,再无回转之机。有没有人听见了什么?

他侧耳听着,夜晚街道的车流声还清晰可闻。没人来敲门,没人用肩膀冲撞大门,也没人大声喊着要进来。这桩谋杀将温热的人体雕刻成冰冷的泥塑,但无人知晓。

怎么办?午夜的钟已经敲响。他的每根神经都叫嚣着要夺门而出,跑啊,冲啊,逃啊,不要回头,找艘船,拦辆的士,随便怎么都好,赶紧离开这里!

他双手在眼前重复地晃动着,翻转着,盘旋着。

他扭动手指,缓慢地审视着它们:好轻柔的一双手。为什么我要这样死死地盯着它们?他问自己。在成功地掐死一个人后,这双手有什么好看的,何必还要仔细观察每一处纹路?

这不过是一双普通的手。不算宽厚,也不算纤细;不算太大,也不算太小;毛发不多,但也不少;没有精心护理过,但也不脏;不太柔软,也不太粗糙;没什么皱纹,但也不光滑;不算罪该万死,但也绝不无辜。他似乎想在手中看出个奇迹来。

他感兴趣的不是手,也不是手指。在长到令人麻木的时间里,他终于开始对这双刚实施暴力的手的指尖产生了兴致。这时,壁炉架上的钟又敲响了。

阿克顿在赫胥黎的尸体旁跪下,从赫胥黎的口袋里抽出一条手帕,开始有条不紊地擦拭他的喉咙。他使劲地搓揉、按摩和擦拭赫胥黎的喉咙、脸和后颈。随后他站了起来,看了看那片喉咙,又看了看抛光地板。他缓慢地弯下腰,用手帕蹭了几下地板,又皱起了眉,开始擦拭起来。他先擦尸体头部周围的地板,再擦手臂周围的地板,接着围绕整个尸体,开始一尺一尺地往外抛光。然后,他……停住了。

有这么一瞬间,他环顾整个房子,看到了敞亮的大厅、雕花大门和华丽的家具,还仿佛一字不漏地听到了一个小时前他和赫胥黎的对话。

一根手指按在了赫胥黎家的门铃上。门开了。

"噢!"赫胥黎惊讶道,"是你啊,阿克顿。"

"我老婆呢,赫胥黎?"

"你觉得我们这样聊合适吗?别杵在这儿了,傻瓜,要谈正事就得进来。绕过那扇门,对,进书房里去。"

阿克顿的手刚碰到书房的门。

"要来点儿酒吗?"

"要。莉莉居然死了,我简直不敢相信,她……"

"那里有瓶勃艮第红酒,阿克顿。你介意从橱柜上把酒拿下来吗?"

好,拿出酒,捧稳了。他都照做了。

"这里有几本很有意思的书,阿克顿,摸摸这个封皮,感受一下。"

"我来不是为了看书的,我……"

他依言摸了摸书,摸了摸书桌,摸了摸勃艮第酒瓶和酒杯。

如今,阿克顿一动不动地蹲在赫胥黎的尸体旁,手里拿着擦拭尸体的手帕,盯着这间房子、周围的墙面和家具,突然瞪大双眼,张开嘴巴,被脑中闪过的念头惊呆了。他用力地闭了闭眼睛,垂下脑袋,咬着下唇,用力地摩挲、揉捏着手帕,努力稳住心神。

到处都是他的指纹,到处都是!

"你介意拿一拿那瓶勃艮第红酒吗,阿克顿?小心点儿,只用手指?我太累了,你会体谅的吧?"

手套。

在下一个动作之前,在擦另一块地方之前,他必须戴上手套,不然他可能在消灭证据时留下更多证据。

他把手插入口袋,穿过房子,走到大厅的伞架和帽架旁,赫胥黎的外套就挂在上面。他探入外套的口袋。

没有手套。

他又一次把手揣进口袋,冷静地快步走上楼,不容许自己表现出半点儿慌乱。一开始没戴手套就是个错误(毕竟他不是蓄意谋杀,即便他潜意识里知道自己会行差踏错,但也没有想过在天亮前准备手套),所以他现在必须为自己的疏忽付出代价了。这间房子的某个角落里肯定有手套。他得抓紧时间了,随时可能有人上门来找赫胥黎,哪怕是凌晨时分。他那些财大气粗的伙伴们总是喝得醉醺醺的,进进出出,咋咋呼呼,招呼都不多打一声。最晚今早六点,这些朋友就会出现在外头,接赫胥黎去机场,飞往墨西哥城……

阿克顿快步上楼,用手帕裹着手,翻找着抽屉。他拉开了六个房间里的七八十个抽屉,放任它们敞开着,继续不停地翻找。没找到手套,他感觉自己仿佛赤身裸体一样,什么都做不了。但如果他把整间屋子翻了个底朝天,再用手帕擦拭过每一个可能隐藏着指纹的角落,那他也很有可能不小心碰撞到墙壁,在上面留下一个微小的、却足以改变他命运的痕迹!这不就是变相地承认自己是杀人凶手吗?就像以前那些蜡制印章,人们捣鼓着纸莎草,往上挥洒墨水,再覆以沙子,等墨水干化后把印章往深红的脂油里沾一沾,在页面底部戳一个章。假如他在现场留下了一枚指纹！这无异于盖了章。

继续翻！安静点儿、耐心点儿、细致点儿，他叮嘱自己。

终于，在翻到第八十五个抽屉时，他找到了手套。"老天！"他用力捶了捶桌子，叹道。他戴上手套，举起手来，骄傲地调整着，往下拽了拽。这双灰色的手套那么软、那么厚，仿佛坚不可摧。他现在想做什么都行了，也不会留下痕迹。他对着卧室的镜子用指头搓了一下鼻头，啧啧嘴，舔了舔牙齿。

"不！"阿克顿突然惊叫出声。

这是个精心设计的计划。

赫胥黎是故意摔倒的！天，这个坏心眼的男人！他拽着阿克顿一起重重地倒在实木地板上，两人滚到一起，扭打着，地板上乱七八糟地覆满了他们的指纹！赫胥黎翻身躲开了一点儿，阿克顿紧追着爬过去，卡住他的脖子用力掐，直到他的最后一口气息像管子里的烟雾一样流失出来。

戴上手套后，威廉·阿克顿回到了房间，跪在地板上，开始卖力地擦拭着每一寸污染了的地方。他一点点地擦啊擦、擦啊擦，直到在地面上看到了自己专注的、汗湿了的脸。他又走到桌子前，开始沿着坚实的桌腿往桌梁上擦，一直擦到桌面上。他来到一碗蜡果前，擦拭了银碗，还把最上面的蜡果一个个拿起来擦干净，却没有擦碗底的蜡果。

"我确定我没碰过它们。"他思忖道。

擦完桌子，他看向了桌子上方的画框。

"我确定我没碰过画。"他想。

他定定地看着画。

他转头看向房内的门。他今晚开过哪几扇门？忘记了。那就全部都擦一遍吧。他先擦了一遍所有的门把手，再从头到脚地擦每一扇门的门身,半点儿地方也不遗漏。随后他开始着手处理房间里的家具,开始擦椅子的扶手。

"你坐的这张椅子,阿克顿,可是路易十四时代的古董,摸摸那料子。"赫胥黎说。

"我可不是来和你讨论家具的,赫胥黎,我是来找莉莉的。"

"哎,别闹了,你那么上心干吗呢?她不爱你,你又不是不知道。她跟我说明天她要和我一起去墨西哥。"

"你!有点儿臭钱,有古董就了不起了?"

"这把椅子是真不错,阿克顿。难得来了,就摸摸吧。"这样他的指纹就留在布料上了。

"赫胥黎!"威廉·阿克顿盯着尸体,"你知道我会杀了你?你也和我一样有这种预感吗?所以你让我跑遍整间屋子,到处乱摸乱碰,在书本、餐具、门和椅子上留下痕迹?你真有这么聪明,这么可恶?"

他拧干手帕,把椅子擦干。他想起了那具尸体——他还没有用干布擦过。他走过去,翻来覆去地擦拭尸体,甚至还免费地替他擦了擦鞋。擦鞋的时候,他的脸上浮现出一丝忧虑,不一会儿,他又起身,走到桌旁,拿出水果盘底的果子,重新擦了擦。

"好多了。"他低声道,又回到尸体旁。

但当他弯下腰时,他的眼皮不由自主地抽了抽,下巴开始左右移动,他低咒一句,站起身,又走到了桌旁擦起了画框。

擦着擦着,他注意到了旁边的那面墙。

"这也太蠢了。"他说。

"啊!"赫胥黎大叫着挡住阿克顿,推了他一把,两人扭打到一起。阿克顿摔倒了,他扶着墙站起来,又冲向赫胥黎,使劲掐住他的脖颈,直到他没了呼吸。

阿克顿缓缓地转向墙壁,整个人格外镇定从容。之前那些恶毒的话语和可怕的争执已经从他脑海中消逝;他把它们藏了起来。他看向四面墙。

"荒唐!"他咒骂道。

他眼角的余光瞥到了墙上的一个点。

"我不想管了,"他企图分散自己的注意力,"现在马上去下一间房!我会一个一个慢慢来。让我想想:我们在大厅、书房、这个房间、饭厅和厨房待过。"

他身后的墙上有个斑点。

对不对?

他愠怒地转过身,"好吧,好吧,以防万一。"但他没有发现任何斑点。是的,有个小斑点,就在这儿。他轻轻地点上去的。反正不是指纹。他擦掉那个斑点,戴着手套的手挨在墙上。他看着这面墙,上上下下地打量了一番。"不,"他又前前后后地看了一遍,低声道,"太大了。"这面墙有多少英尺?"不管了。"他道。但这回他的眼睛没有注意到,自己的手指仿佛伴随着韵律一般轻点着墙面。

他瞥向自己的手和墙纸,又转头看向另一间房。"我一定要进去擦干净关键的物品。"他告诉自己,但他的手纹丝不动,仿佛要扶着墙才能支撑住自己的身体一样。他的神情严肃起来。

他一言不发,开始上下左右地擦拭墙面,不放过高处,也不忽略低处。

"荒唐,天啊,太荒唐了!"

但你必须要镇定,他这么嘱咐自己。

"是的,必须要镇定。"他答。

先擦完这面墙,再……

他移到另一面墙。

"几点了?"

他看向壁炉钟,一个小时过去了,现在是一点零五分。

门铃响了。

阿克顿僵住了,看看门,又看看钟。看看门,又看看钟。

有人在大声拍门。

一分钟显得漫长无比。阿克顿不敢呼吸。没有摄入新鲜空气,他差点儿要晕厥过去。他的脑中掀起了惊涛骇浪,浪花冷冷地拍在沉重的石块上。

"喂,有人吗?"有人醉醺醺地喊道,"我知道你在里面,赫胥黎!开门,该死的!我是比利,醉得不行啦,赫胥黎,好伙计,我醉得不行啦。"

"快走吧,"阿克顿无声地呻吟,有点儿崩溃了。

"赫胥黎,我听到你呼吸了,你在里面!"外头的醉鬼又喊道。

"是的,我在这里。"阿克顿低声道,他觉得自己近乎要瘫软在冰凉的地板上,"是的。"

"该死的!"醉鬼的声音渐渐消失在迷雾中,脚步声也拖曳着远了。"该死的……"

阿克顿僵了很久,一颗心似乎在他的脑中、紧闭的眼中怦怦跳动。许久,他终于睁开眼,看向前方崭新的墙面,找回了说话的勇气。"真傻,"他道,"这面墙什么都没有,我不会擦它的。快点儿,快点儿,没时间了,过不了几个小时赫胥黎那群狐朋狗友就要闯进来了!"他转过身。

但他用余光瞥见了小小的蜘蛛网。他转身时,小蜘蛛正从木梁里钻出来，小心翼翼地编织着那些几不可见、脆弱无比的网。不是在他左边的墙上，这面墙已经擦干净了，而是在另外三面没擦过的墙上。他一看向蜘蛛，它们就缩回木梁中去，等他一退开，它们就又出来织网了。"这些墙很干净，"他近似低吼道，"我不会擦的！"

他向赫胥黎坐过的一把椅子走去。他拉开抽屉，拿出一个他之前在寻找的物件，一把赫胥黎读书时用的放大镜。他拿起放大镜，不安地走向墙边。

指纹。

"这些指纹不是我的！"他似笑非笑，"我没有摸过墙，我确定我没有！可能是仆人、管家、女仆留下的。"

墙上密密麻麻的全是指纹。

"看看这枚，"他说，"又长又窄，肯定是女人的，我敢打赌。"

"你敢吗？"

"我敢！"

"你确定？"

"我确定！"

"真的？"

"千真万确。"

"千真万确？"

"是的，该死的，是的！"

"干脆擦掉它吧，干吗不擦呢？"

"老天！"

"擦掉这些该死的指纹吧，嗯？阿克顿。"

"还有这枚，这里。"阿克顿冷笑道，"这是一个男人的指纹，那家伙很胖。"

"你确定？"

"别再问了！"他喊道，用力地擦掉那枚指纹。

他摘下手套，在耀眼的灯光下颤抖着举起手。

"蠢货，看！看到涡纹没，我的指纹是这样的！"

"这说明不了什么！"

"哈，行吧！"他抑制不住怒气，又戴上手套，喘着粗气，汗流浃背地上下擦拭，一次次地弯腰、起身，脸庞涨得通红。

他解开外套，放在椅子上。

"两点了。"擦完墙后，他看了眼钟。

他走到水果盘前，拿出放在下面的蜡果，擦干净，又放回去，继而又擦了擦画框。

他抬头看向吊灯，悄悄地攥紧了身侧的十指。

他张开嘴，舔了舔嘴唇，视线移向一旁，又挪回吊灯，随后落到赫胥黎的尸体上，最后又望向垂坠着长串七彩珍珠的水晶吊灯。

他拖来一张椅子，放在吊灯下，一脚踩上去，取下吊灯，然后大笑着用力把椅子踢到角落。还有一面墙没擦，但他冲出了房间。

他来到了饭厅的桌子前。

"来看看我的格里高利餐具，阿克顿。"赫胥黎说。啊，这随意、催眠的音调！

"我没有时间。"阿克顿说，"我要见莉莉……"

"啰唆，快看这精巧的银餐具。"

阿克顿在桌前停下，一盒盒餐具陈列在桌上，他仿佛又一次听见了赫胥黎的声音，想起了自己触摸餐具的场景。

阿克顿擦起了叉子和勺子，还从墙上取下了挂着的牌匾和特制瓷碟。

"这里还有格特鲁德·纳兹勒和奥托·纳兹勒夫妇制作的陶瓷,阿克顿,你熟悉他们的陶瓷作品吗?"

"很精美。"

"拿着,翻过来。看看这纤细的碗身,薄如蛋壳。这可是在转盘上捏出来的火山釉,真不可思议。你慢慢欣赏,我不介意,拿着,看吧!"

阿克顿突然呜咽地抽泣起来。他用力地把陶瓷砸向墙,碎片疯狂地溅洒了一地。

片刻,他颓唐地跪下。每一片碎片都必须找回来。傻子!傻子!傻子!他心中大喊,摇着头,用力眨了眨眼睛,弯腰爬到桌子下。蠢货,每一片,哪怕是小颗粒,也必须找到!他把碎片捡起来。

全部都在这儿了吗?他看着桌上的碎片,低头再次查看桌子、椅子和服务台的下方,最后靠着火柴灯的灯光找到一小块。他小心翼翼地擦拭着每一小块瓷片,仿佛把它们当作绝世珍宝一样。他把所有碎片整齐划一地放在光滑的桌面上。

"多美的瓷器,阿克顿,来啊,拿着。"

他拿出亚麻布,开始擦椅子、桌子、门把手、玻璃窗、窗台、窗帘,还有地板。他走进厨房,喘着粗气,脱下马甲,调整一下手套,擦起了闪闪发亮的银餐具。"我想带你参观我的房子,阿克顿,"赫胥黎说,"来吧……"他擦了所有的器皿、银水龙头、搅拌碗,因为他已经忘了自己碰过什么,没碰过什么了。赫胥黎和他在厨房里徘徊了很久。赫胥黎吹嘘着厨具,掩饰着一个潜在杀手在场引起的紧张,他离刀子那么近,可能就是为了随手能拔出来。他们闲逛了一会儿,摸摸这,摸摸那,他根本不记得都摸了什么，摸了多少。擦完厨房后，他穿过走廊，回到了尸体所在的房间。

他大喊出声。

他忘记擦这间房的第四面墙了！就在他离开的时候，那些小蜘蛛从没擦过的第四面墙上爬到了干净的墙上，又把它们弄脏了！他尖叫一声，墙上、吊灯上、角落里、地板上，无数个小蜘蛛网正晃晃悠悠地悬挂着。讽刺的是，这些小网还没他的手指大！

他正看着，小网已经蔓延到了画框、水果盘、地板和那具尸体上。印迹留在了裁纸刀上、抽屉里、桌面上，到处都是了。

他疯狂地擦着地板。他翻过尸体，一边擦，一边咒骂着。起身后，他走到桌旁，又擦起了碗底的蜡果。然后，他在吊灯下摆了一张椅子，站上去，擦拭着每一簇灯花，把吊灯弄得像水晶铃鼓一样左右摇摆，在半空中倾斜着。接着他从椅子上一跃而下，抓住门把手，跳到其他椅子上，卖力地擦拭高处的墙壁。擦完后，他跑到厨房，抓起一把扫把，清理起天花板上的蜘蛛网。他又擦起盘底的蜡果，清洗了地上的尸体、门把手、银餐具。他看到了大厅的栏杆，顺着栏杆上了楼。

三点了！钟声响起，回荡在每个角落，空气中弥漫着机械的暴力与紧张。楼下还有十二个房间，楼上还有八个。他计算着房间的平方以及每平方需要耗费的时间。一百张椅子，六张沙发，二十七张桌子，六台收音机，还要爬上爬下。他把家具拽离墙边，一边抽泣，一边擦拭上面陈年的灰尘。他摇摇晃晃地扶着栏杆上楼，擦啊、抹啊、揩啊，假如他忽略了一个小地方，就会污染一大片！那一切就都要重头来过了，而现在已经四点了！他的手臂好痛，长时间瞪着，他的眼睛已经肿了，他动作缓慢，两条腿好像不是自己的，脑袋也抬不起来了，两只手只会机械地移动着、擦拭着，一个接一个房间，一个接一个衣橱……

清晨六点，他们发现了他。

在阁楼里。

整间屋子被清理得焕然一新。花瓶像玻璃星星一样闪耀，椅子一尘不染，所有铜器都闪闪发光。地板和栏杆都能倒映出人影来。一切都熠熠生辉！他们在阁楼里发现他时，他正在擦那些旧箱子、旧画框、旧椅子、旧马车、玩具、音乐盒、花瓶、餐具、摇晃木马和满是灰尘的内战硬币。警察走到他身后，用枪对准他时，他已经把一大半阁楼清理干净了。

"搞定！"

阿克顿走出屋门，用手帕擦了擦前门的把手，砰的一声关上了门，仿佛已经大获全胜！

小小的杀手

刊于《一角推理》(*Dime Mystery*)
1946 年 11 月

有人要杀我,这个念头是什么时候产生的,她也不清楚。上个月就有一些微妙的痕迹和可疑的迹象了;像海一样深的情绪在她体内汹涌,她似乎在渴求一片风平浪静的热带水域,能沉浸在里面安身,可是等那片深潮掌控她的身体,才发现水下隐匿着无数怪物,那些巨大的怪物难以捉摸,身体肿胀,长满触手和锋利的鳍,对她穷追不舍。

她漂浮在一个让人歇斯底里的房间里。尖锐的仪器盘旋着,人们戴着白色无菌口罩,七嘴八舌地说着话。

我叫什么?她心想。

我叫爱丽丝·莱伯,是大卫·莱伯的妻子,她想起来了。但这并没有给她半点儿安慰。她现在孤零零的,被一群窃窃私语的白衣怪人围着,又痛又恶心,害怕得很。

我要在他们眼前被杀死了。这些医生、护士却根本不知道。大卫不知道,没人知道,除了我,还有那个小杀手。

我就要死了,但我不能告诉他们。他们会大笑着骂我是疯子,看见凶手后,还会拥抱他,绝不会觉得他应该为我的死负责。我就躺在这里，躺在上帝和人们的面前，垂死挣扎，没人相信我，所有人都怀疑我，用谎言来安慰我，最后一无所知地埋葬我、哀悼我，再去拯救杀我的人。

大卫在哪儿？她迷迷糊糊地想着。在候诊室里一根接一根地抽烟，听着嘀嗒嘀嗒的漫长钟声？

她突然一瞬间汗如雨下，伴随着的还有一声焦灼的啼哭。来了，来了！杀死我吧，她尖叫着。来啊，来啊，但我不会死的，不会！

她的眼前一片空白，那阵剧痛突然远离了。疲惫感和黑暗汹涌而来。噢，老天！她重重地倒了下去，陷入了沉沉的无边无际的空洞之中……

有人踏着轻柔的步子靠近。

远远地传来声音："她睡着了，别打扰她。"

一阵混杂着粗花呢、烟斗和某种剃须液的怪味拂来。大卫站到了她身边，随之而来的还有杰弗斯医生身上干净的香味。

她没有睁开眼睛。"我醒了。"她轻声说道。还没死，还能说话，真是太惊喜、太宽慰了。"爱丽丝。"有人说话了，是大卫。他在合眼的她面前，握着她虚软的手。

你想见那个小杀手吗，大卫？她心想。我听见你说要见他，那我只能向他介绍一下你了。

她睁开眼，大卫就站在她身边。整个房间都变得清晰起来。她无力地抬起手，掀开一侧床帘。那个小杀手正安静地抬眼看着大卫·莱伯，杀手整个人小小的，脸粉扑扑的，还有一双蔚蓝的、深邃的、闪闪发亮的眼睛。

"天哪！"大卫·莱伯叫道，脸上带着大大的笑容，"瞧瞧这个可爱的小家伙!"

大卫·莱伯来接妻儿回家的那天,杰弗斯医生特地等着他,叫他坐在办公室的椅子上,给他点了一支雪茄。他自己挨在桌边,神色严肃地长长吐了一口烟,清了清喉咙,直直地看向大卫·莱伯,说:"你老婆不喜欢自己的孩子,戴夫。"

"什么?!"

"她太不容易了,接下来这一年你要好好地呵护她。我当时没说什么,但她在产房里歇斯底里了。她说了一些很奇怪的话……我不想重复了。我要说的就是,她对孩子没什么感情。现在我来问你几个问题,把这件事理清楚。"他又吸了一口烟,问道,"戴夫,你们想要这个孩子吗?"

"你为什么这么问?"

"这个问题很关键。"

"是的,是的。我们想要这个孩子。我们一起规划过了,就在一年前,爱丽丝很开心,当时……"

"嗯……那情况就更复杂了。因为如果你们并没有规划过要孩子,那对于一个憎恨妊娠的妈妈来说,还是比较容易疏导的。但爱丽丝不是这种情况。"杰弗斯医生移开雪茄,摩挲着下巴。"那肯定有别的原因。也许她的童年阴影又重现了,又或者作为一个新手妈妈,因为经历了剧痛,在鬼门关走了一遭,就产生了短暂的疑虑和不信任。如果是这样的话,时间会治愈一切。但我觉得我还是得提醒你,戴夫。既然已经有了心理准备,那么无论接下来她说了什么,哪怕是希望孩子胎死腹中之类的话,你都要多多包涵。有什么问题,随时来找我。我会很开心见到老朋友。来,再抽一根吧,恭喜你有了孩子。"

这是个明媚的春日下午。他们的车在三车道的路上低鸣着。蓝天，鲜花，温暖的和风。大卫抽着烟，说了很多话。爱丽丝轻声回了几句，没有多说，旅程还在继续，她一点点地放松下来。但她抱着孩子的姿势不松不紧、不够温柔、不够母性，似乎仅仅在揽着一个陶瓷人像，大卫见了，心里很不舒服。

"我们给他起个什么名字呢？"最后他笑着问。

爱丽丝·莱伯看着绿色的树飞快地掠过。"这个不急，我想等等，给他找一个最合适的名字。别往他脸上吐烟。"她的语调没有一丝变化，最后那句话听不出半点儿母亲的关切或焦虑。她只是随口说了一句。

丈夫不安起来，把雪茄扔出了车窗。

"对不起。"他说。

孩子就躺在母亲的臂弯里，林间的光阴在他脸上变化着。那双睁开的蓝眼睛像是春天清新的花朵。那张小巧粉色的嘴巴发出潮湿的声音。

爱丽丝扫了孩子一眼，大卫感觉她颤抖了一下。

"冷吗？"他问。

"有点儿，把窗摇上去吧，大卫。"

她看上去并不像觉得冷。大卫慢慢地摇上窗。

晚饭时间。

大卫从育儿房里抱出孩子，把他放在一张新买的高椅子上，以一种奇怪的角度用很多枕头支撑起他来。

爱丽丝看着自己手里的刀叉说："他还小，不适合坐在这种高椅子上。"

"有他一块儿吃饭也不错。"大卫自我感觉良好。

"一切都很顺利,工作也是,大事小事都是我说了算。不用细细计算,我也知道今年能多赚一万五千块。嘿,你也不照看点儿他,口水都流到下巴了!"他伸手用自己的餐巾擦了擦孩子的嘴角。他用眼角的余光发现爱丽丝连一个眼神都懒得施舍给孩子。他给孩子擦干净。

"我知道这么说不太好,"他边吃东西边说,"但谁都知道没有哪个母亲不关心自己的孩子!"

爱丽丝抬起下巴:"在他面前别这么说话!你想的话,我们等一会儿再讨论。"

"等一会儿?"他喊道,"在他面前说,在他背后说,又有什么区别呢?"他突然哑声,吞了吞口水,一副抱歉的样子,"好吧,我知道你是对的。"

吃完饭,她看着他抱着孩子上了楼,不是她要他这么做的,她只是由着他这么做而已。

下楼时,他看见她正站在收音机旁,听着她根本没有注意听的音乐。她闭着眼睛,整个人陷入沉思中,像是在自我反省。他出现后,她整个人一惊。

她突然扑向他,温柔地攫住他的嘴唇。他惊呆了。现在孩子离开了,不在这里,在楼上,她才开始呼吸,才开始活了过来。她自由了。她嘴里快速地喃喃自语道:"谢谢你,谢谢你,亲爱的,谢谢你总是如此可靠,谢谢你一直都在做一个好丈夫!"

他只能微笑。"我父亲教导过我,'儿子,要顾家!'。"

她疲惫地靠在大卫肩头,那头发亮的乌发就散在大卫的颈间。

"你太尽责了。有时我希望我们回到新婚那会儿,没有肩上的责任,没……没有孩子,只有我和你两个人。"

她紧紧地攥住他的手,脸色异常苍白。

"噢,戴夫,以前只有我们两个的时候,我们还可以爱护彼此,现在我们必须爱护孩子了,孩子却不能给予我们任何东西。你能明白吗?躺在医院的时候,我有大把空闲的时间,想明白了好多事。这个世界好邪恶……"

"邪恶?"

"是的,邪恶。但法律保护我们不受伤害。如果没有法律,那么爱就是保护。我的爱保护你不受我的伤害。在所有人里,你是最容易被我伤害的,但爱保护了你。我也不怕你,因为爱挡住了你所有的幼稚、恼怒、恨意和反常的本能。但是孩子呢?他还太小,不懂爱,也不懂爱的原则,除非我们教导他,同时,我们还要保护自己不受他的伤害。"

"不受孩子的伤害?"他推开她,轻声笑了。

"一个婴儿分得清是非吗?"她问。

"不能,但以后总是能的。"

"但婴儿是那么幼小,缺乏道德,没良心……"她突然顿住了,手臂从他身上滑落。她快速地转过身来,"什么声音?"

大卫环顾房间:"我没听到……"

她看着书房门口。"从里面传出来的。"她慢慢地说道。大卫走过去,推开门,打开灯,又关掉。"什么都没有,"他走回来,"你太累了,我陪你睡觉吧,现在就睡。"

他们关掉所有的灯,缓慢地轻声上楼,两人都没有说话。上楼后,她道歉了:"亲爱的,我刚才胡说八道了,请原谅我,我太累了。"

大卫理解，他也这么说了。

到育儿房门口时，她停了下来，踟蹰着。她拧开了黄铜门把手，走了进去。他看着她小心翼翼地走到婴儿床旁，僵硬地低下头，仿佛被人一拳挥到了脸上。"大卫！"

大卫走到婴儿床前。

孩子的脸蛋湿嗒嗒、红扑扑的，粉色的小嘴一张一翕，蓝眼睛噙着泪水，两只小手在空中挥动。

"他一直在哭呢。"大卫说。

"是吗？"爱丽丝抓住床的栏杆，保持平衡，"我没听见他哭。"

"门刚才关着。"

"所以他的呼吸才那么重，脸才那么红？"

"当然，可怜的小家伙，自己一个人在黑暗里哭。今晚他和我们一起睡吧，免得又哭了。"

"你会宠坏他的。"爱丽丝说。

爱丽丝的眼睛忍不住跟随着丈夫，看着他推着婴儿床进入他们的房间。大卫安静地脱下衣服，坐在床边。他猛地抬起头，按压手指关节，咒骂了一声："该死的，我忘记告诉你了，周五我要飞去芝加哥出差。"

"噢，大卫。"她的声音消失在了房间里。

"这次出差已经推迟两个月了，周五我非去不可。"

"我一个人会害怕。"

"周五新厨子就会上班了，到时她整天都会待在这里，我得走好几天。"

"我会害怕，我不懂得怎么处理这些。你不会相信我说的，我觉得我快疯了。"

他已经躺在床上了。她熄了灯,他听到她绕过床,拉开被子,躺了下来。他闻到了身侧温暖的女性气息,说道:"如果你想让我多等几天再去,也许我可以——"

"不,"她似有不确定,"你去吧,我知道你这次出门有大事要办。只是我一直想着我刚才和你说的话,关于法律、爱和保护的事。爱保护你不受我的伤害,但是,孩子呢?"她吸了一口气,"什么保护你不受他的伤害呢,大卫?"

他还没来得及回答,还没来得及告诉她这个想法有多傻,居然这么想一个婴儿,她就按亮了床头灯。

"看。"她伸手一指。

孩子还没睡,他躺在婴儿床里,睁着深邃、锐利的蓝眼睛,直直地盯着大卫。

灯忽然又灭了,她依偎着他,颤抖着。

"对自己生的孩子怀有恐惧,那感觉很不好。"她的声音放低了,变得尖锐快速起来,"他想要杀了我!他躺在那儿,偷听我们说话,等你走得远远的,他就又来杀我!我发誓!"她抽泣起来。

"没事的,"他安慰她,"别这样,没事的。"

她在黑暗中哭了好久。夜深了,她放松了下来,靠着他抽噎。她的呼吸渐渐地变得有规律、柔和起来。她的身体反射性地颤动,但她已经睡着了。

他也已昏昏欲睡。

就在他疲惫地垂下眼皮,陷入越来越深的潮水中之前,他听到房间里有一种奇怪而清醒的声音。

湿润的、有弹性的粉色嘴唇发出的声音。

是孩子。

——他睡着了。

清晨，阳光明媚。爱丽丝微笑着。

大卫·莱伯把手表挂在婴儿床上。"看到没，宝贝？亮晶晶的，很漂亮。对，对。亮晶晶的，很漂亮。"

爱丽丝笑了。她让他出发飞去芝加哥，她在家会很勇敢，会照顾好孩子，不用担心。噢，是的，她会照顾好他的。

飞机向东飞去，阳光灿烂，蓝天白云，芝加哥就在地平线上。大卫一头埋进了繁忙的工作当中：下令、规划、打电话、参加宴会和会议。但他每天都写信和发电报给爱丽丝和孩子。

离开家的第六个晚上，他接到了一通来自洛杉矶的长途电话。

"爱丽丝？"

"不是，戴夫，我是杰弗斯。"

"医生？"

"坚强点儿，戴夫。爱丽丝病了，你最好搭最快一班飞机回家。是肺炎，我会尽全力。她刚生完孩子，太虚弱了，她需要力量。"

大卫把听筒放回去，站起来，脚下疲软无力，似乎没有手，也没有身体可支撑。整个酒店房间模糊了起来，就要轰然崩塌了。

"爱丽丝。"他眼前发黑，摸索着走向门口。

引擎轰鸣着，旋转着，又停了下来。时间和空间都停滞了。大卫感觉到手中的门把手转开了，脚下的地板没有实感，卧室的墙壁旋动着。在黄昏的暮色中，杰弗斯医生从窗边转过身，爱丽丝躺在自己如冬雪般苍白的床上。杰弗斯医生不停地轻声说着什么,他的声音似乎也是白色的,在台灯中起起落落,轻柔地翻飞着。

"你的妻子是个非常好的母亲,戴夫,她关心孩子超过关心自己……"

爱丽丝苍白的脸忽然一颤,但还没被发现,便恢复了正常。后来,她渐渐地开始说话了,像个正常的母亲一样,一边笑着一边话家常,事无巨细地谈论起这个玩具屋一样的世界,谈论起这个世界里微缩的生活日常。但她停不下来,就像一根绷得紧紧的弹簧,她的声音逐渐带上了愤怒、恐惧和一丝厌恶,杰弗斯医生见她这样,表情并没有变化,大卫的心跳则逐渐与这场停不下来的谈话同步,越来越快:"孩子睡不着,我觉得他病了。他躺着,在婴儿床里,瞪着眼睛,很晚了还在哭。哭得好大声,整晚整晚地哭,我哄不了他,也没法休息。"

杰弗斯医生慢慢地点了点头,"她太累了,才得了肺炎。不过我给她打了磺胺,她已经脱离危险了。"

不舒服的人变成了大卫。"孩子呢,孩子怎么样了?"

"精力充沛,健康得不得了!"

"谢谢你,医生。"

医生转身,到了楼下,他轻轻地打开前门,走了出去。

"大卫!"

听到她惊恐的低喊声,他转过身去。

"又是孩子,"她一把抓住他的手,"我想要骗自己,告诉自己只是在犯傻,但那个孩子知道我刚出院,身体虚弱,所以他整晚不停地哭啊哭,他不哭的时候,又太安静了。我知道如果我按亮灯,就会看到他一直盯着我。"

大卫感觉自己的身体仿佛拳头一样拧紧了。他记得深夜时分，宝宝们都应该熟睡的时候，那个孩子就在黑暗中清醒着，安静地躺在婴儿床里，一声不发，只瞪大眼睛盯着他们。他努力抛掉这种念头，这太疯狂了。爱丽丝又说："我本来想杀了这个孩子。真的。你刚出差的第一天，我走进了他的房间，用手掐住了他的脖子。但我站了好久，思考着，心里有点儿害怕。然后我把被单翻了过来，盖在他脸上，让他脸朝下，我就跑出去了。"

大卫想要打断她。

"不，让我说完。"她看向墙，哑声道，"我跑出他房间的时候还在想，太简单了。每天都有婴儿窒息身亡，没人会发现的。但等我进去看他的时候，大卫，他还活着！是的，活着，还翻了个身，在那里笑。但我没法再碰他了，我就把他留在了那里，没有进去过，也没有喂他、看他。也许那个厨子在照料他，我也不知道。我只知道他的哭声吵醒了我，害得我晚上想太多，在房间里走来走去，搞得我病了。"她差不多说完了。"他就躺在那儿，思考着怎么能用简单的法子杀了我，他知道我太了解他了，我对他没有爱，我们之间就没有保护，也永远都不会有。"

她说完了。她心里松下了那一股劲儿，终于睡着了。大卫·莱伯在她旁边站了好久，动也不能动。他的血液在身体里凝结了，没有一个细胞在游动。

第二天，只有一件事要去做。他做了。他走进了杰弗斯医生的办公室，把整件事都说了一遍，听了杰弗斯医生的劝解。

"慢慢来吧，年轻人。有时对妈妈来说，恨自己的孩子太平常了。这种情况就是矛盾心理。你可以在爱一个人的同时，也恨一个人。情侣之间总是互相憎恨。孩子也会憎恨他们的母亲……"

大卫打断了他："我从未恨过我的母亲。"

"你自然是不会承认的。人们并不习惯于承认自己对至亲的憎恨。"

"所以，爱丽丝恨她的孩子。"

"不如说她有强迫症。她这种表现已经超出了一般的矛盾心理。剖宫产把孩子带到了这个世界上，也差点儿带走了爱丽丝。她将自己的濒死体验和肺炎归咎到孩子身上，她把自己的烦恼折射了出来，怪罪到最容易解释为罪魁祸首的事物上。我们都会这么做的，我们踩在椅子上摔了一跤，我们不会认为自己笨拙，而会怪到家具的身上。我们没打中一记高尔夫球，就怪到草皮、球杆或球的身上。我们生意失败了，就怪上天、天气和运气。我能做的，就是重复一遍我之前告诉过你的话。好好地爱她，世界上最好的灵丹妙药就是爱。找点儿小技巧，表达你的爱意，给她安全感。想办法让她知道这个孩子是无害和无辜的，让她觉得孩子是值得自己冒险的。过一段时间，她就会冷静下来，忘记死亡，开始爱这个孩子。如果她下个月还没好转，就来找我。我会给你推荐一个好的精神病医生。去吧，把脸上沉重的表情敛一敛。"

夏天来临时，一切似乎都平静了下来。

大卫全身心地投入办公室的事务中，同时也花了很多时间陪伴妻子。爱丽丝则常常去徒步，增强体力，偶尔打一打羽毛球。她的毛病很少再发作了，看起来她似乎已经摆脱了恐惧。

除了一天深夜,一阵夏日的狂风突然迅速地吹刮着屋子,把树吹得好像许多发光的铃鼓一样晃动。爱丽丝醒了,颤抖着钻进了丈夫的怀里。大卫安慰她,问她怎么了。

她说:"房间里有东西在盯着我们。"

他按亮灯。"又做梦了?"他问,"不过你已经好很多了,很久没做噩梦了。"

他熄灭灯,她叹了一口气,又睡着了。他抱着她,心想,她真是可爱又奇怪。

大约过了半个小时,他听见卧室的门口打开了一条缝。

门外没人,门不会自己打开。

风已经停了。

他在黑暗中静静地躺着、等着,一个小时过去了。

这时,孩子在育儿房里哭了起来,那声音远远的,像一颗小流星在空茫的墨色太空中垂死。这是黑暗的星群中微弱而孤独的声音,怀里的女人还在臂弯中呼吸,风又开始吹刮起了树木。

大卫慢慢地数到一百。哭声还在继续。

他小心翼翼地挪开爱丽丝的胳膊,轻轻下了床,穿上拖鞋和长袍,悄悄地离开了房间。他想,他会下楼去,弄些热牛奶拿去楼上……

黑暗忽然从他身下消失了。他一脚踩空,摔了下去,倒在一个柔软的东西上,整个人都陷入了一片空白。他伸出双手,拼命地抓住栏杆,没有继续往下掉。他咒骂出声。

导致他摔倒的"柔软的东西"往下掉了几阶。他脑中响起了警铃,他的心卡在喉头,怦怦直跳,让他胸口闷痛了起来。

什么人这么粗心,把东西乱丢?

他用手指小心地摸索着那差点儿让他一头栽下楼梯的东西。

他的手僵住了,整个人吓了一跳。他喘着气,心脏有一两秒钟甚至停止了跳动。

他手里拿的是一个玩具,一个大而笨重的拼接娃娃,是他买来哄孩子的。

第二天,爱丽丝开车送他去上班。

车差不多开到市区时,她放慢了速度,把车停在路边,松开安全带,看着她的丈夫。

"我想去度假。不知道你现在抽不抽得出时间来,亲爱的,如果不能,就让我一个人去吧。我们肯定可以找到人照顾孩子的。我必须得离开。我以为——我已经摆脱这种感觉了,但我没有。我无法忍受和他待在一起。他抬头看着我,好像也在恨我。我不能让自己碰他,我必须在发生什么意外之前离开这里。"

他从座位上下来,绕过车,示意她让开,坐进了驾驶位。"你现在唯一要做的就是找个好的心理医生。如果他也建议你去度假,那你就去度假。这种情况不能再继续下去了,我这段时间都快精神衰弱了。"他发动了车,"剩下的路我来开。"

她低着头,努力忍住眼泪。到达他的办公楼时,她抬起了头。"好吧,我们预约吧。大卫,你想我和谁谈,我就和谁谈。"

他亲了亲她:"现在你的理智倒是回来了,女士。你能开车回家吗?"

"当然可以,傻瓜。"

"那晚饭时再见,开车小心点儿。"

"我开车一直都挺小心的呀,再见。"

他站在路边,看着她驶远了,风吹拂着她黑亮的长发。他走上楼，一分钟后，他给杰弗斯医生打了一通电话，约了一位可靠的精神科医生。

这天的工作进展得不是很顺利。一切都像是笼罩在雾中，在雾里，他反反复复地看到迷路的爱丽丝，听见她呼喊着他的名字。她心里的恐惧排山倒海般地向他压来。她真的让他信了孩子有点儿不对劲。

他口述着冗长乏味的信件，下楼检查了货物，再询问助理们相关事宜，如此循环往复。一天下来，他筋疲力尽、头昏脑涨，但他很高兴终于可以回家了。

搭电梯下楼的时候，他一直在想，我要不要告诉爱丽丝那个拼接娃娃昨晚差点儿让我从楼梯上一脚踏空？天哪，这会吓到她吧？不，我永远都不会告诉她的。那毕竟只是一场意外。

乘出租车回家时，天还泛着亮光。他在家门前付完钱，慢慢地走上水泥人行道，享受着枝丫间的白日余光。殖民地时期的白色房子看起来异常寂静，仿佛无人居住一般。他忽然想起今天是星期四，他们时不时请来的厨子今天不用上班。

他深深地吸了一口气。房子后面有只鸟儿在唱歌。一个街区外的林荫道上繁忙的车流还在涌动。他把钥匙插进锁眼，滑净的把手在他指下转动，门悄无声息地开了。他走进屋，把帽子和公文包放在椅子上，一边抬起头，一边将外套从肩上脱下。

夕阳从大厅顶部的窗户洒入楼梯井。那个拼接娃娃躺在楼梯底部，在阳光的照耀下，娃娃旁边的东西有着和娃娃一样明亮的颜色。

但他没有理会玩具娃娃。

他不能动，只能一直看着爱丽丝。爱丽丝倒在楼梯底部，是那么古怪、破碎、苍白，她瘦弱的身体像极了一个人们不想再玩的皱巴巴的洋娃娃。

爱丽丝死了。

偌大的屋子里一片死寂，除了他胸腔的心跳声。

她死了。

他双手抱着她的头，摩挲着她的手指。他抱着她，但她不想活了，她甚至没有尝试过活下去。他一次又一次大声地喊她的名字，他不断地将她拥向自己，试图补给她一些她身上已经消逝的温暖，但是，没用了。

他站了起来。他一定打了个电话，但他什么都不记得了。等他发现的时候，他已经站在楼上了。他打开育儿房的门，走了进去，茫然地盯着婴儿床。他的胃很难受，眼前已经看不太清楚了。

孩子紧闭着双眼，但他的脸很红，沾着潮湿的汗水，他似乎大声地哭了很久。

"她死了，"大卫对孩子说，"她死了。"

他开始低沉无力地笑起来，直到杰弗斯医生从夜色中走了进来，一次又一次地扇他耳光。

"别这样！振作起来！"

"她从楼梯上摔下来了，医生。她踩在拼接娃娃上摔了下来，昨天晚上我自己也差点儿被绊倒了。现在……"

医生用力地摇他。

"医生，医生，医生，"大卫含含糊糊地说，"有意思，有意思。我终于想到该给孩子起什么名字了。"

医生一言不发。

大卫把头埋进颤抖的双手，自顾自地说着："我要给他洗礼，下周日，你知道我要给他起什么名字吗？我要叫他路西法①。"

当天晚上十一点,很多陌生人在屋子里走来走去,他们都带着火焰,而火焰就是爱丽丝。大卫·莱伯和医生面对面地坐在书房里。

"爱丽丝没有疯,"他慢慢地说,"她完全有理由害怕这个孩子。"

杰弗斯吐出一口气:"别跟着她胡闹!她病了,却怪到孩子身上,现在你也把她的死怪到孩子身上,别忘了,她是被一个玩具绊倒的。你不能怪孩子。"

"你是说路西法?"

"别这么叫他!"

大卫摇了摇头。"爱丽丝听到晚上大厅里有人走来走去。你想知道是谁制造的噪声吗,医生?就是那个四个月大的孩子,他在黑暗中走来走去,偷听我们说话,一字不落!"他抓住两侧的椅子把手。"就算我把灯打开,那么小的孩子,他可以躲在家具后面、门后面、墙角边,所有眼睛看不到的地方。"

"别再说了!"杰弗斯喊道。

"让我说,不然我会发疯的。我去芝加哥的时候,是谁害爱丽丝睡不着,累得患上肺炎的?

"就是那个孩子!爱丽丝没死的时候,他就想杀了我。这很简单:把玩具放在楼梯上,晚上就使劲儿地哭,等父亲下楼给他拿牛奶,顺理成章地就绊倒了。多么粗糙的把戏,但却很有效。但我没中招!爱丽丝却因此死了。"大卫·莱伯停了下来,

---

① 即魔鬼撒旦。——译者注

点燃一根烟。"我早该明白的。多少个夜里我打开灯,那个孩子就瞪大眼睛躺在那里。大多数婴儿都是在睡觉。他不是。他一直醒着,他在思考。"

"婴儿是不会思考的。"

"那他醒着,他的大脑能做什么他就做什么。我们怎么知道婴儿在想什么呢?他完全有理由恨爱丽丝;她怀疑他不正常,他就不是一个正常的孩子。你对婴儿又了解多少呢,医生?就通俗的那一套,是吧。但你肯定知道一个婴儿在出生时是怎么杀死妈妈的。他们为什么这么做?会不会是因为被强迫进入这样一个糟糕的世界而产生了怨恨?"

大卫神情疲惫地俯向医生。"这样一切都说得通了。假设每出生数百万婴儿,就有几个天生懂得看、听、思考、走路,就像许多动物和昆虫一样。昆虫一生下来就能自给自足,而大多数哺乳动物和鸟类在几周后也都会适应。但婴儿要花个好几年才能开口说话,才能学会用虚弱的双腿蹒跚而行。

"但是,假设每一百万个孩子里就有一个孩子是例外呢?天生头脑清晰,本能地就会思考。那他不就想干什么就干什么了?这难道不是一个完美的设定和盲点吗?他可以哭啊闹啊,假装平凡、弱小。只需消耗一点儿精力,他就能在一座灰暗的房子里爬来爬去,四处偷听。在楼梯顶部设置障碍物,多么容易啊,整晚不停地哭,让母亲患上肺炎,多么容易啊,在出生的时候,和母亲靠得那么近,几次灵巧的动作就可能引起腹膜炎,多么容易啊!"

"老天!"杰弗斯倏地站起来,"这么可怕的话你怎么说得出!"

"我说的确实很可怕。有多少母亲刚生下孩子就去世了?有多少孩子因为母乳喂养就让母亲患上了各种各样的怪病？这些奇怪的红扑扑的小人儿在大脑里幻想过什么血腥黑暗的事情，我们连猜都猜不到。他们暴力的大脑里也许还保留着仇恨、野蛮、残忍的种族记忆，除了自我保护，没有什么可关注的了。在这种情况下，自我保护就包括要除掉一个意识到自己生下了多么恐怖的怪物的母亲。医生，我问你，世界上有什么比婴儿更自私吗？没有！"

杰弗斯皱着头，无力地摇了摇头。

大卫放下烟。"我并不是说这孩子的力气有多大，他只要有力气提前几个月学会爬，有力气偷听，有力气晚上哭闹，这就够了。"

杰弗斯嘲笑道："那这就叫谋杀吗？但谋杀必须要有动机，那孩子又有什么动机？"

大卫已经准备好了答案。"有谁比腹中胎儿过得更梦幻、更满足、更自在、更舒适、更无忧无虑的呢？没有。它漂浮在一个充满补给的宁静的空间里，感觉不到时间的流逝。突然间，它就被迫放弃和让出了自己的铺位，冲进一个喧闹、冷漠、自私的世界里，在这里它不得不去适应、去狩猎、去觅食、去迎接困惑、去寻找一份曾是它不容置疑的权利、如今却消失了的爱，它再也无法沉浸在宁静的安睡中！所以，孩子憎恨这一切！憎恨冰冷的空气、宽敞的空间，憎恨突然被迫离开熟悉的事物。孩子的小脑袋懂得的就是自私和仇恨，因为甜蜜的咒语已经被粗暴地打破了。谁来为破灭的美梦负责呢？母亲。所以孩子不理智的头脑中就有了一个憎恨对象。母亲抛弃了自己，拒绝了自己。而父亲也好不到哪里去，把他也一起杀了！他总要付出点代价！"

杰弗斯打断了他,"如果你说的是真的,那么世界上的所有女人都会把她的孩子看作可怕的怪物。"

"那有什么不好呢?孩子本身不就是一个完美的不在场证明吗?千百年的医学惯例把他保护得好好的,常理而言,他是无害的,不用负任何责任。孩子自打出生就讨人厌。一切事情的走向是消极的,不是积极的。婴儿从一落地就可以获得一定的关注和母亲的照料。但随着时间推移,情况就不一样了。刚出生的婴儿有种奇特的能力,一点儿哭闹或一个喷嚏都可以让父母上蹿下跳,状况频出。多过几年,婴孩会觉得即使是那股小小的力量也会迅速流逝,永远消失,再也无法重现了。那为什么他不能掌控他现在所拥有的一切力量呢?既然所有的优势都站在他这一边,为什么他不就此出击呢?以后再想泄恨就太晚了。现在正是动手的好时机。"

大卫的声音变得异常轻柔,异常低沉。

"我的小宝贝,晚上躺在婴儿床里,脸上湿漉漉、红彤彤的,似乎喘不上气。是因为哭泣吗?不。是因为他刚从婴儿床里慢慢地爬出来,在黑暗的走廊里匍匐着爬了很远。我的小宝贝,我想杀了他。"

医生递给他一个水杯和一些药片。"你不会杀任何人。接下来你要睡够一天。睡眠会改变你的想法的。拿着。"

大卫将药片一饮而下,跟着医生上楼,走进卧室。医生把哭泣的他安顿在床上,等他睡着了才离开。

大卫一个人越睡越沉。

他听到了某种动静。"什么声音?"他虚弱地问。

走廊里有脚步声。

大厅里有东西动了。

大卫·莱伯睡着了。

第二天一大早，杰弗斯医生开车来到大卫家。天气很好，他开车来，是想送大卫去乡下休养。大卫肯定还在楼上睡觉。杰弗斯之前给他吃了足量的镇静剂，至少可以让他沉睡十五个小时。

他按了门铃，没人回答。佣人们可能还没起床。杰弗斯推了推前门，发现门开着，就走了进去。他把医疗箱放在最近的一把椅子上。

楼梯顶部闪过一个白色的影子，杰弗斯并没注意到。屋子里有煤气味。

杰弗斯冲上楼，闯进大卫的卧室。

大卫一动不动地躺在床上，房间里弥漫着煤气味，靠近门的墙脚下放着一个漏气的煤气罐。杰弗斯拧上阀门，用力推开所有的窗户，跑回大卫的身边。

他的身体冰凉，估计已经死了好几个小时。医生剧烈地咳嗽着，眼泛水光，冲出了房间。大卫自己不会打开煤气，他不可能打开煤气。那些镇静剂足以让他沉睡，不到中午绝对醒不过来。这不是自杀。还有别的可能吗？

杰弗斯在走廊里站了五分钟，走到了育儿房门前。房门紧闭着，他推开门，走向婴儿床。

婴儿床是空的。

他摇了一会儿婴儿床，自言自语起来。

"婴儿房的门被风吹得关上了，你没法回到这张安全的床上。你本来没打算关门的，但就这么一点儿小事，足以毁掉全盘计划。我会在房子里找到你的，不用躲，也不用装了。"医生有些神志不清,他伸手摸了摸头,露出一个苍白的笑容。"我现在说话的语气和爱丽丝、大卫一模一样。但我不能冒险。我什么都不确定,但我不能冒险。"

他走下楼,打开椅子上的医疗包,从里面拿出了什么东西,攥在手里。

走廊里沙沙作响,是一个很小很安静的东西发出来的。杰弗斯迅速转过身。

我做了手术,才把你带到这个世界上,他想,现在我该动手术把你带走了……

他踏着缓慢、坚定的步子进入走廊。

他在阳光下举起手。

"看,宝贝!亮晶晶的,很漂亮!"

那是一把手术刀。

木偶公司

刊于《惊悚故事》(*Startling Stories*)
1949年3月

大约晚上十点,他们在街上慢慢地走着,平静地交谈着。两人都是三十五岁左右,看起来清醒得很。

"你怎么那么早就要回家?"史密斯问。

"早点儿也好。"布拉林答。

"这么多年了,你第一次在晚上出来玩,却十点就要回家。"

"可能是因为紧张吧。"

"我想知道你怎么过的这日子。十年了,我一直想和你出来喝一杯,现在好不容易出来了,你却要早早回家。"

"出来玩已经不错了,不能得寸进尺。"布拉林说。

"你怎么跑出来的,在你老婆的咖啡里放了安眠药?"

"不,那太不道德了。你很快就知道了。"

他们拐了个弯。"布拉林,坦白说,我也不想提醒你,但你对她已经很有耐心了。你可能不会跟我说实话,但这段婚姻真是糟透了,不是吗?"

"我不觉得。"

"不管怎样,她的小手段早就传开了,她是怎么设计让你娶她的。一九七九年,你要去里约的时候……"

"美丽的里约,我策划了那么久,最终还是没能去成。"

"还有,她撕烂衣服,弄乱头发,威胁你娶她,不然就报警。"

"她就是这么神经兮兮的,史密斯,理解一下。"

"这一点儿都不公平。你不爱她,你也告诉过她了,对吗?"

"我记得在这个问题上,我的立场一直很坚定。"

"但你最后还是娶了她。"

"我有自己的考量,再说,还有我爸妈呢。这种事会让他们崩溃的。"

"但也十年了。"

"是的。"布拉林灰色的眼睛闪着坚定的光芒,"可能现在是时候改变了,我觉得我已经等了够久了。看。"

他拿出一张长长的蓝色机票。

"什么……这是一张周四飞去里约的机票!"

"是的,我终于要去里约了。"

"太棒了!你早就该去了。但她不会反对吗?会不会有麻烦?"

布拉林紧张地笑了笑:"她不会知道我走了。我一个月后回来,除了你,没有人知道。"

史密斯叹了口气:"我真希望和你一起去。"

"可怜的史密斯,你对你的婚姻也不太满意,是吗?"

"对,我妻子太黏人了。都结婚十年了,哪个女人还会每晚在你腿上坐两个小时,白天在你上班的时候给你打十二个电话,说些肉麻话。上个月,她竟然还变本加厉。要我说,她这个人就是有点儿缺心眼。"

"史密斯,你还是那么保守。我家到了。现在你想知道我的秘密吗?我今晚是怎么溜出来的?"

"你真会告诉我?"

"看,就在那里!"布拉林说。

两人在黑暗中抬头向上看。

他们头顶有个窗户,就在二楼。开着的百叶窗边站着一个三十五岁左右的男人,他蓄着小胡子,两鬓有些许微白,一双灰色的眼睛十分忧郁,正低头看着他们。

"天哪,你怎么在那里!"史密斯惊叫道。

"嘘,别那么大声!"布拉林冲上面挥了挥手。窗边的那个人做了个意义不明的手势,消失了。

"我一定是疯了。"史密斯说。

"别急。"

他们屏气等着。

公寓的前门开了,那个留着胡子、有着忧郁眼睛的高个子绅士出来迎接他们。

"你好,布拉林。"他说。

"你好,布拉林。"布拉林说。

他们居然一模一样。

史密斯瞠目结舌:"这是你的孪生兄弟吗?我从来不知道……"

"不是,"布拉林平静地说,"你靠近点儿,猫下腰,把耳朵靠在布拉林二号的胸口上。"

史密斯犹豫了一下,向前倾身,把头靠在顺从的布拉林二号的胸前。

嘀嗒、嘀嗒、嘀嗒。

"不!不可能!"

"是的。"

"让我再听听。"

嘀嗒、嘀嗒、嘀嗒。

史密斯踉跄地后退几步,眼皮不断颤动,脸上浮现出骇然的神情。他伸手摸了摸那东西温暖的手和脸颊。

"你从哪儿弄来的?"

"是不是制作特别精良?"

"简直难以置信,你从哪儿弄来的?"

"把你的名片给他,布拉林二号。"

布拉林二号像是变戏法一样,拿出了一张白色的卡片:

木偶公司

可复制自己或朋友;1990新型塑料仿真类人模型;无论是7600美元款还是15000美元至尊款,凡出现物理磨损均可保修。

"不会吧……"史密斯说。

"怎么不会。"布拉林说。

"是真的。"布拉林二号说。

"多久了?"

"我是在一个月前买下布拉林二号的。我把他关在地下室的工具箱里。我老婆从不到下面去,管锁和钥匙的是我。今晚我说我想去散散步,买根雪茄,于是去了地下室,把布拉林二号放出来,让他陪我老婆坐着,我借机出来见你,史密斯。"

"绝了!他身上的味道也和你很像:邦德街和梅拉克里诺的香烟!"

"这似乎让人觉得毛骨悚然,但我觉得这是符合伦理的。毕竟我老婆最想要的是我,而这具木偶连头发丝都和我一模一样。今天'我'整晚都待在家,下个月'我'也会一直陪着她。同时,经过十年漫长的等待,我就要启程去里约了。等我回来,布拉林二号又将回到他的箱子里。"

史密斯思考了一会儿。"一个月不吃东西他还能走来走去吗?"他问出了关键的问题。

"六个月都可以。他什么都会做——吃、睡、出汗,什么都会,自然得不得了。你会好好照顾我老婆的,对吧,布拉林二号?"

"你老婆人很好,"布拉林二号说,"我越来越喜欢她了。"

史密斯发起抖来。"这间木偶公司做了多久了?"

"已经秘密经营两年了。"

"我能……我是说……"史密斯抓住朋友的胳膊肘,认真道,"你能告诉我从哪儿能买到一个和我一模一样的机器人——木偶吗?可以给我地址吗?"

"给你。"

史密斯接过卡片,翻来覆去地看着。"谢谢你,"他说,"你不知道这意味着什么。我需要休息一段时间。要么一个晚上,要么一个月。我老婆太爱我了,她连让我离开一个小时都受不了。我也很爱她,但你知道有首诗是这么说的——'爱若握得太轻,会飞;爱若握得太紧,会死。'我只是想让她稍微放松一点儿。"

"你很幸运,至少你老婆很爱你。我的症结是仇恨,可没那么容易解决。"

"内蒂深深地爱着我。我的任务是让她的爱变得冷静点儿。"

"祝你好运,史密斯。我在里约的时候,你一定要来串门。如果你突然不来了,我老婆会觉得很奇怪。你对待布拉林二号要像对待我一样。"

"好!再见,谢谢你。"

史密斯笑着沿着街道走去,布拉林和布拉林二号转身走进公寓大厅。

在城际巴士上,史密斯轻声吹着口哨,指间不断地摆弄着那张白色的卡片:客户必须保密,虽然国会正在审议一项使木偶公司合法化的议案,但使用木偶一经发现,仍然构成重罪。

"不错。"史密斯说。

客户必须定制自己的身体模型,核实眼睛、嘴唇、头发、皮肤等各项的颜色指数。模型完成前,等待期为两个月。

不用多久,史密斯想,就两个月,我的肋骨就有机会从挤压中恢复过来,我的手就能因为不被紧握而痊愈,我瘀青的下嘴唇就能恢复健康了。我不是故意这么不识好歹的……他把卡片翻了过来:

木偶公司成立两年来,客户都很满意。我们的座右铭是"没有任何附加条件"。

地址:韦斯利南路43号。

巴士停了,他下了车,一边上楼梯,一边想,我和内蒂的共同银行账户里有一万五千英镑。我把里面的八千块取出来,就说是商业投资好了。这笔钱放在木偶身上,可能会连本带息地赚回来呢。内蒂就不必知道了。他打开门锁,进了卧室。内蒂躺在床上,脸色苍白,身材虚胖。她已经睡酣了。

"亲爱的内蒂,"他在半明半暗中看到了她无辜的脸,心中充满了懊恼,"如果你醒着,你一定会吻我,在我耳边叽叽喳喳地说话，那样我会窒息的。真的，你让我觉得自己像个罪犯。你一直都是个好妻子。有时我都难以相信你嫁给了我，而不是嫁给你曾经喜欢的巴德·查普曼。上个月你似乎比以前更爱我了。"

泪水涌上他的眼眶。突然，他好想吻她，好想坦承他的爱，好想撕掉卡片，忘掉这件荒唐事。但当他准备这么做的时候，他的手又疼了，肋骨又嘎嘣响了。他顿住了，眼中浮现出痛苦。他转过身去，走进大厅，穿过黑暗的房间，嘴里哼哼唧唧地打开书房的椭圆书桌，偷走了存折。"拿八千块钱就行了，"他说，"绝不多拿。"他停了下来，"等会儿。"

他疯了似的检查存折。"等等！"他喊道，"少了一万块钱！"他跳了起来，"只剩下五千了！她做了什么？内蒂把那一万块花在什么地方了？买帽子、衣服、香水！等等……我知道了！她买了哈德逊河的那栋小房子，她都叨叨好几个月了，甚至都没有问过我一句！"

他义愤填膺地冲进卧室。她这样拿他们的钱是什么意思？他俯下身来。

"内蒂！"他喊道，"内蒂，醒醒！"

她一动也不动。"我的钱呢？"他吼道。

她时不时抽动一下。街灯照在她美丽的脸颊上。

她有点儿古怪。他心跳得厉害，舌头也干了。他不停地颤抖着，膝盖突然一软，倒了下去。"内蒂，内蒂！"他喊道。"我的钱呢？"

一个可怕的想法突然迸现。恐惧和孤独吞噬了他，随之而来的是梦幻破灭的焦灼。他一点儿也不想这么做，但他却慢慢地弯下腰，将发热的耳朵牢牢地靠在她那饱满的粉色胸脯上。

"内蒂!"他喊道。

嘀嗒、嘀嗒、嘀嗒。

当史密斯的身影消失在黑夜中的街道时,布拉林和布拉林二号走进了公寓。"我很高兴他也能开心。"布拉林说。

"是的。"布拉林二号若有所思。

"你该回地下室的箱子了,布拉林二号。"布拉林拉着他的胳膊肘走下楼梯,来到地下室。

"我正想和你谈这事。"布拉林二号说,他们走到水泥地上,继续往前走。"我不喜欢地下室。我不喜欢那个工具箱。"

"我会想办法帮你弄得舒服一些。"

"把木偶做出来,就是要他们动,而不是让他们静静地躺着。你愿意大部分时间都躺在盒子里吗?"

"这个……"

"你也不会喜欢的。我要四处活动,没什么能阻止我。我是个活生生的人,我也有感觉。"

"没几天了,我就要去里约,你不用待在箱子里了。你可以住在楼上。"

布拉林二号急躁地摆了摆手,"等你尽兴而归的时候,我就该回到箱子里了。"

布拉林说:"木偶公司的人可没有告诉我你这么难缠。"

"他们不了解我们的地方还有很多,"布拉林二号说,"我们刚出厂不久,我们的性子也很敏感。一想到你可以飞去里约,躺在阳光下说说笑笑,我们却困在这里受冻,我就很烦。"

"但我盼这次旅行盼了一辈子。"布拉林平静地说。

他眯起眼睛,仿佛看到了大海、群山和黄色的细沙。海浪的声音舒缓了他的内心,阳光洒在他裸露的肩膀上,还有美酒相伴。

"但我一辈子也去不了里约,"另一个说,"你想过吗?"

"不,我……"

"还有一件事,你的妻子。"

"她怎么了?"布拉林问,开始慢慢地退向门口。

"我越来越喜欢她了。"

布拉林紧张地舔着嘴唇:"我很高兴你能享受这份工作。"

"你可能还不明白。我想我爱上她了。"

布拉林前进一步,愣住了。"你说什么?"

"我一直在想,"布拉林二号说,"里约再好,我也去不了。于是,我想到了你的妻子,我想我们会很幸福的。"

"那就……太好了。"布拉林假装随意地缓缓走到地下室门口,"你不介意等一会儿吧?我得打个电话。"

"打给谁?"布拉林二号皱起了眉头。

"不重要的人。"

"打给木偶公司?叫他们来抓我?"

"不,不是那样的!"布拉林试图冲出门外。

坚硬的金属手擒住了他的手腕。"别跑!"

"把手拿开!"

"不。"

"是我老婆让你干的吗?"

"不是。"

"她猜到了?她告诉你了?她都知道了?是不是?"布拉林尖叫起来。一只手捂住了他的嘴。

"你永远都不会知道的,"布拉林二号温柔地笑了笑,"你永远都不会知道。"

布拉林拼命地挣扎："她一定猜到了,她一定影响了你!"

布拉林二号说："我要把你关进箱子里,锁上,扔掉钥匙,再给你妻子多买一张去里约的机票。"

"等一下。等等。别冲动。我们把话说清楚!"

"再见,布拉林。"

布拉林僵住了。"你什么意思,'再见'?"

十分钟后,布拉林太太醒了。她的手抚上脸颊,有人刚刚在她的脸上烙下了潮湿的吻。她颤抖着抬起头。

"为什么——这么多年你都没有吻过我。"她低声说。

一个声音答:"那我们来想一想该怎么弥补你。"

无罪之罚

刊于《他界》(*Other Worlds*)
1950 年 3 月

"你想杀了你的妻子?"桌旁一个黑人男子问道。

"是的。不是……不全是。我是说……"

"叫什么名字呢?"

"她的还是我的?"

"你的。"

"乔治·希尔。"

"地址?"

"格伦维尤市,圣詹姆斯路,十一号。"

那人毫无感情地写了下来。"你妻子的名字?"

"凯瑟琳。"

"年龄?"

"三十一。"

接下来是一连串快速的发问。头发、眼睛和皮肤的颜色、最喜欢的香水、衣着布料和尺寸大小。"你有她的立体照片吗?她声音的录音?啊,你有。很好。现在……"

又过了一个小时,乔治·希尔开始冒汗。

"就这样吧。"黑人男子站起身,皱着眉头,"你还是坚持要进行?"

"是的。"

"在这里签名。"

他签了名。

"你知道这是违法的吗?"

"知道。"

"你知道,对你的请求所造成的后果,我们不负任何责任?"

"老天!"乔治喊道,"你问得够多的了。快点儿吧!"

那人微微一笑。"需要九个小时才能制作完成你妻子的木偶。去睡会儿吧,睡醒后就没那么紧张了。你左边的第三间镜子房没有人。"

乔治神情麻木地缓缓走进房间,在蓝色天鹅绒帆布床上躺下,身体承受的压力使天花板上的镜子都旋转了起来。一把轻柔的嗓音唱道:"睡吧……睡吧……睡吧……"

乔治喃喃道:"凯瑟琳,我不想来这儿。是你逼我的。是你逼我这么做的。天哪,我真希望我没来过这里。我希望我能回去。我不想杀你的。"

镜子轻轻地旋转着,散发出幽幽的光芒。

他睡着了。

他梦见自己回到了四十一岁那年,他和凯蒂在青山上野餐、奔跑,他们的直升机就停在旁边。风把凯蒂的头发卷成金色的条绺,凯蒂在开怀大笑。他们什么也没吃,握紧彼此的手,缠绵地接吻。他们还在一起读诗,似乎他们总是在读诗。

他还梦到了其他场景,比如飞行中天空不断变换的色彩。

他和凯蒂飞越希腊、意大利和瑞士，就在一九九七年那晴朗、漫长的秋天！他们一直在飞翔，从未停下过！

接着是噩梦。凯蒂和莱纳德·菲尔普斯在一起了。乔治在睡梦中大叫。这到底是怎么回事？菲尔普斯是从哪里冒出来的？他为什么要插一腿进来？为什么就不能保持最初简单美好的样子呢？是因为年龄渐长吗？乔治快五十了，而凯蒂还像花儿一样年轻……为什么，为什么？

那个场面生动得令人难以释怀。莱纳德·菲尔普斯和凯瑟琳去了城外一个绿色的公园。乔治走在其中一条小道上，刚好看到他们的唇贴在了一起。

愤怒。挣扎。想杀死莱纳德·菲尔普斯的冲动。

越来越多回忆，越来越多噩梦。

乔治·希尔哭着醒了过来。

"希尔先生，我们已经为你准备好了。"

希尔笨拙地爬起来。他在高处那些无声的镜子里看到了自己，他看到了自己人生中的每一年。这是一个惨痛的教训。比他更好的男人也娶了年轻的妻子，最后她们却像入水的糖晶一样溶入了他们的手中。他目不转睛地盯着自己。肚子有点儿太大，下巴有点儿太厚，灰白的头发太多，四肢太不灵活……

黑人男子把他带到一个房间。

乔治·希尔吸了一口气："这是凯蒂的房间！"

"我们努力把一切都打造得很完美。"

"是的，每一处细节都很准确！"

乔治·希尔开出了一张一万美元的签名支票。

黑人男子带着支票走了。

这个房间安静而温暖。

乔治坐下来，摸了摸口袋里的枪。这种制作成本很高，但有钱人承受得起这种奢侈的宣泄式谋杀。这是一种暴力的非暴力、没有死亡的死亡、没有谋杀的谋杀。他感觉好多了。他突然平静下来。他看着门。这是他半年来日思夜想的事情，现在一切就要结束了。不用多久，美丽的机器人、不用牵线的木偶就会出现，而……

"你好，乔治。"

"凯蒂！"

他转过身来。

"凯蒂。"他呼出一口气。

她站在他身后的门口，穿着一件羽毛般柔软的绿色长袍，脚上踩着一双金色的麻绳编织凉鞋。她闪亮的头发垂至肩头，双眸蔚蓝清澈。

他久久说不出话来。"你真漂亮。"终于，他惊诧地说道。

"我平时不漂亮吗？"

他的声音和缓而不真实。"让我看看你。"

他像个梦游者，伸出摸索的双手。他的心迟滞地怦怦直跳。他向前走去，仿佛走在深涧中。他绕着她走来走去，抚摸着她。

"这么多年你还没看够吗？"

"永远不够。"他的眼里盈满了泪水。

"你想跟我说什么？"

"给我一点儿时间，拜托了。"他虚弱地坐下来，颤抖的手捂着胸口。他眨了眨眼，"太不可思议了。简直又是一场噩梦。他们到底是怎么被制造出来的？"

"我们不能谈论这个话题，不然就要打破幻觉了。"

"太神奇了！"

"别说了。"

她的触碰是温暖的。她的指甲像贝壳一样完美,没有一丝瑕疵。他抬头看她,又想起了他们在昔日美好的时光里常常吟唱的那些圣歌。

看哪,我的佳偶,你甚美丽。看哪,你甚美丽。你的眼在帕子内好像鸽子眼……你的嘴唇如朱红线,你的言语秀美动人……你的两乳好像百合花中吃草的一对小鹿……你身上没有斑点。

"乔治?"

"什么?"他的眼睛如冰凉的琉璃。

他想吻她的嘴唇。

你的舌下有蜜和奶。

你衣服的香气,好像黎巴嫩的香气。

"乔治。"

他的脑中突然响起巨大的嗡鸣声,整个房间开始天旋地转。

"我听到了,等会儿,等会儿。"他摇了摇嗡嗡响的脑袋。

女王啊,你的脚在鞋中何其美好!

你的大腿圆润,好像美玉,是巧匠的手做成的……

"他们是怎么做到的?"他喊道。时间这么短,在他才熟睡了九个小时里。他们是不是熔化了黄金,修复了精密的发条,用了闪亮的钻石、大量的红宝石、液态银、铜线和五彩纸屑?是不是金属昆虫编织了她的头发?他们是不是把鎏金火焰倒进模子里,把它凝结了起来?

"别说了。"她说,"你再这么没完没了,我就要走了。"

"不要!"

"那就来谈正事吧。"她冷冷地说,"你想和我谈莱纳德的事。"

"给我点儿时间,等会儿再聊这个。"

"现在就聊。"她坚持道。

他一点儿也不生气了。她一出现,他的怒气就烟消云散了。他只感到了无知的肮脏。

"你为什么要来看我?"她的脸上没有笑容。

"求你了。"

"我就要问。不就是因为莱纳德吗?你知道我爱他,不是吗?"

"别再说了!"他用手捂住耳朵。

她继续对他说:"你知道,我现在每分每秒都和他在一起。你和我以前常去的地方,我和莱纳德都去过了。还记得维德山的野餐绿地吗?我们上星期刚去了。一个月前我们还带着一箱香槟飞去了雅典。"

他舔了舔嘴唇。"你一点儿都不愧疚,你不愧疚。"他站起来拉住她的手腕,"你刚出生,你不是她。她会愧疚,你不会,你不是她!"

"恰恰相反,"这个女人说,"我就是她。她会怎么反应,我就只能怎么反应。我里里外外都和她一样。无论出于何种目的,我们都是一体的。"

"但你没有做过她做过的事!"

"我全都做过。我吻过他。"

"不可能,你刚出生!"

"我从她的过去和你的记忆中诞生。"

"听着,"他恳求道,摇晃她,想要吸引她的注意,"有没有别的办法,我可以给更多的钱,我能带你走吗?我们可以去巴黎、斯德哥尔摩,任何一个你喜欢的地方!"

她笑了。"木偶只能出租,从不出售。"

"但我有钱!"

"以前出售过,很久以前。但结果很糟糕,现在是不可能的了。你知道,现在这样也是违法的。我们之所以还存在,只是因为政府额外开恩。"

"我只是想和你在一起生活,凯蒂。"

"那是永远都不可能的,因为我是凯蒂,凯蒂就是我。我没法和她竞争。木偶也不能离开这里,解剖会暴露我们的秘密。够了,我警告过你,我们不能讨论这些事情。你会破坏幻觉的,离开的时候你会非常失落。既然你付了钱,就做你该做的事。"

"我不想杀你。"

"你有点儿想这么做,但你压制住了这种冲动,不让它冒出来。"

他从口袋里掏出枪。"我就是个大傻子,我不该来的。你太漂亮了。"

"我今晚要去找莱纳德。"

"闭嘴。"

"我们明天早上飞去巴黎。"

"我说闭嘴!"

"然后,我们会去斯德哥尔摩。"她甜甜地笑着,摩挲着他的下巴。"我的小胖子。"

某种念头开始在他脑海中翻搅起来。他脸色苍白,突然明白了这一切是怎么回事。他内心隐藏的愤怒、厌恶和仇恨发出了微弱的思维脉冲,而她那奇妙的脑袋里有张精密的心灵感应网,正在接收死亡的信息。木偶头上有着看不见的线。他在亲自操纵她的身体。

"你这个古怪的胖家伙,你也曾那么英俊。"

"闭嘴。"他说。

"我只有三十一岁,你都那么老了。啊,乔治,你真是瞎了眼,在我身上白费了那么多时间,结果却把我推向另一个男人。你不觉得莱纳德很帅气吗?"

他不假思考地举起了枪。

"凯蒂。"

"他的头发像纯色上好的金子。"她低语道。

"凯蒂,别再说了!"他高声喊道。

"他的头发厚密累垂,黑如乌鸦……他的两手如同金管,镶嵌水苍玉……"

她怎么说得出这些话!他心里就想着这些话,她怎么都说了出来!

"凯蒂,别逼我这么做!"

"他的两腮如香花畦,如香草台,"她闭上眼睛,一边在房间里轻柔走动,一边喃喃地说。"他的身体如同雕刻的象牙,周围镶嵌蓝宝石。他的腿好像白玉石柱……"

"凯蒂!"他尖叫道。

"他的口极其甘甜……"

一枪。

"……他就是我的爱人……"

两枪。

她倒了。

"凯蒂,凯蒂,凯蒂!"

又有四颗子弹冲进了她的体内。

她躺在地上，浑身抽搐。她的嘴巴已毫无知觉，却仍咔嚓一声张得老大。在某种疯狂扭曲的机械装置的作用下，她一遍又一遍地重复着："爱、爱、爱、爱……"

乔治·希尔失去了意识。

他醒来时，额上盖了一块凉布。

"一切都结束了。"黑人男子说。

"结束了？"乔治·希尔低声问。

黑人男子点点头。

乔治·希尔虚弱地低头看着自己的手。这双手已沾满了鲜血。失去意识时，他就倒地不醒了。他所记得的最后一件事，就是货真价实的鲜血如洪流般覆没了他的手。

但他的手早已被洗得干干净净。

"我得走了。"乔治·希尔说。

"如果你感觉没问题的话。"

"我很好。"他站起来，"我现在就去巴黎，重新开始新生活。我不会再给凯蒂打电话什么的了。"

"凯蒂已经死了。"

"对……我杀了她，是吗？天哪，那些血——那些血都是真的！"

"血液的质感很棒，我们非常骄傲。"

他搭电梯下楼，走到街上。外面在下雨，但他想走一走。愤怒和破坏欲已经被清除得一干二净。这段记忆太残忍，他再也不想杀人了。即使真正的凯蒂现在出现在他面前，他也只会因为感谢上苍而不由自主地跪下。她现在死了，他已经复仇了。他触犯了法律，但没人知道。

冰凉的雨落在他的脸上。趁着杀戮的欲望已经清除干净，他必须赶紧离开这里。假如他又重燃冲动，这种清除又有何意义呢？木偶的作用主要是预防实际犯罪。如果你想杀人、打人或者折磨人，你可以发泄在这些无须牵线的木偶身上。现在不能回公寓，凯蒂可能在那儿。他只想把她看作一个死人，一件活该被处理掉的东西。

他在路边停了下来，看着川流不息的车流。他深深地吸了一口清新的空气，放松了下来。

"希尔先生？"他肘边传来呼唤。

"嗯？"

一个手铐啪的一声扣在希尔的手腕上。"你被捕了。"

"但是……"

"走吧。史密斯，带其他人上楼去逮捕他们！"

"你不能抓我！"乔治·希尔喊。

"你杀了人。我们当然能抓你。"

空中雷声隆隆响起。

晚上八点十五分。雨已经断断续续地下了十天。现在雨滴就落在监狱的墙上。他伸出双手，雨水在他颤抖的手掌上聚成水洼。

门口叮当作响，他一动不动，伸手站在雨中。他的律师抬头看着坐在椅子上的他说："一切都结束了，你今晚将被处决。"

乔治·希尔听着雨声。

"她不是真人。我没有杀她。"

"不管怎样，法律都明文规定了。你要明白这一点。其他人也都被判刑了。木偶公司的总裁今晚就行刑，他的三个助手也一样。你的处决时间大概是凌晨一点半。"

"谢谢，"乔治说，"你已经尽力了。我想，不论怎么看，怎么美化，这确实是谋杀。目的摆在那儿，计划也摆在那儿，少的不过是凯蒂本人。"

"这也是时机问题。"律师说，"十年前发生这事儿，你不用死；十年后发生这事儿，你也不用死。但当下他们必须要找一个典型案例，杀鸡儆猴。木偶的使用在过去一年间发展迅速，这对这个行业来说是件好事。但老百姓一定都被吓坏了。天知道这样继续发展下去会产生什么后果。这里面还有伦理问题，生命是怎么开始的，怎么结束的？机器人是活的，还是死的？不止一个教会在这个问题上产生分歧。如果他们是死的，那就什么事都没有；但他们有反应，甚至会思考。你也知道，两个月前刚通过了有关'活机器人'的法条，你就正好遭殃了。你没赶上好时候，没赶上好时候。"

"政府是对的。我现在明白了。"乔治·希尔说。

"我很高兴你能明白法律的态度。"

"我能明白。毕竟，他们不能让谋杀合法化，即便你杀的是用蜡和心灵感应做的机器。如果放我逍遥法外，那他们才真的是伪君子。因为这就是犯罪。从那天开始，我就一直感到内疚，我觉得我需要惩罚。是不是很奇怪？这就是社会对你的影响。它会让你觉得内疚，即使你觉得毫无道理……"

"我得走了。你需要些什么吗？"

"没有，谢谢。"

"那么再见了，希尔先生。"

门关上了。

乔治·希尔站在椅子上，湿漉漉的双手伸向铁杆外面，纠缠在一起。墙上突然亮起了一盏红灯，扩音器里传来了一个声音,"希尔先生,你的妻子来看你了。"

他抓住栏杆。

她死了,他想。

"希尔先生?"那个声音问道。

"她死了。我把她杀了。"

"你的妻子在接待室等着,你要见她吗?"

"我看见她倒下来,我开枪打死了她,我看见她倒下来死了!"

"希尔先生,你能听见我说话吗?"

"听到了!"他大声喊道,双拳砸向墙壁。"我听到了!她死了,她死了,就不能放过我吗!我杀了她,我见不了她,她死了!"

空气凝滞了。

"好的,希尔先生。"那声音低声说。

那盏红灯灭了。

闪电划破天际,照亮了他的脸。雨还在淅淅沥沥地下,他把滚烫的脸颊贴在冷冰冰的铁杆上,等着死亡的来临。过了很久,一扇通往街上的门打开了,他看见两个披着斗篷的人从下面的监狱办公室里出来。他们在弧光灯下停了下来,抬起头。

是凯蒂。而她身边的是莱纳德·菲尔普斯。

"凯蒂!"

她把脸转过去。那人抓住了她的手臂。他们冒着大雨匆匆穿过大街,上了一辆低矮的汽车。

"凯蒂!"他扭动着栏杆,大声尖叫,拍打着、拉扯着水泥壁架。"她还活着!门卫!门卫!我看见她了!她没死,我没杀她,现在你可以放我出去了!我没有杀任何人,这都是闹着玩的，你们搞错了，我看到她了，我看到她了！凯蒂，回来，告诉他们，凯蒂，说你还活着！凯蒂！"

门卫跑了过来。

"你们不能杀我！我什么都没做！凯蒂还活着，我看见她了！"

"我们也看到她了，先生。"

"那就放我自由吧！放我自由！"一切都太疯狂了。他抽泣着，差点儿摔倒了。

"我们在审判中已经说明了，先生。"

"这不公平！"他跳起来抓挠窗户，大声嘶吼着。

那辆汽车开走了，凯蒂和莱纳德就在车里。明年春天，他们将驾车前往巴黎、雅典、威尼斯和伦敦，夏天则前往斯德哥尔摩，秋天则前往维也纳。

"凯蒂，回来，你不能这样对我！"

汽车的红色尾灯在冰冷的雨帘中渐渐远去。身后的门卫冲上前来，一把抓住了尖叫的他。

生如拉撒路[1]

刊于《花花公子》(*Playboy Magazine*)
1960 年 12 月

　　如果我告诉你,我等一桩谋杀等了六十多年,带着只有女人才会有的期望盼着它发生,后来,谋杀终于发生了,我却隔岸观火,没有出手阻止,你一定不会相信。我心想,安娜·玛丽,你不可能永远都保持警惕。一万天过去了,这桩谋杀不再只是一个惊喜,而是堪称奇迹。
　　"扶好了!不然我就摔下去了!"
　　说这话的是哈里森太太。
　　在这半个世纪里,我可曾听过她有轻声低语的时候?她是不是总在尖叫,不是提要求,就是发出威胁?
　　是的,向来如此。
　　"加把劲儿,妈妈。可以了,妈妈。"
　　这是她儿子罗杰的声音。
　　这么多年来,我可曾听过他有大声说话的时候,他有没有表示过抗议,甚至和别人争吵?

---

[1]《圣经》中记载的死而复生的人物。——译者注

没有。他说起话来，总是语气轻柔。

他们乘坐巨大的黑色灵车来到格林湾，他们每年都来这里避暑。今天早晨和他们刚来时的那些早晨没什么不同。罗杰伸手抱起坐在他身后的她。她很像橱窗假人，也像个古老的香囊，里面装着骨头和滑石粉，她的名字叫"妈妈"，起这种名字，肯定是可怕的恶作剧。

"慢慢来，妈妈。"

"你把我的胳膊弄青了！"

"对不起，妈妈。"

我从湖畔售货亭的窗户看到他用轮椅把她推过小路，她把拐杖举在身前，像是举着一支步枪，要将挡路的命运女神或复仇女神都打得落荒而逃。

"小心点儿，别把我推到花丛里，谢天谢地，我们没去巴黎。那里车水马龙的，肯定会被堵在路上。你很失望吧？"

"没有，妈妈。"

"我们明年去巴黎。"

明年……明年……永远都去不了的，我听到有人小声说。这个人就是我，我的手紧紧抓住窗台。近七十年来，我无数次听到她向这个男孩这么承诺，而如今，男孩早已长大成人，曾经他就像一只小小的蚱蜢，现在他则是一只青灰色的雄性螳螂，他推着这个永远是那么冷冰冰、裹着裘皮的女人路过旅店的阳台。而在另一个时代，纸扇像东方的蝴蝶一样，在晒太阳的女士们的手中飞舞。

"妈妈，小屋里……"他微弱的声音渐渐远了，在他年老时，他的嗓音一直年轻，在他年轻时，他的声音则一直苍老。

她现在多大年纪了？我想知道。九十八岁，是的，整整九十九个邪恶的年头了。她就像一部每年都要重放的恐怖电影，而旅店因为娱乐基金有限，买不起新电影在蛾子飞舞的夜晚播放。

所以，在回忆他们一次次的到来和离开的时候，我的思绪回到了当初。彼时，绿湾旅店的地基刚刚浇筑，遮阳伞是新叶的绿色和柠檬的金色。那是一八九〇年的夏天，我第一次见到年仅五岁的罗杰，但他的眼神是那么苍老，透着智慧和疲倦。

他站在售货亭边的草地上，望着太阳和鲜艳的三角旗。我向他走过去。

"你好。"我说。

他看着我。

我犹豫片刻，还是碰了他一下便跑开了[①]。

他没有动。

我回到他身边，又碰了他一下。

他看了看被我摸过的肩膀，正要过来追我，她的声音突然从远处传来。

"罗杰，别把衣服弄脏了！"

他头也不回，慢慢地朝他的小屋走去。

从那天起，我开始恨他。

夏天，人们打着各种颜色的遮阳伞来来往往，八月的风吹走了蝴蝶一样的纸扇，售货亭在一把火中化为废墟，又照着原来的样子重建，湖水干涸了，就跟盆里的李子一样，而我的恨意，和这些东西一样来了又走，变得非常强烈，因为爱而停止，再次浮现之后，便随着岁月的流逝而消失。

[①]触碰捉人游戏。——译者注

我记得在他七岁那年,他们驾着马车来避暑,他的长发拂过他的肩膀,他老是噘着嘴,耸着肩膀。他们手牵着手,她说:"如果你今年夏天好好表现,明年我们就去伦敦。或者最迟再过一年,我们一定去。"

我观察着他们的脸,比较他们的眼睛、耳朵和嘴巴,于是,那年夏天的一个中午,当他进来买汽水时,我径直走到他跟前,大声道:"她不是你妈妈!"

"什么!"他惊恐地环顾四周,好像她就在附近。

"她不是你的姨妈,也不是你的奶奶!"我嚷嚷道,"她是个女巫,在你还是个婴儿的时候,他把你偷了来。你不知道你的亲生爸妈是谁。你一点儿也不像她。她留着你,就是为了一百万赎金,等你到了二十一岁,某个公爵或国王就会付这笔钱把你赎回去!"

"别这样说!"他喊道,跳了起来。

"为什么不能?"我气哼哼地道,"你为什么到这儿来?你不能玩这个,也不能玩那个,你什么都不能做,你来这儿又是为什么呢?她说这个,她做那个。我知道她!到了三更半夜,她会穿着黑衣服,倒挂在卧室的天花板上!"

"别这样说!"他吓得脸色苍白。

"为什么不能说?"

"因为事实就是这样。"他轻声道。

他说完就跑出了门。

直到第二年夏天,我才再见到他,不过只见了一次,时间也很短,当时,我把一些干净的亚麻床单送到他们的小屋。

在我们十二岁的那年夏天,我对他的恨意一度消失了。

他在售货亭的纱门外叫我的名字,我往外看时,他非常平静地说:"安娜·玛丽,等我到二十岁,你也到二十岁了,我就娶你。"

"谁要你娶?"我问。

"我会让你同意的。"他说,"你只管记住这件事就好了,安娜·玛丽。等着我。你保证?"

我只能点点头。"但是……"

"到那时她也该入土了。"他非常严肃地说,"她老了。她老了。"

他转身走了。

第二年夏天,他们没来度假。我听说她病了。我每晚都祈祷她病死。

但两年后,他们又来了,一年又一年,罗杰十九岁了,我也十九岁了,然后,我们终于到了二十岁。他们一起进了售货亭,多年来,这样的情况并不多见。她坐在轮椅上,把皮草裹得比以前更紧,她的脸上抹了粉,皮肤如同折叠过的羊皮纸。

我把冰激凌圣代放在她面前,她直盯着我瞧,罗杰说话的时候,她又盯着罗杰:"妈妈,我想让你见见……"

"我不会见那些在公共餐馆里做招待的姑娘。"她说,"我承认是有她们这种人,她们工作,拿着报酬。但我转过头,就会忘记她们的名字。"

她一小口一小口地吃着冰激凌,罗杰坐在那里,连碰都没碰他的冰激凌。

那年,他们比平时早走了一天。我看见罗杰在旅馆的大厅里付账。他跟我握手告别,我忍不住说:"你忘了。"

他后退半步,转过身,拍了拍上衣口袋。

"行李拿了,账单付了,钱包也在,什么都不差,所有东西都带了，没忘。"他说。

"很久以前，你答应过我。"我说。

他沉默了。

"罗杰，"我说，"我现在二十岁了。你也二十岁了。"

他又迅速地抓住了我的手，就像他要从船上掉下去了，而我却要抛下他走开，让他溺毙。

"再等一年，安娜！最多不过两三年！"

"不要。"我可怜兮兮地说。

"最多四年！医生说……"

"医生不知道我知道的事，罗杰。她可以一直活下去。你和我都死了，她还会好好活着，在我们的葬礼上喝酒。"

"她病了，安娜！老天，她活不了多久的！"

"她能活很久，因为我们给了她力量。她知道我们盼着她死，这给了她能量，她偏要活着。"

"我不能这么说，我不能！"他抓起行李，从大厅走了。

"我不会等的，罗杰。"我说。

他在门口转过身来，用无助的眼神看着我，他的面色是那么苍白，活像一只被钉在墙上的飞蛾，见他这样，我不忍再说什么。

砰的一声关上了门。

夏天过去了。

第二年，罗杰直接来到冷饮柜前，问："是真的吗？他是谁？"

"保罗。"我说，"你也认识保罗的。他以后会管理这家旅馆。我们今年秋天就结婚了。"

"那我的时间不多了。"罗杰说。

"太迟了。"我说,"我已经答应他了。"

"你答应了,见鬼!你不爱他!"

"我觉得我爱他。"

"你觉得,见鬼!觉得是一回事,知道是另一回事。你知道你爱的人是我!"

"是吗,罗杰?"

"别绕弯子!你知道你爱我!安娜,你会很痛苦!"

"我现在已经很痛苦了。"我说。

"安娜,安娜,再等一等吧!"

"我这辈子大部分时间都在等。但我知道结果会怎样。"

"安娜!"他脱口而出,好像这个念头是突然冒出来的,"如果……如果她今年夏天死了呢?"

"她死不了的。"

"但如果她真死了呢,如果她的病情恶化了,我是说,在接下来的两个月里……"他端详着我的脸,然后缩短了时间。"不,是下个月,安娜,不不,只要两个礼拜,听着,如果她在短短的两个礼拜里死了,你可以等吗,那时你会嫁给我吗?!"

我的眼泪流了出来。"罗杰,我们都没接过吻。真是太荒谬了。"

"回答我,如果一个礼拜之后……七天之后……她死了……"他抓住我的胳膊。

"可你怎么能肯定呢?"

"我有把握!我发誓,她一个礼拜后就会死,否则我再也不会来烦你了!"

他猛地推开纱门,急匆匆地走进突然变得明亮刺眼的日光下。

"罗杰，不要……"我叫道。

但我心里想的是，罗杰，做点儿什么吧，什么都行，要么开始，要么就结束。

那天晚上，我躺在床上琢磨怎么可以把人杀死，还不会被发现。此时离我只有一百码远的罗杰，是不是也在想着同样的问题？明天他会不会去林子里找和蘑菇很像的毒菌，或者故意把车开得太快，在转弯时推开她那边的车门？我仿佛能看到那个蜡质假人一样的女巫在空中划出一道可爱的弧线，撞在橡树、榆树或枫树上，像花生脆糖一样摔得四分五裂。我从床上坐起来，哈哈大笑，笑着笑着眼泪掉了下来。我哭了一会儿，又开始笑。不，不，我想，他会找到更好的办法。小偷趁夜来偷东西，吓得她魂不附体。他一定不会白白放过这个机会，她受了惊，很有可能停止呼吸。

然后，我想到了最古老、最黑暗也是最幼稚的办法。只有一种方法可以了结一个血色嘴唇的女人。她没有亲戚，不是任何人的阿姨或曾祖母，可以出其不意，用一根棍子刺穿她的心脏！

我听到她在尖叫。她的叫声太大了，所有的夜间活动的鸟都被惊得从树上飞了起来，遮住了星星。

我重新躺下。亲爱的克里斯蒂安·安娜·玛丽，我想，你在干什么？你想杀人吗？是啊，为什么不杀掉一个凶手，那个女人在婴儿床里勒死了她的孩子，从那以后，她一直没有松开过那根把孩子勒死的绳子。他是那么苍白、那么可怜，一辈子都没有呼吸过自由的空气。

接着，一首古老的诗歌径自钻进了我的脑海。我说不上来我从哪里看过这首诗，也说不好是谁写的，或者这首诗根本是我多年来一直在心里默默写下的。但那些诗句就这么出现了，我在黑暗中念了出来：

> 有些人活得像拉撒路，
> 在活死人的坟墓里，
> 好奇之下，来到暮色下的医院，
> 来到停尸房。

诗句消失了。有那么一会儿，我什么也想不起来。过了一会儿，词句再次不请自来，我抵挡不住，最后一块碎片在黑暗中出现了：

> 北方严寒的天空，
> 胜过胎死腹中，瞎了眼，化为鬼魂。
> 如果里约热内卢陷落，那就去爱北极海岸吧！
> 古老的拉撒路，
> 现身吧。

诗词不再涌现，我终于可以享受安静。最后，我在不安中睡着了，盼望着最后的好消息和黎明一起到来。

第二天，我看见他推着她沿码头走着，心想，对了，就是这样！她就要消失了，一个礼拜之后在岸边被人找到，就像漂浮的海怪，只有脸没有身体。

这一天过去了。我想，明天肯定……

第二天、第三天、第四天、第五天、第六天过去了，到了第七天，一个女侍者尖叫着沿路跑了过来。

"太可怕了，太可怕了！"

"哈里森太太出事儿?"我喊道。我感到自己的脸上出现了不受控的恐怖笑容。

"不,不,是她儿子出事了!他上吊自杀了!"

"上吊?"我说,觉得这很不可思议,震惊之下,我不由自主地向她解释起来,"不,要死的人不是他,是……"我含糊不清地说。女侍者紧紧抓住我,拉着我的胳膊,我没法再说下去。

"我们把他放下来了,天哪,他还活着,快去!"

还活着?他确实还有呼吸,在过去的几年里他也一直在走来走去,但他还活着吗?不。

是她获得了力量,他越是想从她身边逃开,她就越是活得好好的。他想逃跑,为此,她永远都不会原谅他。

"你这么做是什么意思,你想怎么样?"我记得当时他躺在小屋里摸着自己的喉咙,他的眼睛闭着,整个人萎靡不振。我冲进屋内,就听到她这么对他吼道,"你这么做,到底想干什么,你有什么目的?"

看着他那个样子,我知道他很想从我们两个身边逃开,对他来说,我们两个都是那么叫人难以忍受。有一段时间,我也因此无法原谅他。但当我转身去找医生时,我深深地感到,昔日我对他的恨意变成了另一种感情,不禁觉得心中隐隐作痛。

"你到底是为什么呀,你这个傻孩子?"她哭了。

那年秋天,我嫁给了保罗。

从那以后,岁月匆匆如白驹过隙。每年一次,罗杰都会走进售货亭,坐下来吃薄荷冰,他的手软弱无力,如同一副空手套。他再也没有叫过我的名字,也没有提过昔日的承诺。

在过去的几百个月里,我不时想,为了他自己,而不是为了别人，他无论如何都必须站起来，消灭那条有着一张布满皱纹的怪脸、爪子上长着锈迹斑斑的鳞片的恶龙。为了罗杰，也仅仅为了罗杰，罗杰必须这么做。

在他五十岁、五十一岁、五十二岁的时候，我心想，他今年肯定会动手了。季节交替，我情不自禁地不时翻阅芝加哥的报纸，希望能找到一张照片，里面的她像一只巨大的黄鸡，躺在那里，身上有一个大口子。但是没有，没有，什么都没有……

今天早上，他们又来了，而我都快把他们忘了。他现在看起来很老，不像个儿子，更像个老态龙钟的丈夫。他就如同一坨烘烤过的灰色黏土，他那对蓝眼睛很浑浊，牙齿掉了，由于皮肉都已烤干，修剪过的指甲看起来更结实了。

今天中午，他在售货亭外站了一会儿，像是一只没有翅膀的灰色孤鹰，凝视着他从未翱翔过的天空，过了一会儿，他走进来，提高嗓门跟我说话。

"你为什么不告诉我？"

"告诉你什么？"我说，他还没开口，我就为他舀出了冰激凌。

"刚才有个侍者说你丈夫五年前去世了！你应该告诉我的！"

"现在你知道了。"我说。

他慢慢地坐下来。"老天。"他尝了尝冰激凌，又闭着眼睛细细品味，说，"真苦。"过了良久，他又说，"安娜，我从没问过你，你有孩子吗？"

"没有。"我说，"我也不知道是什么原因。我想我永远都不会知道为什么了。"

我去洗碗，留下他一个人坐在那里。

今晚九点，我听到湖边有人在笑。从小到大，我都没听罗杰笑过，便不以为是他，可门被撞开，他挥舞着双臂走进来，不受控地哈哈大笑，眼泪几乎都要淌了出来。

"罗杰！"我问，"怎么了？"

"没什么！没什么！"他喊道，"一切都好极了！给我一杯根汁汽水，安娜！给你自己也来一杯！和我一起喝！"

我们一起喝了起来，他又笑了一会儿，才眨眨眼睛，变得非常平静。然而，他仍然面带微笑，突然间，他看上去是那么年轻，那么俊美。

"安娜。"他身体前倾，紧张地低声说，"你猜怎么着？我明天就要飞去中国了！去完那里，我就去印度！我还要去伦敦、马德里、巴黎、柏林、罗马和墨西哥城！"

"你们一起去吗，罗杰？"

"是我。"他说，"只有我一个人，不是我们，是我，罗杰·比德韦尔·哈里森，我一个人去！"

我盯着他，他平静地看着我，我一定倒吸了一口气。我意识到他今晚终于动手了，在最后的时刻，他总算做了那件事。

不，一定是我的嘴唇在喃喃自语。

是的，是的，他看我的眼神给出了回答，在等待了那么多年后，奇迹中的奇迹终于出现了。今晚，一切终于尘埃落定。就在今晚。

我由着他说下去。罗马之后是维也纳和斯德哥尔摩，四十年来，他保存了数千份时刻表、航空地图和酒店公告。他了解卫星和潮汐，对海上和空中所发生的任何事，他都了如指掌。

"可还有件事是最妙的。"他最后说，"安娜，安娜，你愿意和我一起去吗？我存了很多钱，别让我一个人浪费了！安娜，告诉我,你愿意吗?"

我慢慢地绕过柜台,看着镜子里的自己,一个七十多岁的女人要去赴约,可她已经迟了半个世纪。

我在他旁边坐下,摇了摇头。

"安娜,你为什么不去,你没有理由拒绝!"

"我有理由。"我说,"这个理由就是你。"

"我,但我不算数!"

"算的,罗杰。"

"安娜,我们可以玩得很开心……"

"我敢说是的。但是,罗杰,你已经结婚七十年了。现在,你刚刚脱离了婚姻。你不想马上再结婚吧?"

"是吗?"他眨着眼睛问道。

"是的,你肯定不想的。你至少应该有一段时间独处,去看看这个世界,看看罗杰·哈里森是谁。远离女人一段时间。等你环游世界回来后,再考虑其他事情吧。"

"既然你这么说……"

"不。绝不能是我说什么,我知道什么,或者我叫你做什么。现在,你必须告诉自己该知道什么,该看什么,该做什么。去享受美好的时光吧。如果可以,你一定要幸福。"

"你会在这儿等我回来吗?"

"我不会再等了,但我会在这里。"

他朝门口走了几步,停下来看着我,似乎对突然出现在他脑海里的某个新问题感到惊讶。

"安娜,"他说,"如果这一切发生在四五十年前,你会和我一起走吗?你真的会嫁给我吗?"

我没有回答。

"安娜？"他问。

过了很久，我才说："有些问题本就不该问。"

因为不可能有答案，我心想。我望着湖边，回顾以往的岁月，我不记得我们曾经幸福过，因此无法肯定我们在一起能否幸福。也许在我还是个孩子的时候，我就已经感觉到我与罗杰在一起不可能幸福，便牢牢记住了这种不可能。他就如同一根向夏日告别的小枝，夹在旧书里，一年拿出来翻看一次，欣赏一番，但除此之外呢？谁能说得清？我当然不行，毕竟已经过了那么久，已经那么迟了。生活是问题，不是答案。

当我沉浸在思绪中的时候，罗杰靠了过来，端详着我的表情和我的心思。他看到的一切让他移开视线，闭上眼睛，然后，他紧紧抓住我的手，贴在他的脸上。

"我会回来的。我发誓我一定会！"

他站在门外的月光下，一时不知所措，他望着这个世界，望着东西南北四个方向，就像一个刚走出校门去过第一个暑假的孩子，不知道该往哪边走。他只是呼吸，只是听着、看着。

"别急！"我热情地说，"不管你做什么，都要尽情享受，不要着急！"

我看见他朝小屋附近的豪华轿车跑去，我转天早上应该去敲小屋的门，但肯定得不到回应。不过我知道我不会去，也不会让女侍者去，因为住在里面的老妇吩咐过不许别人打扰。这样一来，罗杰就有机会了，这是他需要的开始。一个礼拜、两个礼拜或三个礼拜后，我可能会报警。如果到时候他们撞见罗杰坐船从那些荒凉的地方回来，也无所谓了。

警察？也许连他们也不会来。也许她死于心脏病，而可怜的罗杰只认为是他杀了她，现在他骄傲地乘船驶向这个世界，他的骄傲不允许他知道，只有她出于自身原因死去，才能让他解脱。

但话又说回来，即便那桩推迟了七十年的谋杀迫使他今晚动手，去杀死那只可怕的火鸡，我也无法为她哭泣，我的眼泪只会为了他过这么久才采取行动而流。

路上静悄悄的。距离豪华轿车沿路呼啸而去，已经过了一个小时了。

我关上灯，独自站在售货亭里，眺望着外面闪闪发亮的湖泊，在上一个世纪的阳光下，我碰了一个长相老成的小男孩的肩膀，他第一次和我玩捉人游戏，后来，在那么迟的现在，他将我拉回来，亲吻我的手，便独自跑开，这一次，惊讶的人是我，没有追上去的人是我。

今晚，我有很多事都不知道。

但有一件事我可以肯定。

我不再恨罗杰·哈里森了。

完美谋杀

刊于《花花公子》(Playboy Magazine)
1971 年 8 月，曾用名《我的完美谋杀》

我要杀死一个人，这个想法如此完美，如此令人愉快，为此，我穿越了整个美国，我简直是疯了。

在我四十八岁生日时，不知怎的，这个想法突然冒了出来。为什么我在三四十岁时没有想到，我也说不上来。也许那是我人生中的流金岁月，我在时光中穿行，没有意识到时间的流逝，没有意识到我鬓边已经结霜，也没有意识到我眼中藏着杀气……

总之，在我四十八岁生日那天晚上，我躺在床上，妻子在我身边，孩子们睡在我家其他洒满月光的安静房间里，我想：我现在就起床，去杀死拉尔夫·昂德希尔。

拉尔夫·昂德希尔！我叫道，他到底是谁？

时隔三十六年，我要杀了他？为什么？

我想，是为了他在我十二岁时对我所做的一切。

一小时后，妻子醒了，听到有响声。

"道格？"她叫道，"你在干什么？"

"打包。"我说，"我要出门。"

"好吧。"她喃喃地说,翻了个身又睡着了。

"上车!全体上车!"服务员的喊叫声响彻站台。

火车剧烈地震动了一下,发出砰砰巨响。

"再见!"我跳上台阶大叫。

"我希望有一天你能飞!"妻子喊道。

飞?我心想,那我还会想着穿越平原去杀人吗?我还会给手枪上油,装上子弹,心里想着拉尔夫·昂德希尔的样子,在时隔三十六年后去算旧账吗?飞?我更愿意徒步穿越全国,晚上停下来生火,油炸我的愤怒和酸涩的唾液,再次吃掉我那已经变成木乃伊却依然活着的旧恨宿怨,去触摸那些从未愈合的瘀伤。飞?!

火车动了起来。妻子走了。

我乘坐火车,向着过去疾驰而去。

第二天晚上在横穿堪萨斯州的时候,一场大雷雨不期而至。我听着咆哮的风声和隆隆的雷声,直到凌晨四点才睡着。在暴风雨最猛烈的时候,我看到了自己的脸,就像冰冷的窗玻璃上印着的暗房里的负片,于是我想:那个傻瓜要去哪儿?

去杀拉尔夫·昂德希尔!

为什么?自有原因!

还记得他把我的胳膊打成什么样了吗?全是瘀伤。我的两条胳膊上全是伤痕,深深的青色,斑驳的黑色,还有怪异的黄色。拉尔夫打完我就跑了,他打了我,还跑掉了……

可是……你还是爱他?

是的,就像在男孩们八岁、十岁、十二岁时,男孩对男孩的喜爱一样,这个世界是无辜的,男孩则是邪恶的,他们不知道自己在做什么，但不管怎样还是做了。所以，在某种说不清的层面上，我必须感到自己受到了伤害。我们亲爱的好朋友彼此需要。我要被打。他要打人。我身上的伤疤就是我们之间爱的象征。

还有什么让你即便过了这么久，还是要杀死拉尔夫？

火车的汽笛在尖叫。夜幕下的乡村在窗外飞快地闪过。

我记得有一年春天，我穿着一件新的粗花呢马裤去上学，拉尔夫把我撞倒，我滚进了雪地里，弄了满身的棕色泥浆。拉尔夫见了哈哈大笑，我只好回家去换干净的衣服，可我满身烂泥，真怕挨打。

没错！还有什么？

还记得你很想收集《人猿泰山》电台节目里的玩具黏土雕像吗？泰山、猿猴卡拉和狮子努马的雕像，每个只要二十五美分！是的，是的！很漂亮！即使是现在，我还记得猿人号叫着，荡过遥远的绿色丛林，但是在大萧条时期，谁有二十五美分呢？谁都没有。

除了拉尔夫·昂德希尔。

有一天，拉尔夫问你想不想要雕像。

想要！你嚷嚷着说。想！想！

就在那个礼拜，你哥哥出于对你的爱和蔑视，突然把他那双虽旧但很贵的棒球捕手手套送给了你。

"好吧。"拉尔夫说，"你把捕手手套给我，我就把我多余的泰山雕像给你。"

傻瓜！我心想。雕像才值二十五美分。手套可要两美元。不公平！不要和他换！

但我戴着手套跑回拉尔夫家，把手套给了他，他把泰山雕像交给了我,笑得比我哥哥更轻蔑,我满心欢喜地跑回了家。

有两个礼拜,哥哥都没发现棒球手套和雕像的事,后来他知道了,就在我们去乡村远足的时候,他说我是个笨蛋,把我丢下不管,让我一个人迷路。"泰山雕像!棒球手套!"他喊道,"我以后再也不会给你任何东西了!"

我躺在乡村公路上,哭个不停,恨不得死了算了,但我不知道如何放弃最后的呕吐物,那是我悲惨的灵魂。

轰隆隆的雷声响起。

雨点落在卧铺车冰冷的车窗上。

还有什么?清单里就只有这些吗?

不。还有最后一件事,比其他事都更恶劣。

那些年,你在七月四日凌晨六点跑去拉尔夫家,朝他那带着新鲜露水的窗口丢小石块,又或者,在六月底或八月底的凌晨,你叫他出来,去冰冷鲜艳的蓝色火车站看马戏团。然而,在那些年里,拉尔夫从来都没去过你家。

那些年,他或者其他人一次都没去过你家,以证明他们的友谊。没人敲门。从来没人高高丢起漫天飞舞的小石子和灰尘,把你卧室的窗户砸得咔嗒作响。

你一直都知道,只要你不再去拉尔夫家,不再在早晨去叫他,那你们的友谊就到头了。

你试过一次。你整整一个礼拜没有露面。拉尔夫没来找你。就好像你已经死了,却没有人来参加你的葬礼。

你在学校碰到拉尔夫,他没有一丝惊讶和疑惑,甚至连一点儿好奇都没有。道格,你去哪儿了?我想打人都不知道打谁了。你去哪儿了,道格,都没人让我欺负了!

所有这些罪过——累加在一起,最后一点尤为可恶:

他从没来过我家。他从来没有在早晨我还在睡觉时叫我起来，也没有抛撒沙砾到清澈的窗玻璃上，叫我去享受欢乐的夏日。

为了这最后一件事，拉尔夫·昂德希尔，我也不会放过你，我坐在凌晨四点的火车上这样想着，暴风雨渐渐小了，我发现自己的眼里充满了泪水，为了这最后一件事，我明天晚上要杀了你。

时隔三十六年的谋杀，我心想。啊，老天，你比亚哈王①还要疯狂。

火车呼啸着向前驶去。我们像机械的希腊命运，被黑色金属的罗马震怒所拉载，横穿整个国家。

他们说你不能再回家了。

那是谎言。

只要运气好，再赶上合适的时机，你会在夕阳西下的时候到达，那时古老的小镇会笼罩在黄色的光线之下。

我下了火车，步行穿过格林小镇，看着法庭在夕阳的余晖下如同在燃烧一般。每棵树都涂上了一层达布隆金币的颜色。每个屋顶都像是姜饼做成的，仿佛最纯粹的黄铜和古老的黄金。

我和老人、狗一起坐在法院广场上，直到太阳落山，格林镇陷入了黑暗。我要尽情享受拉尔夫·昂德希尔的死。

历史上从来没有人犯过这样的罪行。

我会待在这里，在杀了他之后扬长而去，自始至终都是一个彻彻底底的陌生人。

---

① 《圣经》里的古以色列国王。——译者注

在拉尔夫·昂德希尔家的门阶上发现他的尸体时，不会有人言之凿凿地说，是一个十二岁的男孩坐着一辆可以穿越时空的火车，带着可怕的自卑，从过去驶来，枪杀了他？他们没有理由这样怀疑。我疯狂至极，但我很安全。

终于，在这个凉爽的十月夜晚的八点半，我穿过小镇，走过了峡谷。

我一直坚信拉尔夫还住在那里。

哪怕人们会搬家……

我拐进帕克街，走了两百码，来到一盏街灯下，朝对面望去。拉尔夫·昂德希尔家那栋维多利亚式两层白色房子在等我。

我能感觉到他在屋里。

他在那里，如今已经四十八岁，就像我能感觉自己在这里，我也已经四十八岁，衰老、疲惫，一心只想自我毁灭。

我走出灯光的照射范围，打开手提箱，把手枪放在外套的右边口袋里，合上箱子，把它藏在灌木丛里。过一会儿，我就会抓起它，走进峡谷，穿过小镇去坐火车。

我走到街对面，站在他家门前，三十六年前，我也曾站在这所房子前面。春天，我曾朝那些窗户投掷过夹杂着爱和奉献的石子。人行道上到处是那个古老的七月四日爆竹燃烧过的痕迹，当时我和拉尔夫炸毁了这个该死的世界，还尖叫着庆祝。

我走到门廊上，看见邮筒上有几个小字：昂德希尔。

要是开门的是他妻子呢？

不，我想，这一切必将具有希腊悲剧的绝对完美，肯定是他本人来开门、中枪，几乎心甘情愿地死去：为了他过去的罪行，为了那些不知怎的演变成罪行的小小过失。

我按了门铃。

我不知道，过了这么久，他是否还认识我？在开第一枪之前，告诉他我的名字，到时候他一定可以认出我。

无人回应。

我又按了门铃。

门把手咔嗒咔嗒转动起来。

我的心怦怦跳，我摸了摸口袋里的手枪，但没有掏出来。

门开了。

拉尔夫·昂德希尔站在那里。

他眨了眨眼，注视着我。

"你是拉尔夫？"我说。

"我是……"他说。

周围的世界四分五裂，我们站在那里，时间不会超过五秒。但是，在这短短的五秒里发生了许多事。

我见到了拉尔夫·昂德希尔。

我把他看得清清楚楚。

我十二岁以后就没见过他了。

当时，他比我高很多，不停地挥着拳头打人，还总是尖叫。

现在他成了一个小老头。

我身高五英尺十一英寸。

但是拉尔夫·昂德希尔从十二岁起就没长高多少。

站在我面前的这个人身高不超过五英尺两英寸。

现在，我比他高得多。

我倒吸了一口凉气。我盯着他。我看到了更多。

我现在四十八岁了。

拉尔夫·昂德希尔也是四十八岁，但是，他的头发几乎全掉光了，剩下的头发也已经斑白。他看上去有六十或六十五岁。

而我身体很好。

拉尔夫·昂德希尔脸色发白,面带病容。他像是从一个没有阳光的地方走来,看起来是那么憔悴。他的呼吸散发着送葬花的气味。

这就像昨夜暴风雨的闪电和响雷都汇集成了一道明亮的冲击波。而我们就站在爆炸现场。

这就是我来的目的吗?我想。事实就是如此。这可怕的瞬间。不是为了掏出武器杀人。不,不是。只是为了……

看到拉尔夫·昂德希尔如今的样子。

仅此而已。

只是为了来到这里,站在这里,看看他变成了什么模样。

拉尔夫·昂德希尔举起一只手,做了个惊奇的手势。他的嘴唇在颤抖。他的目光上上下下地打量着我,他的心在衡量这个在他门上投下阴影的巨人。最后,他用轻而弱的声音,说道:"你是……道格?"

我有些退缩。

"道格?"他喘着粗气说,"是你吗?"

我没想到会这样。人们竟然会忘记!不可能的!都过去这么多年了,他为什么还要知道、烦恼、想起、认出、叫我的名字呢?

我有个疯狂的想法:在我离开小镇后,拉尔夫·昂德希尔过得生不如死,他的半辈子都崩溃了。我是他的世界的中心,任由他攻击、殴打,被他揍得浑身瘀青。只因为我在三十六年前离开了,他的整个生活就都毁了。

胡说!然而,有只聪明又疯狂的小老鼠在我的脑子里跑来跑去,尖声说出了它知道的东西:你需要拉尔夫,不过不止如此！他也需要你！你做了唯一一件不可原谅，而且是最伤人的事！你消失了。

"道格？"他见我只是默默地站在门廊上，双手放在身体两侧，便又说道，"是你吗？"

这正是我来的目的。

在我的内心深处，我一直知道我不会开枪。我是把枪带来了，可是，时间比我先到一步，衰老、更小却更恐怖的死神都已经——来过了……

砰砰。

心脏连中六枪。

但我并没有开枪。我只是用嘴轻轻地发出了枪声。每次砰的一声响，拉尔夫·昂德希尔的脸就老了十岁。等我发出最后一声，他已经一百一十岁了。

"砰。"我低声说，"砰，砰，砰，砰，砰。"

他的身体在冲击力之下不停地颤抖。

"你死了。老天，拉尔夫，你死了。"

我转过身来，走下台阶，走到街上，他才喊道："道格，是你吗？"

我没有回答，继续往前走。

"回答我。"他有气无力地嚷道，"道格！道格·斯伯丁，是你吗？你是谁？你到底是谁？"

我拿起我的手提箱，走进蟋蟀叫声四起的夜晚，我走过黑暗的峡谷，穿过小桥，爬上楼梯，就这样越走越远。

"你是谁？"我最后一次听到他哀号的声音。

走出很远之后，我回头看去。

拉尔夫·昂德希尔家的灯都亮着。就好像我走后，他去了所有房间，把灯都打开了。

在峡谷的另一边，我走向出生时的那间房子，站在前院的草坪上。

我捡起几块碎石，做了一件我从小到大还从没有人为我做过的事。

我朝那扇窗户丢了几块小石头，在我出生的头十二年里，每天早晨我都躺在那里。我叫着自己的名字。我以朋友的名义叫我自己下来，去一个已经不复存在的漫长夏日里玩耍。

我站在那里等了一会儿，终于等到另一个年轻的我下来和我会合。

在黎明到来前，我们飞快地逃离了，我们跑出格林镇，回到了当下，继续走完我的余生。

后记
哈米特[①]？钱德勒[②]？别担心！

雷·布拉德伯里

二十世纪四十年代初，当我最早的侦探悬疑小说开始在《一角侦探》《一角推理》《侦探故事》和《黑面具》等刊物上刊登时，哈米特、钱德勒、凯恩[③]等人并没有觉得受到了威胁。事实上，这样的威胁之后也没有出现。我从来都没有构成过威胁。用白兰度的经典名句来说，我成不了气候。

然而，我是一个幸存者，利·布拉克特[④]是我心目中的英雄，每个礼拜日的中午，我都能在加州圣塔莫尼卡的"肌肉海滩"见到她，她会看看我的作品——比如对她的"史塔克在火星"系列故事的乏味模仿，又比如对她的一流侦探小说的仿写；当时，我的这些作品已经逐渐出现在上述杂志上了。我躺在沙滩上，为她笔下的人物能如此轻易地溜走、冒险、死去，如此轻易地为了哀悼死亡而活，嫉妒得直掉眼泪。我不知道她

[①] Dashiell Hammett（1894—1961），美国侦探小说作家。
[②] Raymond Chandler（1888—1959），美国推理小说作家。
[③] James M. Cain（1892—1977），美国小说家。
[④] Leigh Brackett（1915—1978），美国科幻小说家、编剧。

是怎样熬过早期痛苦的创作阶段的。"友谊"一词在这里出现，只为了给机器加油。

利·布拉克特深知，我从心底里、从灵魂里、从骨子里都想成为一名作家。我还没有找到自己合适的风格，不过，我已经开始从吊诡的故事和不太尴尬的科幻故事中找到一些真实的东西。利是我敬爱的老师，在创造性和收放性两个方面，我的作品还没有摆脱她的影响。

这本小说集里的大部分故事都是为了取悦利而写的，为了偶尔得到一句"写得好"的夸赞。有时她也会对我说："这是你写得最好的一次！"

从我自洛杉矶高中毕业的那一年开始，我就给自己设定了一个计划：在余生里，我每周都要写一篇故事。我知道没有数量就不可能有质量。我意识到我当时写的故事简直糟糕透顶，只有多写才能清除我头脑中的垃圾，让好的东西流动起来。与此同时，我尽可能多地把各种文学作品塞进眼睛里——好的、坏的、平庸的、优秀的，这样佳作最终才可以从我的指尖跳出来。

因此，每到周一，我就把脑海中闪现的故事写出来，写成初稿。周二我写第二稿。在周三、周四和周五，我写出了第三、第四和第五稿。周六，定稿邮寄出去了。周天，我和利在沙滩上躺上一天。周一，我又开始写新故事。这种情况持续了四十四年。我现在依然每周写一篇故事或类似的作品。最近，我每周都写七八首诗，或者一出独幕剧，或者一本新小说的三章，或一篇散文。现在我写的页数和几年前一样：每周大约十八到三十二页。

我得补充一点，这一切都不是机械性工作。我没有要求自己把写作当成需要承担的责任。我没必要这么做。我热爱我所做的事，就像孩子长得再平凡、再丑陋，母亲也会爱他们。你可能喜欢，也可能不喜欢我的孩子们，但在我写作的时候，我在打字机上耕耘、收割着那些字句。愿上天保佑年轻的作家，让他们在当时不要意识到自己有多偏离中心。这就是量产的意义所在。后来成就的精彩故事便如同一把伞，遮挡住了你多年来抛在身后的一些不太让人满意的作品。如果你喜欢写作，那写作便会给你带来欢乐。

由此看来，侦探小说、奇幻小说、怪诞小说和科幻小说都是我喜欢的类型。我的天赋在后几个领域发展得更快，因为我是出于直觉在写作。我那些奇怪和不可思议的科幻概念就像闪电一样，撞进了脑中的机器。创作侦探故事需要冥思苦想，阻碍了我的思路，破坏了我充分利用直觉的能力。因此，我写的侦探故事往往难达完美。多年后的今天，我对这一领域有了更深入的了解，同时也从罗斯·麦克唐纳[1]那里学到了一些东西，我觉得自己或许可以做得更好。我想补充一点，我最近完成了我的第一部悬疑小说《死亡是一件孤独的事》，不久将由克诺夫出版集团出版。

现在来说说这本集子里的故事。首先说一说标题。我想把其中一些低俗的名字改掉，因为我不喜欢杂志编辑未经允许就给我的故事换上其他标题。毕竟，《地狱半小时》[2]和《死尸嘉年华》谈不上完美的标题范本。编辑们竟然没有改掉我给《行李箱里的女人》和《漫漫长夜》[3]这两篇作品起的名字，我很惊讶。

你现在读到的这本作品集，记录了我在二十世纪四十年代

---

[1] Ross Macdonald（1915—1983），美国侦探小说作家。
[2] *Hell's Half-Hour*，收录于雷·布拉德伯里的短篇集 *A Memory of Murder*。
[3] *The Long Night*，收录于雷·布拉德伯里的短篇集 *A Memory of Murder*。

早期的创作轨迹，也反映了当时我赚钱糊口的方式，一路走来，利·布拉克特给过我很多帮助。我有过挣扎，有时输，有时赢。但我一直在努力。也许，只有对我在许多人都不熟悉的领域的作品怀有极大好奇心的人，才会觉得这本合集具有历史价值，但我可以坦然说出我最喜欢的故事，比如《漫漫长夜》和《行李箱里的女人》，而在我看来，《小小的杀手》是我写过的所有领域中最好的故事。事实上，它是如此成功，以至于在过去十年里，它似乎影响了十多部小说和电影的创作及制作。

至于其他的故事，必须由你来阅读和判断。但我希望你能仁慈地评判，放我一马。毕竟我才二十出头，还有很长的路要走，哈米特、钱德勒和凯恩都高高站在地平线上，而我则站在海滩上，满头大汗，虚心向利·布拉克特请教。我希望她的芳魂大度包容，喜欢这本我满怀真心献给她的书。

雷·布拉德伯里
1984 年

KILLER, COME BACK TO ME BY RAY BRADBURY
Copyright © 2020 BY RAY BRADBURY LITERARY WORKS, LLC.
This edition arranged with DON CONGDON ASSOCIATES, INC.
through BIG APPLE AGENCY, LABUAN, MALAYSIA.
Simplified Chinese edition copyright:
2022 New Star Press Co., Ltd.
All rights reserved.

图书在版编目（CIP）数据

杀手，回到我身边 /（美）雷·布拉德伯里著；刘勇军译 . —— 北京：新星出版社，2022.8
ISBN 978-7-5133-4849-2

Ⅰ.①杀… Ⅱ.①雷… ②刘… Ⅲ.①短篇小说－小说集－美国－现代 Ⅳ.① I712.45
中国版本图书馆 CIP 数据核字（2022）第 053465 号

幻象文库

杀手，回到我身边

[美] 雷·布拉德伯里 著；刘勇军 译

责任编辑：施 然
监　　制：黄 艳
责任印制：李珊珊
责任校对：刘 义
封面设计：冷暖儿

出版发行：新星出版社
出 版 人：马汝军
社　　址：北京市西城区车公庄大街丙3号楼　100044
网　　址：www.newstarpress.com
电　　话：010-88310888
传　　真：010-65270449
法律顾问：北京岳成律师事务所

读者服务：010-88310811　service@newstarpress.com
邮购地址：北京市西城区车公庄大街丙3号楼　100044

印　　刷：北京天恒嘉业印刷有限公司
开　　本：910mm×1230mm　1/32
印　　张：10.75
字　　数：242千字
版　　次：2022年8月第一版　2022年8月第一次印刷
书　　号：ISBN 978-7-5133-4849-2
定　　价：66.00元

版权专有，侵权必究。如有质量问题，请与印刷厂联系调换。